世界探偵小説全集㉞

警察官よ汝を守れ

Constable Guard Thyself!

ヘンリー・ウエイド　鈴木絵美＝訳

国書刊行会

Constable Guard Thyself!
by
Henry Wade
1934

本書に登場する状況および人物は完全なフィクションである。

H・W

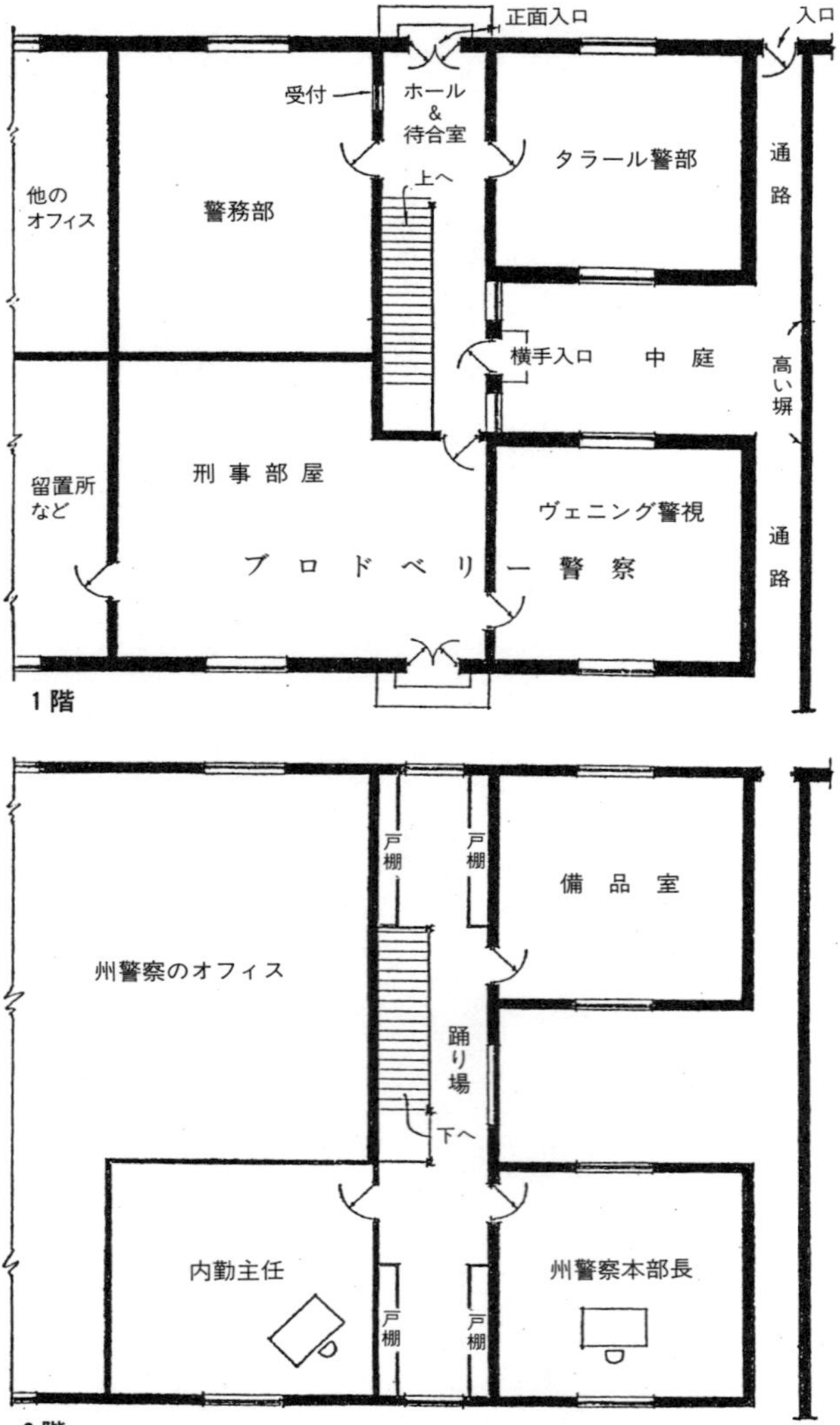
正面入口
入口
受付
ホール
&
待合室
タラール警部
通
路
他の
オフィス
警務部
上へ
横手入口
中　庭
高い塀
留置所
など
刑 事 部 屋
ヴェニング警視
ブ　ロ　ド　ベ　リ　ー　警　察
通
路
1階
戸棚
戸棚
備　品　室
州警察のオフィス
踊り場
下へ
内勤主任
州警察本部長
戸棚
戸棚
2階

ブロドシャー警察本部

警察官よ汝を守れ　目次

警察官よ汝を守れ

主な登場人物

アンソニー・スコール大尉…………ブロドシャー州警察本部長
キャサリン・スコール………………その娘
ヴェニング警視……………………ブロドシャー州警察副本部長
ジェーソン警視……………………内勤主任
タラール警部………………………内勤副主任
パリー警部
バニスター巡査部長
フックワージー巡査
チャーリー・タプル巡査
（以上四名）…………ブロドシャー州警察の警官
サー・ジョージ・プレイハースト……警察委員会の委員長
コードン将軍………………………警察委員会のメンバー
アルバート・ハインド………………出所した服役囚
ジョン・ハインド……………………その弟
フランク・ポーリング………………ハインドの密猟仲間
ラヴ…………………………………森番
ジャック・ウィセル…………………グラマー・スクールの生徒
マーヴェリング……………………ブロドシャー州の主計官
プリンクル…………………………八百屋
ホセア・ブランカシャー……………ブランカシャー商会営業責任者
ウエスティング……………………銃器の専門家
ヘイリング…………………………刑務所の看守
フレッド・ボウルズ…………………元中隊付き曹長
プール警部…………………………スコットランド・ヤードの刑事
ガウワー巡査部長…………………その部下
サー・レワード・マラダイン………スコットランド・ヤード総監補
サーストン部長……………………プールの上司

第一章　昔話

「将軍、ここがうちの内勤主任の部屋だ」

ブロドシャー州警察の本部長を務めるスコール大尉は、薄暗い部屋のドアを開け放った。部屋には棚と書類キャビネットが並んでいる。ロールトップ・デスクに向かって座っていた制服の警官がさっと立ち上がり、直立不動の姿勢をとった。

「ああ、警部、君だったか。ジェーソン君が午後から出かけることを忘れとったよ」

スコール大尉は連れに向き直った。相手はかなり小柄な男で、いかにも軍人然とした顔に、身体に似合わぬ大きな口ひげをきれいに生やし、明るい青い目をしている。

「彼は内勤副主任のタラール警部だ。ジェーソン警視は妹の結婚式で二、三日、休みをとっているんだった。また次の機会に紹介するよ。どうだ、みすぼらしい部屋だろう。風向きがよくなったら新しい本部を建ててもらえるよう、おたくの委員会を説き伏せる気でいるんだがね」

だが将軍は、部屋よりもそこにいる人物の方に興味を持った。

「前に会ったことはないかね？」と将軍が尋ねた。「ブロドシャー連隊にいただろう。私はコードン将軍だ。一九一八年に第七歩兵大隊を率いていた」

コードン将軍が話しているうちに、思い当たったという表情がタラール警部の顔を素早くよぎった。中背のがっしりした男で、引き締まった口元にはひげが短く切り揃えてある。その表情はすぐに消え、持ち前とおぼしき無表情な顔に戻った。

「ブロドシャーではありませんでした」とタラールが答えた。「ですが、その年に、将軍の指揮下に何日かいたことがあります――ソンム（フランスを流れる川で、第一次大戦における激戦地）でした」

スコール大尉が聞き耳を立てた。

「そりゃ、初耳だ。一度もそんなことは言わなかったじゃないか。私も州の連隊にいたんだよ。警官になる前に。知っとるだろう。コードン将軍と私は同じ大隊にいたんだ。将軍、あれは……一九〇五年、それとも六年だったかね？」

「一九〇六年だ。第一大隊からやってきた君と、インドで合流したじゃないか。かわいそうなジャック・スマイリーとちびのパターソンが国境でやられたすぐ後に」

「ああ、そうか。思い出したよ。警部、コードン将軍は警察委員会に入ったばかりでね。だから我々も力を合わせてやっていかんと、えらい目にあわされるぞ」

コードン将軍は、機嫌よさそうに短く笑った。

「違うことを始めてみようと思ってね。大尉、私はあんたより四つ、五つ下だったかな。ところで警部、続きを聞かせてくれ。ブロドシャー連隊にいなかったのに私のもとで戦ったとは？」

「ドイツ軍が三月に猛攻撃を仕掛けてきた後のことです。私は一九一七年にロンドン・フュージリア連隊に入ったんですが、ちょうど攻撃が始まったとき、大きな分遣隊と一緒に送り込まれたんです。ベースキャンプは増援の兵士たちであふれかえっていて、みんな右往左往してました。私たちは言われるままにあちこちへ送り込まれたんです。どこの連隊かなんてことはおかまいなしに。少なくとも、私たちの目にはそんなふうに映りました。ともかく、一ダースばかりの仲間と一緒に、第七ブロドシャー連隊に向かう分遣隊に加わったんです。連隊の中央に配置されたのですが、構える暇もないまま、奇襲攻撃でほとんどやられてしまいました」

鳥のように生き生きとしたコードン将軍の顔が、束の間、わずかに翳《かげ》った。

「ああ、思い出した」と将軍がつぶやいた。「あれはひどかった。ほとんどの者は名簿に名前を載せる時間さえなかった。どこだったかな？　ボーシャンか？」

「そうです。ボーシャン＝シュル＝ソンムでした」

「やれやれ、スコール、ありゃ、悲惨な戦いだったよ」と将軍は言った。「我々はサンカンタンの後方で叩き潰されて、退却に追い込まれた。といっても生き残った者だけだが。一日一日が、何週間にも感じられたよ。大所帯の分遣隊が来てくれて、ソンム川で合流した。ヴィレル＝ブレトーノウのちょいと東あたりでな。そういえば、ブロドシャーだけでなくいろいろな部隊の兵士がいたな。忘れておったよ。それを中隊に分ける余裕すらなくてね。合流した晩にドイツ兵がまた襲ってきたので、そのまま使うしかなかった。みんな古参兵のように戦ってくれたが、三日もたつと左の塹壕線が破られ、敵に後方をおさえられてしまった。生存者はごくわずかだった。すると警部、君はそのひとりかね」

タラール警部はかぶりを振った。

「いいえ、違います。私は捕虜になりました」

「そうか。なら、どうして君の顔に見覚えがあるんだろう。たった、二、三日しか一緒にいなかったというのに」

タラールは再びかぶりを振った。

「私には見当もつきません」

「不思議だな……確かに……おお、そうだ、思い出した。君への勲章を申請したんだった。君は、あれだ、こっちの背後に回り込んだドイツ軍の機関砲を爆破して、奴らを蹴散らしてくれた。勲章は……うむ、どうだったか……申請しようとしただけだったのかもしれん。そのつもりだったのは覚えておるが、なにしろひどい混乱状態だったからな。私も少々参っておったし……。実際どうだったか、思い出せんな」

タラールは、身をこわばらせた。

「将軍、それは違います。思い違いをしてらっしゃいます。私はドイツ軍の機関砲を爆破したことなどありません。みんなと同じように、銃を撃ちまくりはしましたが。ドイツ軍に後方をとられた時、我々の小隊はほとんど全滅し、私は捕虜になったのです」

コードン将軍は首を振った。

「そうか、君がそう言うのなら。思い出したような気がしたのだが、別の人間だったのかもしれんな。とにかく、会えて嬉しかったよ。今度また、すっかり話を聞かせてくれ。スコール、私はもう戻らねばならん。案内してくれてありがとう」

将軍はきびすを返すと、部屋から出ていった。スコール大尉は、将軍の顔がやや曇り、いつものように背筋がぴんと伸びていないのを見た。ソンムでの悪夢が蘇ったせいで、活力が失われたかのようだ。大尉は将軍を追って部屋を出た。

「そっちこそ、来てくれてありがとう。あんたが委員になったんならいろいろと……」

スコールの声は階下へと消えていった。タラールはしばらく立ったまま閉まったドアを見つめていた。その無表情な顔でさえ、忌まわしい過去の記憶を映し出しているようだ。それから肩をこわばらせて腰を降ろすと、呼び鈴を押した。若い巡査が姿を現した。

「アルバート・ハインドについて書き取ってくれ。ノートは持ってるか?」

「はい、警部」

巡査は椅子を引いて腰を降ろし、膝の上でノートを開いた。

「一九三三年十月十四日、刑期を終えフィールドハーストを出所。減免はわずか三ヶ月。出所後の住所はシャセックス州ウーラム市パーク・ロード十三番地。シャセックス警察の報告によると、ハインドは十五日に同地に到着したが、今月の五日にまた出ていっている。住所変更の届出はなし。有罪宣告を受けたのがブロドシャーなので、おそらく……」

若い巡査は顔を上げた。

「ハインドというと、森番を殺したあの男ですか?」

「速記に集中したまえ。口述を続けるぞ」と警部は短く言った。「おそらく彼は……」

呼び鈴が穏やかに鳴った。

「本部長だな。一旦、中断しよう」タラールはそう言って立ち上がった。「いや、君は下へ行っててくれ。私もたぶん後で行く」

タラール警部は書類をまとめると、廊下をはさんで向かいにある警察本部長の執務室へ行った。

スコール大尉が手にした電報を見ながら暖炉を背にして立っている。大柄な男だ。縮れた髪には白いものが混じり、口には無精ひげが生えている。あごは四角く、堅く閉じた口は不退転の決意を表しているようだ。冷たく、かすかに灰色がかった瞳も、その印象を裏づけている。五十九歳だというのに、熱意は少しも衰えていない。

「ジェーソン君から電報だ。妹さんの具合が悪くなって、結婚式は延期になったそうだ。とにかく日曜の晩までいてやれと返電を打っておいた。妹さんと一緒にいられることになって喜んでいるだろう」

「そうですね。今、署名をいただけますか」

スコール大尉は机へ移動した。

「君が連隊にいたとは驚いたよ。どうして言ってくれなかった」

「警察に入ったときにお話ししましたよ。こちらは、走行距離の報告です。今月は南東管区がかなり増えています。でも、あそこは口蹄疫で大変ですから」

タラール警部の口調は相変わらず感情がこもっていない。自分のことを話すのも、殺人のことでも服の鉤裂きのことでも、同じ調子だ。スコール大尉はタラールのことを、そこそこ有能だが退屈な男とみなしていた。

「君の親父《おやじ》さんは、ブロドシャーの出だろう。なぜ、こっちの連隊に入らなかったんだ」

「若い頃はロンドンで働いていて、学校も向こうでした。あちらでは、みんなロンドンの方に入隊してましたから、それが当たり前だったんです」

スコール大尉は納得していないようだったが、なにも言わなかった。署名すべき書類がたくさんあり、十分間、それにかかりきりとなった。だが、先程の話がまだ気にかかるらしく、ペンを置いて椅子の背にもたれかかると、相手を見た。

「親父さんは、連隊一、頭の切れる曹長だった。私の知識は、ほとんどあの人から教わったものだよ。だから喜んで君を警察に迎え入れたのだ。親父さんみたいになろうとは思わなかったのかね。長く軍務めをして昇進する道を？」

「本部長、私はずっと警官を目指していました。軍人よりも意義のある職業だと思ったのです。平時の軍人よりという意味ですが。入れてくださったことには感謝してます。あの頃は、あまり空きがなかったことは知っています。本部長の部下たちも戦争から戻ってきてましたし」

「その通りだ。新人は、ほかには誰も入れなかった。二〇年の半ばを過ぎる頃まではな」

「運がよかったと思っています。こちらは、例の若いウェイスタブルの件です。家畜の虐待事件の。今朝、ルーズリー法廷に出廷しました。裁判所の意向としては感化院に送りたいのですが、新しい少年法のもとでは内務省認可学校しか認められていないので、少年のためになる認可学校を教えてくれないか、という問い合わせでした」

スコール大尉はうなった。

「うちの管轄じゃない。治安判事のところが面倒見るべきだ。もちろん、警察がこの件を無視するわけにはいかない。こういった若いチンピラが怖がるのは、我々だけだからな。奴らに必要なのは、鞭だよ」

「わかりました。今夜は以上です」

タラール警部は書類をかき集めると、戸口へ向かった。スコール大尉はペンを無意識にいじり回していたが、なにかを決心したようにぱっと顔を上げた。

「ちょっと待ちたまえ。今朝、ジェーソン君が、フィールドハーストを出所したばかりのハインドという男のことを口にしていたが。シャセックス警察がその男を見失ったとかいう話だった。奴は仮釈放中なんだな。それについてなにか知っているかね」

「シャセックス警察から聞いたことしか。ハインドは出所時に出頭し、しばらくウーラムにいると届け出ています。今日の話では、規則を破って住所変更を知らせずに家を出たそうです。シャセックスでは、ここで有罪になったのでこちらに向かうと考えているようです。フィールドハーストでの素行は悪かったらしく、たった三ヶ月しか減免されていません。凶暴な男のようですね」

スコール大尉は眉をひそめた。

「ああ、危険な奴だ。なぜ内務大臣が判決に口を挟みたがるのか、どうも納得できん。前に刑務所の所長から聞いたのだが、ハインドはどうも減免をもらえないようにわざと騒動をおこしていたらしい。刑務所のほうじゃ、報告する手間を省いたようだがな。だから、そのような態度にもかかわらず、三ヶ月の減免をもらえたに違いない」

「そのようですね」ドアに手をかけながらタラールは言った。

だが、スコール大尉は警部をまだ解放したくないようだ。

「むろん、この事件は君が来る以前のことだ」大尉はそう言うと身体をそらし、パイプに煙草を詰めた。「奴は森番を殺し、死刑を宣告された。だが、内務大臣が陛下に減刑を進言したのだ。なぜそんなことをしたのか見当もつかんよ。謀殺かどうか疑問が残る、とでも言ったのだろう。弟ともうひとりは従犯で五年の刑となった。ふたりとも戦争で死んだがね。それにしても、実際に手をくだした奴のほうが生き延びて、また面倒をおこすようになるとは、司法とはおかしなものだ」

「その男は、懲りたと思いますよ」タラールは辛抱強く言った。帰る前にまだひと仕事あるのだ。

「怪しいものだ。まあ、そうあって欲しいがね。皆に知らせるんだろう？　ハインドがこっちへ向かっているのなら、しっかりと見張ってくれ。さてと、もう失礼するよ。まっすぐ帰るから、何かあったら自宅のほうへ頼む。おやすみ」

「お疲れさまでした」

ドアが閉まると、スコール大尉はしばらく座ったまま、目の前の吸取り紙を見つめていた。やがて机の右側の引き出しを開け、オートマチックの銃を取り出した。装塡してある弾を調べてからポケットに滑り込ませかけたが、そこでためらい、再び取り出して「ふん」とつぶやきながら引き出しに戻した。おそらく、いかにもイギリス人らしく、メロドラマじみた行為が半ば恥ずかしくなり、嫌気がさしたのだろう。しかし、階下へ降りて十一月の夜気へと足を踏み出しながら、大尉は己の行動が賢明だったかどうか自信が揺らぐのを感じた。

　車より馬を好む男女がイングランドにはまだ残っており、アンソニー・スコール大尉もそのひとりだった。任務には、もちろん車が不可欠である。彼の管轄はとてつもなく広い。しかし、自分の楽しみには、ゴムのタイヤをはかせた一頭立ての二輪馬車を毛並みのよい鹿毛《かげ》の雌馬に引かせている。職場と家との五マイルの往復もそうしていた。費用は自腹だ。この趣味は、もう何年もブロドベリーの住民にはよく知られていた。もちろん馬は時の流れとともに替わっていったが、名前は受け継がれた。現在、轅《ながえ》に収まっているのはベッシー三世である。過去二十年間役目を務めた、先代の二頭のベッシーがつけていた飾りピンも変わらなかった。そのため、大尉の馬小屋には永遠の若さの秘密があると思っている者も大勢いた。

〈バンプトン・アームズ〉の馬丁ジョージが馬をつけるのに、そう時間はかからなかった。馬丁はせわしなく動きながらおしゃべりをし、スコール大尉は聞き役に回っている。市場《いちば》町では、いまだに馬丁が規模の大きな宿屋の目玉となっている。大尉は、たわいない噂話をあえて耳に入れるようにしていた。こうした話は馬小屋に流れつくのが常だ。ここから役に立つ情報が警察本部に漏れてきたのは、一度ばかりではない。

ジョージに元気よくおやすみを言い、ベッシーには「いい子だ、行くぞ」と声を掛けると、スコール大尉は広場に出て、交通整理の巡査の敬礼に応え、町を抜けるまで混みあう道を静かに進んだ。広々とした郊外に出てから肩に軽く鞭をひとつ入れると、それだけで馬は早駆けに移った。たちまち生垣が飛ぶように過ぎ去りはじめる。あたりは薄暮からだんだん暗くなっていく。まもなく、前方にブロドリーの森の黒い塊が現れた。その光景を見て、スコールの脳裏につい先程タラールと話した二十年前の出来事が、ありありと蘇った。

一九一二年、警察本部長に任命された当時、ブロドシャーは密猟の横行に悩まされていた。隣接する大きな港町グレイマスからやってくる荒くれ連中は、獲物たっぷりの森で「ひと仕事する」のを習わしにしていた。ブロドシャーは、その森の存在で有名だった。連中はシーズンごとに大胆さを増し、暴力におよぶことすらあった。おもに、高まりつつあるこの脅威と戦うために、ブロドシャーの警察委員会——メンバーのほとんどが地主だった——は、年老いた愛すべきブレディントン大佐の代わりに、もっと若くてやる気のある人間を警察本部長に迎えることを決定した。大佐はそれは立派にそつなくブロドシャーに仕えてくれていたが、もう平穏なヴィクトリア女王やエドワード王の時代ではなかった。

スコールが選ばれたのは、インドの危険地帯で警察務めをした五年間に築き上げた、豪胆さと決断力に対する評価によるところが大きかった。彼の強情そうなあごと引き締まった口元が、ブロドシャーの平和を乱す者どもと真っ向から渡り合うことを保証してくれていた。就任直後、密猟の問題には断固たる措置だけでなく、もっと組織だった対策が必要だと、スコールは気がついた。まもなく、いつも被害を被るばかりで、これといった助けが得られずに苦しんでいる森番たちを知るようになった。こうした勇ましい男たちは奨励に即座に応じ、警察挙げての作戦に全面協力した。しばらくするとこの作戦が成果をあげはじめ、密猟は手がかかる上に利の薄い商売になっていった。だが、途絶えはしなかった。やがてスコールは、罰金や数日、数週間の刑では、利益と遊びと興奮の入り交じった行為を思い止まらせる力が不十分なことを悟った。必要なのは見せしめだ。スコールはそれを手に入れてやると決心した。

あれから二十年、経験を積み、熟年にさしかかろうという今、森番ラヴの死を招いた状況と、彼を殺した犯人への死刑宣告のことを思い浮かべてみても、当時のような喜びはさして湧き上がってこなかった。ラヴはゲームの駒。彼の死はスコールのような男にとって何の意味もなかった。密猟者ハインドの死——処刑——のほうが、もっと意味を持ったであろうに。判決は終身刑へと変えられたが、それでも密猟の横行をぷつりと終わらせるのには十分有効だった。しかしスコールとしては、個人的な理由から、ハインドをすっかり片付けてしまいたかったのだが。

そして今、二十年近くたってハインドが出所し、自分の悲劇の場となった土地に戻って来るらしいと聞いて、長い間ほとんど忘れていたというのにすべてが蘇り、スコールの頭を占めるようになった。頭上で木々がトンネルを築いている、まさにこの森で、ハインドの銃が森番ラヴの頭を吹き飛ばして血まみれの塊に変えたのだ。待ち伏せ場所から突入したブロドシャー警察にとって、おびえ、うろたえながら、まだひくついている死体を見下ろして立ちつくす三人の男を組み敷くのは、たやすかった。スコール自身がその場にいたのは、警察にとって運がよかった。謀殺を故殺にしようとする弁護側の試みを打ち砕く、決定的な証言を提出することができたのだ。証言。それには勇気が、モラル上の勇気が必要だった。スコールはすべての経歴をふいにする覚悟で望んだ……

ベッシーが突然コースを変え、道の片側に身を振った。反対側から腕をふりかざした人影が飛びだしてきたのだ。本能的にスコールは、馬が後ろ脚立ちになるくらいまで手綱を引いた。すると、路上の男が手綱をつかんだ。

「手綱を放せ！」スコールは激しい口調で叫んだ。

男は上目づかいに相手を凝視した。あいているほうの手を目の上にかざし、森の深い闇の中で明るく輝くろうそくランプのまぶしさをさえぎっている。

「ちょいと待ちな。大尉、あんただってことはわかってるんだ」

「誰だ。いったい何の用だ」

男は目の前から手をどけた。

「こっちを見ろ。大尉、久しぶりだな」

ランプの明かりが、下品で残忍そうな顔を照らした。鼻はごつく、歯が欠けている。頰とあごに一週間は伸ばしたままの無精ひげが生えているせいで、顔の輪郭がぼやけてはいるが、スコールは自分が今思い浮かべていた男に違いないとわかった。鼓動が激しくなる。銃を携帯しなかった己の愚かさを呪った。

「誰だか見当もつかん。すぐにその手綱を放しなさい」

「二十年も中にいたんだ、色男もだいなしかもしれねえが、大尉、貴様には俺が誰だかわかってるんだろ。まあいい、こっちは忘れちゃいねぇ。命を賭けてみるかい……ま、それだけの値打ちがその命にあると思うんならな」

男の言い方から、最後の言葉の意味することは間違いようがなかった。スコール大尉は、のどが締めつけられるのを感じた。厄介事が待ち構えているときの常だ。これは、口先だけの脅しに過ぎないかもしれない。だが、もっと深い意味があるとしたら……。おまけにこちらは丸腰だ。スコールは素早い動きで鞭を左手に持ち替えると、御者用外套のポケットに右手を突っ込んだ。

「手を上げろ！」ポケットのなかの見せ掛けの武器を突き付けて、ぴしゃりと言った。

一瞬ひるんだかと思うと、男は道の脇へ飛び退き、鬱蒼《うっそう》とした森へと姿を消した。

スコールは短い笑いを漏らした。

「ばか者めが」と大声で叫ぶと、ベッシーに鞭をくれ、ちらとも顧みずに進み続けた。

第二章　失　踪

　翌日（一九三三年十一月九日木曜日）の九時少し前、赤と黄のブロドベリー・グラマー・スクールの帽子をかぶった少年が、警察本部の外壁に自転車をもたせかけ、閉まっているドアをおぼつかなげに見た。いつもよりわずかに胸の鼓動が速くなっていたが、少年は不安な気持ちを自分自身にさえ押し隠し、呼び鈴がないのを見ると把手を回して中に入った。待合室はがらんとしていたが、「受付」と書かれた小さな窓口があった。窓を叩くと、机から立ち上がった巡査が窓口に近寄るのがガラス越しに見えた。巡査は窓をがらっと開けた。

「坊や、何か面倒なことでも？」

「ちがいます。男の人からこの手紙を警察本部長さんに渡してってって頼まれたから」

　巡査は薄汚れた封筒を手に取り、うんざりした様子をちらりと見せながら裏返した。

「どんな男だったかい？　返事は要らないの？」

「わかりません。呼び止められて、ブロドベリーに行くかどうか聞かれたんです。僕の家はペトシャムで、学校に行くところなんです。もう、行かなくちゃ。九時になっちゃう」

「もうちょっといいかな。その男が誰だか知っているかい」

「いいえ」

「わかった。警部に渡してくるから、待ってなさい」

少年は不安な様子を見せはじめた。

「でも、遅刻したら大変なんです」

「すぐ済むよ。そこに座ってて」

巡査は窓を閉めるとすぐに待合室に現れ、二階へ昇っていった。一分後に巡査が戻ってきた。

「名前と住所を教えてくれれば、もう行っていいぞ」

少年はパッと立ち上がった。

「ジャック・ウィセル、グラマー・スクールに通ってます。家はペトシャムのアイヴィー・コテージです」

「よし、さ、行った、行った」

赤と黄の帽子は、さっとドアの外に出ていき、追跡中の警官のような速さで通りを飛ぶように抜けていった。

二階の内勤主任の部屋では、タラール警部がこのこぎたない手紙を調べていた。本部長宛の手紙は、「親展」と書かれたものと本部長個人に宛てたもの以外、すべて内勤主任が開封することになっている。見たところ、その手紙は親展や個人宛ではなかったが、中身を一目見るなり、タラールは電動式の呼び鈴に親指を強く押しつけた。

「これを持ってきた子はどこだ？」リース巡査が再び姿を見せると、タラールは問いただした。

「もういませんが」

「急いで呼び戻すんだ。いや、待て。電話を入れよう」

受話器を取り上げ、グラマー・スクールに電話を掛けた。すぐに校長につながった。

「ボールディング先生、おたくにウィセルという生徒はいますか。ジャック・ウィセル、ええ、その子です。ウィセル君は、たった今、こちらに手紙を持ってきてくれたんですが、本部長の方で、それについて聞きたいことがありまして。もうすぐ学校に着くでしょうから、こちらへ寄越していただけますか。いえいえ、すぐにお帰しします。恐れ入ります」

受話器を置くと、タラールは手紙を取り上げ、すみからすみまでもう一度読んだ。それから、リースが待っていることを思い出した。

「その子はペトシャムから来たと言ったな？　ヴェニング警視のところへ行って、ゆうべ話した例のハインドを探し出したいから、ペトシャムにパトロールの車を派遣するよう手配してもらえ。警視は人相を知っている。急ぐんだ。それから、ピット巡査部長を呼んでくれ」

すぐに、警務部の巡査部長が現れた。

「ピット、あのハインドが本部長に脅迫状を寄越したんだ。ペトシャムから来る道の途中で、自転車に乗った子に手紙を預けてな。全署に連絡し、ハインドのことを伝えてくれ。それから……いや、これは私がやったほうがいいな。大至急頼む」

ピットが騒々しく音を立てて一階へ降りていく間、タラールは電話をルーズリーにつなぎ、すぐにペトシャムのある南東管区のラジャー警視をつかまえた。

「どうも、タラール警部です。ジェーソン警視が休暇中なもので。ゆうべお知らせしたハインドの件ですが、奴がペトシャム近辺に姿を現したんです。なんとしても捕まえたいので、ご協力いただけませんでしょうか。駅を調べたほうがよいかと思います。よろしくお願いします」

受話器を置き、また取り上げようとしたちょうどそのとき、階段を上ってくる重い足音を耳にした。本部長が出勤してきたのだ。

「つい先程、こんな手紙が来ました。すぐご覧になったほうがよいと思います」

タラールは本部長の椅子の横に立ち、封筒に入ったままの薄汚れた書状を吸取り紙帳のうえに置いた。スコール大尉は手紙を取り上げて開き、椅子に腰掛けた。

「どうやってこれを手に入れた」大尉は厳しい声で尋ねた。

「子供が持ってきたのです。ペトシャムの往来で男から渡されたそうです。学校へ急いでいたので、残念ながらその子を帰してしまったんですが、今、戻ってくるところです」

「もちろん、君もこれを読んだんだな」

「ええ、読みました」

スコールは、手紙にもう一度、目を走らせた。紙はありふれたものだったが、そこに書かれていた文句は、ありふれたものとは程遠かった。

貴様は二十年前、俺を終身刑にした。絞首刑じゃなかったのは惜しかったな。森番が撃たれたのは事故だと知っていたくせに、わざとやったと証言しやがって。この二十年のムショ暮らし、片時も貴様を忘れたことはなかった。今度、判事が黒い帽子を被って俺に死刑を宣告するときは、それ相応の罪を犯していることだろう。

アルバート・ハインド

追伸
貴様がこの手紙をいたずら扱いするかもしれないと思って、ゆうべ、お巡りにではなく貴様に直接あいさつしてやったのだ。

線が震え、のたうちまわったような手書きの文字だったが、文章構成はわりとまともだった。小学校しか出ておらず、二十年もほとんど物を書かなかった男にしては、よく出来ている。

「最後に書いてあることは、何なのですか」タラール警部が尋ねた。「ゆうべ奴に会ったんじゃないでしょうね」

ほんの一瞬ためらったのち、本部長は答えた。

「ああ、会った」いくらか自分を恥じているようにも受け取れるぶっきらぼうな態度だった。「少なくとも、ハインドに違いないと思った。君に連絡すべきだったが、すべてがばかげた騒ぎに思えてね。とにかく、こうなったら、何か手を打たなければならん。この手紙はまぎれもなく脅迫だ。これで奴を告発できる」

タラールは何か言おうと口を開きかけたが、考えを変えたようだ。本部長の主張には議論の余地があるが、今はそのときではない。

「手配の方はどうなっている。駅には知らせたか」

「はい。それと、ヴェニング警視がパトロールの車に奴を捜させています。本部長がいらしたとき、私はグレイマスに電話をしようとしていたところです。もともと奴はグレイマスの出身ですから、あそこが怪しい気がしますね」

「そうだな。あと、周りの州にも知らせよう。手紙のことは伏せといてくれ。住所変更の届出がないので捜しているとだけ言えばいい。先方も、裏に何かあることぐらい気づくだろう」

タラールは笑みを浮かべた。本部長は、近隣の州に焼きがまわったと思われたくないのだ。

ドアを叩く音がした。リース巡査が現れ、ウィセル少年が戻ってきたことを告げた。

「二階に寄越してくれ」スコール大尉が短く言った。

ジャック・ウィセルは、間違ったことはしていないんだとしっかり自分に言い聞かせながら、警官の後について二階に行き、偉い人の部屋に足を踏み入れた。少年は、タラール警部の姿を見て少しだけほっとした。この人なら村の共有緑地でクリケットをしているのを見たことがある。だが、椅子に座った大男のざらざらした声を聞くと、せっかくかき集めた勇気もすぐに潰《つい》えてしまった。

「男に会ったのはどこかね」

「僕……その人は……道で会いました」

「それはわかっている。場所は？　帽子をいじり回すのはやめなさい。さあ、それを降ろして」

ジャックの心の誇りである赤と黄色の帽子が、ぱさりと床に落ちた。

「ここの道なんです。ペトシャムから来る途中です。一マイルほど行ったところだと思います。その、ペトシャムから一マイルということです」

「それでいい。で、どんな男だったかね」

「タフガイでした」賛同の言葉を得たことで、ジャックは自信を取り戻した。男の様子なら、学校の友達にすでに話している。「鼻はつぶれて、あごには無精ひげが生えてました。目は……その、獰猛《どうもう》な感じでした」

「身長は？」

少年は、ちょっと考えた。

「はっきりとはわかりません。でも、猫背でした。肩ががっしりとしていて。ものすごく強そうに見えました」

「そいつだ」スコール大尉は素早く口をはさんだ。「今の言葉で、奴が猫背だったことを思い出したよ。タラール君、シャセックスが知らせてきた特徴と一致するか？」

「がっしりした肩をしているという報告はありました」

スコール大尉は少しの間、考えをめぐらせた。

「声はどうだったかね」しばらくしてから、そう訊いた。

「しゃがれた声でした。風邪でもひいたみたいな感じで」

スコール大尉はうなずいた。

「同じ男だ。間違いない。坊や、もういいよ、ご苦労さん。そら、これを受け取りなさい」大尉はポケットから半クラウン銀貨を取り出し、部屋の向こうめがけて爪先で正確にはじき飛ばした。

「これで何か買うといい……このごろの男の子は何が欲しいのかな。おもちゃのピストルあたりか。それから、その男をまた見かけたら、お巡りさんが来るまで見張っていてくれよ」

「わかりました。ありがとうございます」

ジャック・ウィセルは帽子を拾い、誇らしげに部屋から出ていった。どんなことがあっても絶対手放さないとばかりに銀貨をしっかり握りしめ、いつか勉強地獄を卒業したらすぐに警察官になるぞと堅く心に誓った。

スコール大尉は、ペーパーナイフで吸取り紙帳を突っつきながら、しばらく何も言わずに座っていた。タラールは出ていこうとしたが、スコールに引き止められた。

「この男は、もう姿をくらましたと思う。おそらく、こっちの反応を楽しんだだけだ。だが、奴を見つけるまでは、少々真面目に受けとめたほうがよさそうだ。君は追跡の方を進めてくれ。周りの州とスコットランド・ヤードに連絡するんだ。居場所を知りたいとだけ言えばいい。それから、ヴェニング警視を呼んでくれないか」

ヴェニング警視は、州都ブロドベリーを含む中央管区の責任者だった。最近、副本部長に任命されたが、本部長が不在の時を除けば、それによって責任が増えたり地位が向上したりするわけでもなかった。歳は五十手前で、厚みがあって逞しいからだをしている。いかつい顔で、目と目の間が狭いのがアンバランスな感じを与えていた。古いタイプの警官で、じっくりと考え、感情を露《あらわ》にしない。だが、根気強くて大胆不敵なところもある。勇敢で粘り強いという形容は、彼のためにあるようなものだ。

ヴェニングの執務室（巻頭の見取図参照）は、本部署員の部屋と同じ建物内にあり、一階の廊下で繋がっている。それゆえヴェニングが詳細をすっかり掌握するのに、ほとんど時間はかからなかった。事態を深刻に受け取っているらしい。彼はハインドの事件に深く関わっており、その凶暴な性格と、警察の仕掛けた罠に対する激しい怒りの様を覚えていた。死刑を言い渡されて被告席を立ち去る際に、ハインドが本部長に投げかけた表情も覚えている。もし自分があのような顔を向けられたら一生忘れることはできない。そんな表情であった。だから、脅迫してきた男が監視下に置かれるまで、きちんとした身辺警護をつけるのを許可してくれるよう本部長に力説した。ただし、その脅迫は漠然とし過ぎていて、スコールとヴェニングがハインドにふさわしい唯一の場所と考える刑務所に、奴をもう一度送るほどの力はない。

最終的には、次のような手立てをしばらく続けることで話がまとまった。本部長の移動はすべて警察の車で行い、運転手のほかにもうひとり巡査が同乗する。二名の巡査が本部長の自宅、ホーステイングス荘で常時警護に当たる。さらに本部の待合室または正面入口の外に巡査を配置する。いつも施錠されている横手の入口を除くと、唯一ほかの入口は、本部の裏手にあるブロドベリー署の刑事部屋へと入るドアで、そこならば常に警官がいる。本部長はこれ以上の警護を受け入れなかったが、オートマチックの銃を携行することは承知してくれた。ヴェニングは、平気そうに見えるが本部長も少し不安を抱いているなと思った。無理もない。

一方、タラール警部はジェーソン警視の部屋に戻り、グレイマス警察に電話をかけた。大きな港町であるグレイマスは二万人以上が住む自治都市で、独自の警察組織を擁しており、それが、グレイマスを抱えるグレイシャーの州警察にとって、厄介でやりにくい状況を生んでいる。グレイマスは、身を隠したい者から、果ては国外逃亡までを目論む者にとって、まさにうってつけの場所だ。タラールが、グレイシャー州警察より先にこの自治都市の警察に連絡を入れたのは、正しい判断であった。しかし、本部長との話し合いがかなり長びいたため、グレイマス警察に事実関係を把握してもらった時には、午前十時十五分を過ぎていた。港はブロドベリーからわずか四十マイルの位置にあり、ウィセル少年がハインドを見た地点からだとさらに近い。運よく車か馬車に拾ってもらえたなら、警察が捜索を始める前に街中へ入って姿をくらます時間はたっぷりあったことになる。逆に、自転車に乗るか歩くしか方法がなかったとすると、見つからずにグレイマスに入るのは、この時点では少々難しくなる。

まだ鉄道が残っている。タラールは時刻表に手を伸ばし、ぱらぱらとページをめくって、ペトシャム発グレイマス行きの列車が九時二十七分に出ているのを見つけた。ラジャー警視がタラールの電話に応じて素早く動いたとすれば、この列車が発車する前に駅に人を遣る時間は十分あったことになる。ハインドを捕まえたのなら、とっくに連絡が入っているはずだが、この列車を見張っていたか聞いてみるのも無駄ではない。タラールは再度電話をルーズリーにつないだ。そして南東管区の警視から、ペトシャム駅にもルーズリー駅にも見張りを立てていたが、ペトシャム九時二十七分発（ルーズリー九時四十一分発）の列車には、アルバート・ハインドの人相風体と一致する者は乗っていなかったと聞かされた。

さて、次ぎはグレイシャー州警察だ。タラールは電話をかけ、すぐに先方の内勤主任を捕まえた。相手はあまり気乗りしなさそうに聞いていた。タラールが話し終えると、かなりの間をおいてから退屈したような声が返ってきた。

「八時半に目撃されて、今は十時四十五分。あまりお急ぎのようではありませんな」

ブレット警視は、相手が言い返せない立場にあることを心得ていた。タラールは顔を真っ赤にした。

「我々が報告を受けたのは、九時を過ぎてからなのです。その後いろいろと電話をかけたり、本部長と長いこと打ち合わせをしていたもので」

答えはまぎれもない真実だったが、説得力に乏しかった。脅迫のことは伏せるようにという本部長の指示のせいで、事情をきちんと説明できない。ブレット警視は横柄に「ああ、そうですか」と言って黙りこんだ。グレイシャー州警察はハインド捜索に大々的に協力してくれる気はなさそうだ。

近隣のほかの警察機構に知らせ、スコットランド・ヤードにも連絡すると、タラール警部は本部長の部屋に戻り、決心を考え直して、ブロドシャーがアルバート・ハインドを追っている理由を包み隠さず説明させてくれるように頼んだ。それができないため捜索に支障をきたしているのだ。グレイシャー州警察に事態の緊急性を納得してもらえなかったことを例に挙げ（ブレット警視の言葉は引かなかったが）、ただ「住所変更の届出をしなかった」ので捕まえたいというのでは、どこの警察も特別にパトロールを出してはくれないことを指摘した。スコール大尉は問題点を理解し、情報は内密に扱い一般回線の電話は使わないことを条件に、しぶしぶ承諾した。

タラールは急いで自分の部屋に戻って事情をすっかり記した報告書を書き、より緊急な協力要請を添えると、オートバイの巡査に写しを持たせて、直ちにグレイマス自治都市警察とグレイシャー州警察に届けさせた。スコットランド・ヤードとほかの警察には、郵便で写しを送ればよい。

もう昼近くになっていた。タラールは、現時点でできることはすべて手を打ったと思い、別の仕事に目を向けた。ジェーソン警視を休暇から呼び戻したらどうかと進言したのだが、短いけれど正当な権利である休みを邪魔するのを本部長が嫌がった。

午後一時に、ヴェニング警視が手配したパトロールの車が戻ってきた。ヴェール巡査部長は、ペトシャム近辺のブロドシャーの道という道を調べた後、グレイシャーとの州境を越え、グレイマスにまっすぐ通じる道も捜してみたが、ハインドの足取りはつかめなかったと報告した。ヴェニング警視は巡査部長を本部に行かせ、不首尾を報告させた。

少したってグレイマスから電話があり、お尋ね者に関して収穫はないが、特別報告を受け取ってすぐに追跡を強化させたと言ってきた。

それ以上の知らせはなかったが、三時少し過ぎに、グレイシャー州警察から一本の電話が入った。タラール警部があまり期待せずに受話器を取ると、電話の向こうにいるブレット警視の不愉快な声が届いた。

「タラール警部ですか?」とその声は訊いた。「アルバート・ハインドに関する報告に興味がおありかと思いましてね。お時間があればの話ですが。そうですか。ハインドの特徴と一致する男が、今朝の十時三十五分、コーシントンからロンドン行きの列車に乗りました。そちらから電話をもらう十分前ですな。ペトシャムで目撃されてから、二時間と五分後。コーシントンはペトシャムから十七マイルで、道は田舎道とさほど変わらない状態ですが、自転車に乗れば間に合ったでしょう。ハインドを見つけたければ、ヤードに電話されたらいかがかと思いますよ。まあ、あまりお忙しくなければ」

第三章　警察本部

「あの巡査は待合室で何をしてるんだ？」——月曜日（一九三三年十一月十三日）に仕事に戻ったとき、ジェーソン警視がまっ先に口にしたのが、この質問だった。タラール警部は引き継ぎのため上司の部屋で待っていたが、アルバート・ハインドの出現と失踪に関連する出来事を詳しく報告した。

「十時三十五分発に乗ってロンドンに向かったのは間違いありません」タラールは断定した。「私もその日のうちにコーシントンまで行き、駅長と駅員たちに会ってきました。うち三名がハインドを認めています。奴は人目をひく容貌だという話ですし、昼中、あそこから出る列車はそう多くありません。ヤードはロンドンで奴をまだ発見できていませんが、キングズ・クロスはコーシントンとは違いますからね。そっと抜け出て人込みに紛れるのは、たやすいことでしょう」

ジェーソン警視は何も言わずに話を聞いていた。手紙を何通か開け、ざっと目を通すことまでしている。以前のタラールは、このやり方を不愉快に感じたものだ。警視はしばらく黙っていた。口蹄疫に関する南東管区の報告書に没頭しているらしい。

「ちょっと騒ぎ過ぎじゃないかね」やがてジェーソン警視が、ページをめくりながらそう言った。

タラールは赤面したが、何も答えなかった。警視は顔を上げた。

「そこら中に歩哨をたてたりして……まるでアデルフィ劇場でやるメロドラマのようだな。この素晴らしい案は君のかい」

「いいえ、主任。警護に関しては、ヴェニング警視の担当です。私は本部長の命令で、ハインド捜索の方をやっています」

「それで君はロンドンまで足取りをつかんだが、ヤードが奴を見失ったと？」

「その通りです」

「そりゃ、ご苦労さん。もし奴を捕まえたら、どうするつもりだったのかね？　うろついていた罪で告発でも？」

「違います。殺人の脅迫です。あくまで私の推測ですが、本部長の頭にはその考えがあると思います」

「だが、本部長は脅迫のことを知られたくなかったのでは？」

「ええ、そう見えました」タラールは根気強く答えた。「ですが、私が手紙を見せたときに、『この手紙は脅迫だ。これで奴を告発できる』とおっしゃっていました」

「じゃあ、そいつを見てみるか」ジェーソン警視はそっけなく言った。

タラール警部は引き出しの鍵をはずすと、ジャック・ウィセルが持ち込んだ薄汚れた手紙を取り出し、ジェーソン警視に渡した。警視はそれにじっくりと目を通し、引き出しに戻して鍵束を自分のポケットに滑らせた。

「たわいない手紙だ」内勤主任は辛辣に言った。「もう、自分の仕事に戻りたまえ」

このように不愛想に追いやられて、タラール警部は一階の自分の部屋へ戻った。タラールの通常業務は、どちらかというと単調で決まり切ったものだった。ジェーソン警視の不在中だけが、重要な事態に対して自主的に行動できる機会だ。巡査部長時代に本部勤務へ異動となったとき、タラールの友人連中は驚いた。だが彼は、フランスでの経験から、いちばん速く楽に昇進できるのは本部だとわかっていたので、自分から異動を申し出たんだと、笑いながら友に語った。

報告に対するジェーソン警視の冷淡な反応は、タラールにとって驚きでも何でもなかった。主任は頭が切れるし有能だが、皮肉屋で、部下ばかりでなく同僚までをも冷たくあしらうことがひどく好きなのだ。そのため、警察内ではあまり人気がなかった。肩書きのわりには若く、まだ四十三歳である。黒髪で、ひげをきれいに剃り、鋭敏で聡明な目をしている。身体つきはブロドシャー警察の平均と比べるときゃしゃだが、頑丈だ。多くの同僚たちと違って、軍隊出身ではない。それどころか、文民に比べて頭が鈍いからと、元軍人を見下してみせている。この態度もまた、敬遠される原因だ。それから本人と同じぐらい頭がよく、輪をかけて野心的な妻がいる。ミセス・ジェーソンは、夫がかなり上まで昇進するという望みを抱いているようだが、今のところ、ブロドシャー州の警察本部長でそれ以上の地位まで昇った者は誰もいなかった。

短い休暇の間に、内勤主任には相当な量の仕事がたまってしまった。タラールは上司の判断を待つため、危急でない問題をずいぶん残していた。四時間、忙しく働き、本部長の部屋へは、仕事に戻った報告と休暇に対する礼を言いに行ったきりだった。アルバート・ハインドの件については一言も触れなかったが、本部長の方も言いださないのに気づいて面白く思った。おそらく一連の騒ぎをいくぶん恥ずかしいと感じているのだろう。

昼どき、ジェーソン警視は本部の奥にあるヴェニング警視の部屋に顔を出した。ジェーソンは鈍感な元軍人をからかうのが好きで、副本部長はその対象のひとりである。ヴェニングは終戦直前のあわただしい時期に歩兵大隊を実際に指揮したこともあって、本部長から非常に高く評価され、信頼も厚かった。そのこともジェーソンは気にくわないのだろう。

「おはよう、ヴェニング」机の端に腰掛け、脚をぶらぶらさせて、ジェーソンが言った。「こっちが留守の間、ちょっとしたメロドラマを楽しんだようじゃないか」

ヴェニングは、揺れる脚も含めて、ゆっくりと来訪者を眺め回した。

「やあ、ジェーソン、おはよう。妹さんの病気、本当に気の毒だったね」

ジェーソンも、わずかに顔を赤らめるぐらいのたしなみは持っていたが、楽しみをあきらめる気はなかった。

「おかげさまで、だいぶ良くなったよ。で、いつまで君の非常線に囲まれてなくちゃならないんだい」

「そっちがアルバート・ハインドを見つけ出して、刑務所に放り込むまでさ。さっさと片をつけて欲しいね。こっちには、ハインドの件以外にも仕事がどっさりあるんだ」

なるほど、反撃と来たか、とにかく攻撃と同様の効果はあるからな、とジェーソンは思った。

「ハインドのこと、まさか本気にしてるんじゃないんだろ」とジェーソンが訊いた。「年寄りの犯罪者が、命取りな真似なんぞするわけがない。子供みたいなことをしてるだけさ。舌を出して走って逃げたんだ」

ヴェニングは時計に目をやって、パイプを取り出した。

「そう思うのかい。ハインドのことはよく覚えてるんだが、僕の受けた印象は違うな。もちろん、裁判のことは知らないよな――君が来る前の話だから」

ジェーソンは笑った。

「はずれだ。警察勤めはもう二十五年になる。まだ、歯は抜けちゃいないがね。就職前に赤い服（近衛兵の軍服）で遊んだりして時間を無駄にしなかったのさ」

ヴェニングはひと声うなると、椅子の背にもたれかかった。

「カーキ色（陸軍の軍服）のほうだって着なかったじゃないか」と浮かぬ顔で言った。「昼飯だ。じゃ、あとで。たぶんな」

立ち上がって帽子を取り上げると、ヴェニングは大股で刑事部屋を抜け、中庭へと出ていった。彼は怒っていた。ジェーソンが年齢について言ったことが、ちくりと胸に刺さったのだ。だが、彼の放ったもっときつい当て擦りも、同じぐらい効き目があった。ジェーソンはヴェニングが去った後の椅子に腰を降ろしていたが、もう脚をぶらぶらさせてはおらず、顔は青白かった。

*

昼食を食べ終わるとすぐに、ヴェニングは本部に行き、本部長に会えるかどうか尋ねた。本部長が午後は出かけたきりとなるのはわかっていたので、その前に捕まえたかったのだ。これから言う提案がどう受けとめられるか心もとなくて、少しそわそわしながら本部長の部屋に入った。

「ああ、ヴェニング君、君か。掛けたまえ。手紙を一通書き終えなきゃならん。構わんかね？　三時にブライジングで用があるのだが、出かけるまであと十五分はある」

スコール大尉は紙の上で万年筆をすらすらと走らせた。ヴェニングはその動きにじっと見入っている。彼自身は筆が遅いし、すぐインクで汚してしまう。本部長のインクはペンから流れ出た途端に乾いてしまうようだ。まるでその現象を裏づけるかのように、スコールは吸取り紙を使わずに手紙を折ると、封筒に入れ、力を込めて封をした。

「これで少しの間はおとなしくしてるだろう。さてと、ヴェニング君、何か困ったことでも?」

「ええ」ヴェニングは遠回しに切り出すような男ではなかった。「しばらく、こちらに滞在していただきたいのです」

「こっちに滞在……?」スコールはびっくりした。「この街に住めというのかね」

「その通りです。ハインドを捕えるまでの話ですよ。ホースティングス荘に二名つけるだけでは、完全な警護とは言えません。特に夜は。でも、人数を増やすのは駄目だとおっしゃるし」

「人手がないのだよ」スコールはにこりともせずに言った。「通常業務をきちんとこなすだけで、本当はあと二十人は欲しいところだ。しかし州議会の連中は、こっちがたった五人要求しただけで、ぎゃあぎゃあ言い出す始末だからな。自分たちの警察本部長を守るなんて話には……。やれやれ、連中が家を見張っている巡査のことを知ったら、何を言われるやら」

スコールは苦々しげに吐き出した。この件は長年にわたって不平の種であり、ヴェニングもまったく同じ思いである。

「それなら、なおのことです。こちらに住んでいただければ、見張りをはずしても安全です。ひとりは残すにしても」

「で、どうすればいいのかね? 家族で街のホテルか何かに住めと?」

「いえ。これはあくまでも提案なんですが……もちろん、決めるのは本部長です。でも、その……もし奥さんと娘さんが、お友達か、あるいはご親戚の家に行って、しばらく——そんなに長くなるはずはありません——滞在することが可能ならば、それなら本部長はこちらにお泊まりになれるのでは、と考えたのです」

ヴェニングは不安そうに上司を見た。

「どうでしょう……あの、ふだんは物置がわりにしているんですが、もちろんちゃんとした寝室にしますから。大きな部屋です。広々とまではいきませんが。えー、何を言いたいかと申しますと……もしお考えになっていただければの話ですが……実は、私のところの客間を使っていただきたいのです。妻も喜んでお世話します。うちのは料理も上手ですし……その、そうすれば、私自身の手で警護ができますし、本部長の安全もこの目で確かめられます」

スコールの厳しい灰色の目が和らいだ。身体を起こすと、相手の腕を軽く叩いた。

「ヴェニング、ありがとう。感謝する。家内と相談してみるよ。さてと、もう行かなくては」

スコールは立ち上がった。

「君は、この件を深刻に考えているのだな。奴は本気だと？」

「それはわかりません。違うかもしれない。でも、危険は冒したくないんです。考えてみてください。目の前で自分たちの上司に何かあったら、我々はとんだ大間抜けです。しかも、警告まであったというのに！」

スコールは大声で笑いだした。

「そうか、君が心配なのはそっちか」

*

スコール大尉は四時二十分に戻ると、ジェーソン警視の部屋に顔を出し、夕方の便で出す手紙を持ってくるよう命じた。そうした手紙に署名するのはどちらかというと機械的な作業である。ジェーソンはひとつひとつ内容を説明し、上司の署名が済むと吸取り紙で押さえた。話は目の前にある手紙のことだけでなく、午後の出来事にも及んだ。

「ハインドについて、新しいニュースは?」

「いいえ、何も。グレイマスから電話があって、向こうには絶対いないと言ってきただけです」

「ヴェニング警視の提案は知ってるかね」

「提案?」

「奴を捕まえるまで、ここに住んで欲しいと言うんだ」

「本当ですか?」

非難を敏感に感じ取って、本部長は顔をしかめた。

「己の身の安全のことで、大げさに騒ぎ過ぎると思っているんだろう」

「とんでもありません。そんなことは少しも思っていませんよ。その話は、ヴェニング警視の考えなんでしょう」

「そうだ。君は、あまりいい案だとは思っていないようだな」

「そんな。自分が本部長を守る立場だったら、私だって同じことを考えたでしょう」内勤主任はそつなく答えた。

スコール大尉はため息をついた。

「ほかには？」

「タラール警部のほうでパトロールのスケジュールを作ってありますので、確認をお願いします」

「そうだったな。こちらに持ってくるよう伝えてくれ。それが終わったらすぐ帰ることにする。今夜は早く家に戻りたい」

車によるパトロールのスケジュールおよびルートの作成と結果報告は、タラール警部の特別任務のひとつだ。この件では、タラールは本部長と直《じか》に話をすることになっている。命令系統の秩序を乱すやり方だということで、ジェーソンはひどく嫌がっていたが、本部長はこの仕事に特別な関心を抱いていた。警察委員会に人を増やしてもらうよりは、車を支給させるほうがはるかに容易だし、機械化によって人手不足の問題が少しでも解消されれば、という期待もあった。担当はタラール警部にした。すでに山ほど仕事を抱えている内勤主任よりも、熱心に取り組んでもらえると思ったからだ。なかなか上手い考えである。だが、ジェーソン警視は気に入らなかった。

毎週月曜日、タラールはパトロール警官一人ひとりについて、その週の仕事の割り振りを作成する。ルートや時間帯に変化をつけ、電話連絡を入れる地点を決める。この方法により、パトロールの車がどの時間にどこにいるか、本部では正確に、もしくはほぼ正確に把握できる。一方で、一般人、というか、その辺りをうろついている犯罪者が過去のパトロールの動きを観察しても、警察という危険がどこからやって来るのか、予測不可能にさせる効果もある。前週の報告は、月曜の朝に本部へ提出され、新しい週のスケジュールを決める上での参考にされる。この仕事の目的を考え、犯罪が集中して発生する週末に何らかの手違いが起こらないように、火曜から火曜が一週間のサイクルとなっている。

スコール大尉は、こうした報告やスケジュールにいつも関心を寄せていた。ジェーソン警視には急いでいることをほのめかしていたのに、タラールが本部長の部屋を出たのはたっぷり二十分も後のことだった。タラールは上司の部屋に顔を出し、本部長がほかに署名する手紙があるか知りたがっていることを伝えた。

「いや別に。急いでいると言っていたのになぁ」

「そのようでしたよ。ちょうどお帰りになるところです」

「そうか。ほかに手紙はないよ。ところで、この部屋には今来たばかりかい」

「この部屋ですか」

タラールの無表情な顔つきと、質問を繰り返す癖に、ジェーソンはいつもいらいらさせられた。

「そう、この部屋だ。ドアを開けたが、入らなかったとか?」

「いいえ。いつの話ですか」

「五分ほど前だよ。首にすきま風を感じたので顔を上げたら、ドアが閉まるところだったんだ。その前は閉まっていたから、誰かが開けて、また閉めたに違いないんだが」

タラールはかぶりを振った。

「私じゃありませんね。巡査の誰かでしょう。風の仕業かもしれませんね」

「風だったら、そっとドアを閉めたりはしない」ジェーソンはじれったそうに言った。

タラールは心配そうに上司を見た。

「主任まで、例のハインドのことを気にし始めたんじゃないでしょうね」

「まさか！　バカバカしい。だいたい、奴が存在するかどうかも怪しいもんだ。ほかに何か用は？　君と違ってこっちは仕事があるんでね」

この不当な発言にも、タラールは別段こたえた様子はなかった。主任の部屋から出たとたん、にやにや笑いがその顔いっぱいに広がった。無表情を身につければ、たいていのことはうまく隠し通せるものだ。タラールはどかどかと階段を降り、自分の部屋に戻った。それから五分間は、スコール大尉の指示に従ってスケジュールを組み直していた。そして脇の呼び鈴を指で五回押した。すぐにドアが開き、警務部の巡査がひとり姿を見せた。

「フックワージー君、このスケジュールを持っていって、それぞれ六部ずつタイプして欲しい。ひと通り目を通して、不明な点がないか見てくれ」

背が高く、ひげをきれいに剃った若い巡査は、紙をつぎつぎとめくりながら、急いで書類に目を走らせた。

「大丈夫です。すぐ要るんですよね」

「そうだ。頼む」

フックワージー巡査はゴム底靴できびすを返すと部屋を去り、後ろ手でドアを静かに閉めた。待合室でちょっと立ち止まって、通りから戻ったばかりの巡査に声をかけた。

「やあチャーリー、手紙を出してきたのか」

新米の巡査はうなずき、正面のドアを勢いよく閉めた。がたのきた古い建物が揺れた。すぐその後に、くぐもった爆発音のような銃声が轟いて、再び建物を揺るがした。間髪いれず、二発目の銃声が続いた。

第四章　空　席

　ふたりの巡査は、一瞬、顔を見合わせた。次の瞬間、待合室の両側のドアがものすごい勢いで開いたかと思うと、片方からは自室にいたタラール警部が飛び出し、もう片方からは警務部にいたピット巡査部長とリース巡査がころがるようにして出て来た。

「ありゃ、何だ？」「ちきしょう、いったい……？」「銃声だ！」

　興奮と不安に包まれ、全員が口々にわめいた。最初に自制心を取り戻したのはタラールだった。

「上だ！　間違いない！」タラールはそう叫ぶと階段を駆け上がり、残りの者もあとを追った。

　二階に着くと、タラールは急に立ち止まった。本部長室のドアが開いており、ジェーソン警視がその戸口に立って中を凝視している。ドアの枠に片手をついて寄りかかっているジェーソンのその青白い顔を見ただけで、何か恐ろしいことが起きたとわかった。タラールは駆け寄って、ジェーソンの肩越しに覗き込んだ。本部長が机に向かって座ったまま、前のめりに倒れている。頭は吸取り紙帳の上で、顔を入口に向け、額には小さな黒い穴があいている。つんとくる火薬の臭いが部屋に充満していた。警官たちにとって、自分たちが目にした悲劇が何なのか、疑う余地はなかった。

「死んでるんですか？」ショックを受けた巡査が、声を殺して聞いた。

「警視、調べたほうがいいですよね？」タラールは促した。

戦時中に死を目のあたりにすることがなかったジェーソン警視は、失神しそうに見えたが、やっとの思いで踏ん張っていた。

「ああ、そうだ、そうしたほうがいいな。タラール、医者を呼んでくれ。いや、やっぱり、ピット、君が呼んで。タラール、君は私と来てくれ」

よろよろと上ってくる重い足音を耳にして、警官たちは足を止めた。ヴェニング警視だった。顔を真っ赤にし、息を切らしている。

「いったい何事だ。あの音は？」ヴェニングは、あえぎながら聞いた。

「本部長が撃たれたんです」ジェーソンはまだ茫然としていて口がきけない状態にあると判断して、タラールが答えた。

ヴェニングも戸口の人だかりに加わった。自分の上司の死体を目にして、声にならない声を発しながら、息をのんだ。

「奴はまだ建物の中か、屋上にいるはずです。捜しますか？」とタラールが訊いた。

ヴェニングは鋭い目で相手を見た。

「奴とは？」

「ハインドですよ。あいつの仕業じゃあ……」

ヴェニングは部屋の中に視線を戻した。

「なんてことだ！」ヴェニングはうめいた。事件の本当の意味を飲み込んで、打ちのめされたようだ。本部長を守るのは、自分の役目だった……俺はそれに失敗したのだ。予告を受けていたにもかかわらず、しくじってしまった。警察の総力を挙げて取り組んでいたというのに……

「よし、君は中を頼む」ヴェニングはそう言うと、ブロドベリー署から一緒に来た巡査部長に向き直り、「バニスター、君は屋上に登れ。ここにいる巡査たちを連れていけ」と命じた。

制服を着た別の警部が、跳びはねるようにして階段を上ってきた。

「パリー君」とヴェニングがどなった。「犯人が屋上から降りてきた場合に備えて、建物の周りを固めてくれ。そんなことは起こらないと思うが。それから、今いる全員を使って街中を捜すんだ。人相はわかってるな。車とサイドカー付オートバイ、それに自転車を総動員して、道路をしらみつぶしにしろ。あと、全署に知らせて、パトロールを出させるんだ。さあ、早く」

パリー警部は、急いで立ち去った。すでに、タラールとバニスターの姿はなかった。本部の巡査たちと一緒に、屋上へ通じている備品室に向かったのだ。ヴェニングはジェーソンの方を向いた。

「ジェーソン、しっかりしろ。串刺しにされた豚みたいにそこに突っ立ってないで」ヴェニングはいらだたしげにどなりつけた。「ヤードに連絡して、人相書を警察報に載せるように手配してもらってくれ。できれば写真つきで。刑務所入りの時に撮ったものしかないのなら、二十年前の写真だってことをきちんとさせてな。こっちの照会用にも写真のコピーが要る。それと、ヤードからBBCに電話してもらって、夕方のニュースで人相風体を流せるか聞いてもらうんだ」

ヴェニングは時計を見た。

「いかん！　もうすぐ六時か。ヤードにはBBCの件を先にしてもらえ。おい、頼むから、しゃきっとしろ！」

ジェーソンは、顔から火が出そうになった。こんなふうな言われ方をしたのは、ずいぶんと久しぶりである。しかも、同僚の警視に！　ジェーソンはどなり返そうと口を開き……そして思い出した……ヴェニングは今や本部長の臨時代理なのだ。

ジェーソンは素早くきびすを返した。

ヴェニングは向きを変えて本部長の部屋に入ろうとしたが、タラール警部がフックワージー巡査を連れて廊下をやって来るのが目に入った。

「どうだ？」

「備品室にはいませんでした。窓はふたつとも閉まってます。バニスター巡査部長が屋上に上ってますが、ハインドが上に逃げたはずはありません。屋上へ上がるはしごは、離れた壁に立て掛けてありましたから。廊下の戸棚にも隠れてませんでした」

「ちょっとよろしいですか。そこの窓が開いているんですが」

ふたりの上官は振り返って、フックワージー巡査を見つめた。巡査は階段脇の廊下にある窓を指差している。

「そうか。だからどうしたというのだ。そこから逃げたとでも？」

「侵入に使った可能性の方が高いと思います。出ていったのは本部長の部屋の窓でしょう」フックワージーは部屋の中を指で示した。「廊下の窓から逃げたのなら、ジェーソン警視が見ていたはずです」

「ほう、ジェーソン君はどこにいたんだね」

「我々が上がってきたときには、この戸口に立っていました。銃声のすぐ後のことです」

ヴェニングは廊下を横切ってジェーソンの部屋へ行った。ジェーソンは机に座り、電話をぐっとつかんで、いらいらしながら待っていた。

「ジェーソン、銃声がしたときに、君はどこにいたんだ」

「ここです。すぐに廊下へ出て、本部長室のドアを開けました。人がいた形跡はありませんでした」

「それにどれくらい時間がかかった？　廊下の窓か、本部長室の窓から逃げた可能性はどうだ？」

「廊下の窓は無理ですね。びっくりしてから我に返って廊下に飛び出すまで、せいぜい五秒でしたから。おそらく、本部長室の窓から逃げたんじゃないですか」

電話が鳴った。

「ヤードにつながったようです。はい、ブロドシャー州警察です。実は……」

ヴェニングが廊下に戻ると、タラールがまだ待っていた。

「よし、捜索を続けよう。備品室にはいなかった。次は下だ。ところで、誰かピュー先生を呼んだか」

「ジェーソン警視がピット巡査部長に指示しました。警視が上がっていらっしゃる前に」

「よし。なら捜索続行だ」

タラールはフックワージーを従えて階段を駆け降りた。階下で立ち止まると、建物の翼に挟まれた小さな庭に通じる横手のドアを試してみた。

「鍵がかかっている。それに、かんぬきも差してある。ここからじゃ逃げられないな」

「どのみち無理ですよ。銃声がしたとき、私とタプルが階段の下にいたんですから」

タラールはフックワージーをまじまじと見た。

「何だって？　で、何も見なかったのか……二階には？」

「いえ、ふたりとも二階のほうは見なかったと思います。お互い、顔を見あわせてましたから。そしたら、警部が走って上がっていったんで、我々もついていったんです」

タラールはうなずいた。

「どうせあまり見えやしないか。上の廊下は階段の先で折れているし、手すりの柱に隠れてほとんど見通せないからな。奴は窓から逃げたに違いない。二階にはいないし、君たちが立っていたのなら、ここに降りてこれたはずもない。窓から飛び降りたってたいした距離じゃないさ。まあ一応、ここも捜さなきゃならんが」

ここで、ピット巡査部長の電話を受けた警察医が到着した。タラールは、医師をまっすぐ本部長の部屋へ案内した。室内では、ヴェニング警視が窓辺に立って、日が暮れゆく外を見つめていた。あいさつしようと振り返ったヴェニングを見て、ピュー医師は、その顔が憔悴して老け込んでしまったように思えた。

「ああ、先生、お待ちしてました。本部長の身体は動かしていませんよ。死んでます。言うまでもありませんが」

「気の毒に。なんてひどいことを。まったくおそろしい！」

小柄でずんぐりしたピュー医師は、赤ら顔で朗らかな顔つきをしているが、今は悲しげな表情をとりつくろおうと、その顔をしかめている。医師自身はスコール大尉に対して特別の好意を抱いていたわけではなかったが、ヴェニング警視は本部長に心酔していたのだろうと思ったのだ。

仮検屍はすぐに済んだ。

「即死だな」と医師は言った。「何が起きたんだね」

ヴェニングが躊躇してから尋ねた。

「銃弾が発射された距離がどのくらいか、わかりますか」

ピュー医師は傷をもう一度調べた。

「火薬による火傷はない。だが、皮膚には火薬の臭いがする。拡大鏡と懐中電灯はあるかね」

拡大鏡は本部長の机に載っていた。懐中電灯のほうは、ヴェニングが自分のポケットから小さなものを取り出した。こうした道具を使って、警察医は故人の額を細かく調べた。

「やはりな。ほんの微量だが、皮膚に火薬が付着しておる。そう遠くはなかったはずだ。二、三フィートというところだ。おそらく二フィートもなかっただろう」

ヴェニングはうなずいた。

「真正面から撃たれたんですか?」

「そのようだ。確かなことは検屍をしてみないと。見てのとおり、弾はまだ頭の中にあるしな」

「ありがとうございます。さっき、先生は何が起きたかとお尋ねになりましたね。もちろん、ここだけの話ですが、ハインドという男が殺したと我々は考えています。奴はフィールドハーストから出所したばかりで、本部長を脅迫していました。一九一三年に森番を殺害したかどで死刑を宣告されたのですが、減刑されて。先生があの事件を覚えていらっしゃるかどうか」

ピュー医師は、青い目を大きく開いた。

「覚えているとも。非常に痛ましい事件だったよ。思うに……」

医師は自分を押さえ、ヴェニングにさっと視線を投げかけた。

「おっと、ここでぐずぐずして、あんたがたの時間を無駄にしちゃいかんな。遺体を死体安置所に運んでいいかね」

「あと三十分ほどすれば結構です。でも、まだ行かないでくださいよ。ほかにも先生の意見を聞きたいことがあるんです」

ヴェニングは部屋を横切って書き物机の正面にある窓へ行き、窓枠のすぐ上の壁のしっくいに開いている穴を指差した。

「銃声は二発でした。一発は本部長の命を奪い、もうひとつは明らかにこれです。まだ弾は掘り出してませんが、本部長が撃ったものらしいですね。このとおり、オートマチックを手にしています。いつもは引き出しに入れているのですが、脅迫の後、書類の下に隠して机に置いておくことを勧めたんです。先に撃ったのは本部長だったと思います。そしてはずした。でも、たとえ座って撃ったとしても、この位置だとずいぶん上ですね。ハインドは先生より少し高いくらいなんですよ。ちょっと机の反対側に立っていただけませんか？　本部長を撃った場所だと先生がお考えになるあたりに」

ピュー医師は言われたとおりにし、ヴェニングは、スコール大尉が背筋を伸ばして座っていたとしたら、頭があったと思われる位置までかがんだ。

「銃痕は先生の頭よりずいぶん上にあります。本部長がこんなにひどくはずすなんて、考えられませんよね」

医師はしばらく考えた。

「もちろん」とヴェニングはにっこりして付け加えた。「陸軍将校が二十人寄ったって、リボルバーじゃあ、干し草の塊すら撃ちそこねるでしょう。それに、はずしたときは大きく上にそれます。でもこのオートマチックには、軍支給の旧式なリボルバーが起こす反動のたぐいはありません。それに、インドで警察勤めをした人なら、自分の身を守る術ぐらい身に付けてますよ」

「別の説明もできる」とピュー医師が言った。「本部長が先に撃ったのではないかもしれん。死んだ後に撃ったとしたら——弾をくらった時の筋肉収縮だよ。腕が上にあがったのはそのせいとも考えられる」

ヴェニングは相手の言わんとすることをよく考えた。

「面白い説ですね。覚えておきます」

ピュー医師の好奇心が、むっくりと頭をもたげた。

「ところで、その男はどうやってこの部屋に侵入したのかね？　君たちは奴を警戒していたんだろう？」

ヴェニングは赤面した。

「そのとおりです」と短く答えた。「現段階では、奴は屋上から下りて廊下の窓を使って侵入し、歩いてドアから入ったと思われます。屋上に見張りは立てていませんでした。本部長が認めてくれなかったもので。見張りがいたのは一階の正面入口の外だけだったのです」

「だが、その男がドアから入ったとしたら、部屋を横切って机の真ん前まで行く前に、本部長が気づいたはずじゃないかね？　そうか、あんたは……」警察医の目が、興奮で輝いた。「大尉は、犯人がこの窓から侵入しようとしたところを撃ったが、はずしてしまい、もう一発お見舞いする前に撃たれてしまった。そう考えているんだな？」

「せいぜい三フィートの距離だって、先生がおっしゃったじゃないですか」

ピュー医師はがっかりした顔をした。

「そう、そうだったな。その点を調べなければ。私が間違っているかもしれん。後で知らせるよ」

医師は急いで立ち去った。途中、階段のいちばん上ですれ違った制服の警部に、機嫌よくあいさつの言葉をかけた。問題に対する興味のおかげで、ピュー医師の快活な精神からは陰気な影が消えていた。

医師とすれ違った警部は、本部長室のドアをノックして中へ入った。

「ああ、パリー、君か。奴の形跡は？」

「今のところは何も。屋上にはいませんでした。それに暗すぎて、奴のいた痕跡があるか調べるのは難しいですね。みんなには、あまり這いまわらないように言っておきました。現場が乱されるとまずいですから」

「そうだな」

「パトロールの連中はまだ誰も戻ってきていません。今のところ、目撃者はなしです」

ヴェニング警視は眉をひそめた。

「あんな男だったら、誰かが見ていてもよさそうじゃないか。すぐに目につくはずだ。かなり目立つ男だからな。いかつい肩に猫背、いわゆる犯罪者タイプだ。大急ぎで町中に手配書を貼り出すんだ。口頭でも伝えてくれ」

「それは済ませました。警察が追っているのが誰で、どんな容貌なのか、ブロドベリーの者ならたいていもう知っています。きっと見つかりますよ」

中央管区のパリー警部は、冷静沈着で想像力に乏しい西部地方出身の男だ。はつらつとした顔色のせいで実際より若く見えるが、間違いなく頼りになり、何か問題が起きても落ち着きを失わない男であることを、ヴェニングは知っていた。

「よし、引き続き奴を追ってくれ。細かいことは君に任せる。そうだ、当面、君に中央管区を見てもらうからな。私は本部長の臨時代理をしなきゃならんが、両方こなす余裕はない。この事件があってはな。君なら安心して任せられるよ」

パリーは誇らしさで顔をほてらせた。

「がんばります」とつぶやいた。「ひどい事件ですね」

パリーは、本部長の遺体を冷静な目でちらりと見た。あんな頑健で精力的だった人物が静かに身を横たえているのは、不思議な感じがする。まるで、まわりで起きていることに少しも気づかず、椅子に座ったまま眠っているかのようだ。

ヴェニングはぐっと気を引き締めた。

「絶対捕まえてやる。パリー、行く前にこの弾を取るのを手伝ってくれ」

ヴェニングは窓の上の痕を指し示した。

「弾がめりこんだ正確な弾道をつかみたいんだが、それをやろうとすると、しっくいがぼろぼろになってしまう。君が手を貸してくれればできると思う」

画鋲をふたつ使って、しっくいに開いた穴の中央を水平に横切るように細い紐を張り、垂直方向にもう一本張った。二本の紐が交差する点が、弾が入ったおよその位置となる。次に、弾丸が見つかるまで穴を広げていった。弾は、積み上げられた煉瓦にぶつかって、原形をとどめぬくらいにつぶれていた。煉瓦には深い傷があり、弾が当たった正確な場所を示している。二本の紐が交差した位置より、若干上だ。しかしヴェニングは、これでは満足しなかった。もっと長い紐を取り出し、片端を煉瓦の傷の場所で押さえ、もう一方の端を、故人の手の真上でパリーに持たせた。この二点を結んでピンと張った紐は、先程の紐が交差する点に触れた。

「間違いない、これが弾道だ。発砲したとき、本部長は座っていたんだ」

パリーは、ちょっと興味を惹かれて上司を見た。

「違うかもしれないと考えていたんですか」

ヴェニングはそれに答えず、ひしゃげた銃弾を調べていた。

「これじゃ、たいした手がかりにはならないな」とつぶやいた。

四分の一インチほどの莢底はかろうじて原形をとどめていた。ヴェニングは慎重に、その銃弾を死者の銃口にはめ、旋条に沿わせて軽くひねってみた。パリーは感心して笑みを浮かべながら見入っていた。

「ずいぶん徹底しているんですね」

「徹底してるだって！」

ヴェニングは、くっつき過ぎた目を怒りで赤く染め、顔を上げた。

「自分の鼻先で上司を撃たれたんだぞ——しかも私の指揮で警護を始めた後に！　起きてしまったことはもう取り返しがつかない。だが、犯人は捕まえてみせる。そうだ。徹底的にやってやる！」

第五章　五パーセント

パリー警部は、部屋を出ようと向きを変えたときに、かかとで何か堅いものを踏みつぶしたように感じた。身をかがめ、つぶれた真鍮の薬莢を拾い上げる。

「薬莢がひとつありましたよ」パリーはそう言ってヴェニングに手渡した。

ヴェニングはぼんやりと薬莢を見た。

「忘れていた。もうひとつあるはずだ……あるいは……」

ヴェニングは開いている窓を見て、口を閉ざした。

「正確にはどこにあったんだい？」と尋ねた。

「かかとの下です。ここですよ」

「机と窓の間、ドア寄りの位置か。うーん。この手の銃は右側に薬莢が飛び出る。ということは、これは本部長を撃った弾のだな。踏みつけないほうがよかったが。なに、気にするな。口径が何かはわかるさ。もうひとつのは、こっち側にあるはずだ。捜してみてくれ」

パリーは本部長の椅子の右側を捜し回り、すぐにふたつめの薬莢を拾い上げた。

「さっきのと似てますね」

「何だって？」

ヴェニングは薬莢を受け取って、最初のものと比べてみた。それ以上は何も言わず、ポケットに滑り込ませた。

ドアを叩く音がして、ジェーソン警視が現れた。

「ちょっとお話が」

ジェーソンはパリーをちらっと見た。ヴェニングは、死体を安置所に運ぶ救急車を手配するように命じて、パリーを仕事に戻らせた。

「騒ぎの最中ですっかり言うのを忘れていたんですが、この事件に関係あるかもしれないことなので」

「どんな話だい？」

ヴェニングは、内勤主任が自分のことを同僚の警視ではなく本部長代理として話しかけていることに気づき、それを受け入れた。この状況では、形式ばった調子でいくのがいちばんいいだろう。

「さっき、発砲より三十分ぐらい前だったと思いますが、私の部屋のドアが音もなく開いて、それからまた音もなく閉まったんです。誰も入っては来ませんでした。タラール警部に訊いたのですが、彼ではないそうです。ほかに誰も思いつきません……ただし……」

「ただし、ハインドだったら、と言いたいのかね」

「その考えが浮かびました」

「タラールに訊いたのはいつだね。殺人の後か？」

「いえ、本部長の署名が必要な手紙がまだ残っているか、訊きに来たときでした。ドアが開いてから五分か十分後です。それと同じぐらいの時間がたって、銃声がしました」

「時間をはっきりさせたほうがいいな」ヴェニングが言った。「タラールを呼ぼう」

ジェーソンが本部長の呼び鈴を二度押すと、すぐにタラール警部が現れた。

「ドアを閉めて」ヴェニング警視が言った。「時間を明確にしようとしているところなんだ。まずはじめに、ジェーソン警視の話では、今日の午後、彼の部屋のドアを開け、中に入らずに閉めたのは君かと訊いたそうだね。で、君はそうじゃないと答えた」

「その通りです。私のほうでもピット巡査部長と警務部の巡査たち、それに正面入口を警備していた巡査に訊いたのですが、みんな違うという答えでした」

「訊いてくれてたのか。助かったよ。それで、君がジェーソン警視の部屋に入ったのは何時だった？　つまり、その質問をされたのはいつか、ということだが」

「ちょうど五時を過ぎたところです」タラールは即座に答えた。「本部長とパトロールのスケジュールを打ち合わせていたんですが、時計には注意していました。本部長が早く帰りたがっているのを知っていたからです。それから、その足でジェーソン警視の部屋に行きました。五時五分というところでしょう」

「わかった。で、ジェーソン警視、ドアが開いたのは、その五分か十分前なんだな？」

「そうだと思います」

「あのときは、五分前だとおっしゃいましたよ。覚えています」タラールが口を挟んだ。

「そうだったかい？　じゃ、たぶんそうなんだろう。そうすると四時五十五分から五時の間ということになる」ジェーソンが言った。その声には、かすかに皮肉な調子が混じっていたが、ヴェニングはそれを無視した。

「つまり警部、君が本部長と一緒にいたときということになる。ジェーソン警視の部屋へ行く途中も、部屋を出てきたときも、何も不審なものは見なかったんだね？　そのあとはどうしたんだ？」

「すぐに下へ行きました。それからスケジュールを修正して、フックワージー巡査にタイプを頼みました。ちょうど彼が出ていったときに、銃声がしたんです」

「それは、何時かね」

タラールはよく考えてみた。

「正確な時間はわかりません。修正にかかったのが五分、フックワージーと話したのが五分として、五時十五分というところじゃないでしょうか」

「どちらかといえば五時半に近いんじゃないかな」ジェーソンが言った。「五分か十分ぐらい私とここで話をしたじゃないか。仕事が残っていると君に言ったことを覚えているよ」

タラールは顔を赤くしたが、黙っていた。

「ジェーソン警視、五時半だとする理由は他にもあるかね？」とヴェニング警視が聞いた。「時計を見たとか」

「残念ながら」

「では、もっと別な角度から見てみる必要があるな。ジェーソン警視、君の部下を集めてくれ」

その結果、発砲時刻は五時二十分とかなり正確に絞り込むことができた。いちばんの決め手となったのは、タプル巡査の証言だった。彼は、手紙の投函のため外出中、時間に間に合うか確認しよ

う と広場の時計を見ていたのだ。銃声がしたのは戻った直後、フックワージー巡査と待合室で立ち話をしているときだった。

同じようにして、廊下の窓の問題も解明された。午前中ずっと閉まっていたことは、ほぼ間違いない。その窓を開けた者は本部にはいなかった。本部長自身が開けたとなると別だが、それはありえないように思われた。

ジェーソン警視の部屋のドアの問題が、謎のまま残っていた。少々安易だが、猫の仕業だろうというのが、若い連中のおおかたの意見だった。

一連の質問が終わるころには八時を過ぎており、すでに遺体は運びだされていた。それに気づいたヴェニング警視は、まだやらねばならぬ仕事が山ほどあったが、一旦打ち切ることにした。警察委員会の委員長が本部長殺害のニュースを朝刊で知るのは、まずい。そこで、サー・ジョージ・プレイハーストに電話して、できるだけ穏やかに事件のことを伝え、カルトンまでは三十マイルと遠い上に仕事も手一杯なため、直接説明に行けなかったことを詫びた。老人はこの悲報に大変なショックを受けたようだが、本部長代理が今のところ自分を必要としていないことを悟り、朝、本部に行くと約束した。

ヴェニングにはその配慮がありがたかった。たいていの者だったら、すぐに乗り込んで来て、すべてを聞きだそうと、本部長代理の貴重な時間を無駄にしてしまうところだ。たとえ、実際に家に呼びつけることまではしないにしても。しかし、サー・ジョージは、ゆっくり考えるたちではあるが、珍しいほど理解があった。

とりあえず食事をとろうと家に戻ると、ふくよかで優しいミセス・ヴェニングが、片手で夫の前にスープの皿を置きながら、もう一方の手で爆弾を投げつけた。

「お気の毒に。うちに来るように、今朝、話をしたばかりなのにねえ。ウィリー、こんなのって信じられないわ。でも、気の毒なのは奥さんね。知らせを聞いてどんな様子だったの？」

「ウィリー」は額を手のひらでパチンと打ち、押し殺した声で悪態をついた。

「まったく、次には何を忘れることやら」とうめいた。「おまえ、私はこの仕事に向いてないよ。いっぺんにやらなきゃいけないことが百もあって、いちばん最初にすべきことを忘れていた。すぐに行かなくては」

ヴェニングは椅子を後ろに引いたが、夫人にしっかり押しとどめられた。

「十分遅くなったからって、たいした違いはないわ。あなたには食事が必要よ。仕方ないじゃない、いろんなことに追われてたんだから。お医者さんに話してもらうわけにはいかないの？」

「いや、これは私の役目なんだ」ヴェニングは譲らなかった。「本部長を守るのが私の任務だった——そしてしくじった。ミセス・スコールに知らせるのも私の務めだ。遅くなってしまったが、やらねばならん。すでに伝わっていなければの話だが。それから、殺人犯を見つけだすのも私の仕事だ。それにも失敗したら、死んだほうがましだ」

ヴェニングは拳でテーブルを叩いた。スープが皿の中で飛びはねてこぼれそうになった。

「何もそこまで言わなくても」ミセス・ヴェニングはやんわりと夫を諫めた。「さ、これを全部食べて。元気を出してちょうだい」

説き伏せられて夕飯を腹に納めると、ヴェニング警視は車を手配してホーステイングス荘まで走らせ、ミセス・スコールに面会を求めた。彼はメイドの言葉を聞いて安心した。知らせはまだのようだ。名前を告げると、自分の不手際に罪の意識と恥ずかしさを感じながら、落ち着かなげにホールで待った。

長くは待たされなかった。小柄でやつれた感じの女性が急いで階段を降りてきた。その後をついてきた背の高い二十四ぐらいの女性は、美人だが、垢抜けず生気がなかった。

「主人のことですの？ 警視、何があったんです？ もうとっくに戻ってるはずなのに……。そりゃ、しょっちゅう遅くはなりますが、夕飯までには帰る決まりなのです。電話しようと思ったんですけど、主人は私どもが職場にご迷惑をおかけするのを嫌ってますから」

ミセス・スコールは、質問に対する答えを知りたくないかのように、そわそわと不安げな様子でまくしたてた。そのかぼそい声には、ヴェニングの胸に迫るものがあった。

「奥さん、非常にお気の毒ですが、悪い知らせです。本部長はおそろしい災難に見舞われました」

「まあ！」

ミセス・スコールは、押し殺した小さな叫びを口にするのが、精一杯だった。そして、手を合わさんばかりに警視を見つめた。

「死んだのですか？」

娘の口から出た質問だった。ヴェニングは驚いて彼女を見た。声と表情には苦悩より興奮が感じられ、どんよりした目がきらめいていたが、それは涙のせいなどではなかった。

「ええ、そうです。誠に残念ですが」ヴェニングは、それ以上何を言ったらいいかわからなくなり、そこで言葉を切った。「奥さん、私は……我々としては……警察を代表して、心からお悔やみを申し上げます。本部長は我々みんなにとってよき友人でした。とても哀しい出来事です」

ミセス・スコールは椅子にゆっくりとくずおれ、乾いた目で前方を見つめながら、唇を震わせた。その横に娘が両ひざをつき、片手を母親の肩に回した。

「お嬢さん、何かありましたら奥の方にいますので」ヴェニングはそうつぶやいて、緑色のラシャ張りのドアに向かった。使用人の部屋へ通じるドアなのはわかっていた。娘はうなずいて感謝の意を表した。

十分の間、ヴェニングはコックや小間使の熱心な質問に答えるのに忙しかった。彼はこの機会に、スコール家について、これまでよりさらに詳しい情報を仕入れた。使用人はとても忠実だったが、父と娘の間には愛情はなかったとすぐに見当がついた。娘は母親にべったりで、その母親の人生は少しも楽なものではなかったようだ。「大尉殿」は母娘の金遣いに関してはかなり締まり屋で、キティお嬢様は手持ちの服の少なさを恨めしく思っていた。それから、母親がもっと幸せになる機会を勝ち取ろうと、父親といつも争っていたらしい。その間、スコールの奥様は平和を保とうと弱々しい努力をしていた。娘のことをありがたく思ってはいたが、あからさまに夫に逆らってまで加勢することは一度もなかったそうだ。

しばらくすると、事件の全容を話してほしいと、ミセス・スコールと娘に呼び戻された。ヴェニングは、本部長が銃で撃たれたこと、そして明らかに殺人であることを、できるかぎり穏やかに話した。ふたりがさらなるショックから立ち直ったところで、ヴェニングは本部長の書類を正式に調査する許可を願い出た。重要なものが何か見つかるとは思っていないが、これも捜査の定石なので、と説明した。

ホースティングス荘は古い様式の邸宅で、スコール大尉が雇う余裕のあった使用人の手では切り盛りしきれないほど多くの応接間があった。そのため、ヴィクトリア朝時代の名残りである私室《ブードワール》は納戸がわりにしか使われておらず、閉めきってあった。だが、スコール大尉は庭を望む場所に素晴らしいオーク材張りの書斎を構えていた。厚い赤のじゅうたんは、この屋敷では唯一、ヴィクトリア朝以降の物だろう。最新のロールトップ・デスクがあった。この机なら、部屋を出るたびにいちいち片付けなくても、詮索好きな目から極秘書類を守ることができる。ヴェニングは死んだ男の鍵束をもらってきていたが、まずはじめに注目したのはこのロールトップ・デスクだった。

ふたの下にある机の天板には、特に興味を引くものはなかった。公式発表されたアルバート・ハインドの特徴がタイプしてある紙には、ハインドを見つけるための方策が本部長の手書きで記されている。職場を離れてもこの件が忘れられなかった、ということか。個人的な手紙が詰まった引き出しも、見たところ関係はなさそうだ。別の引き出しには銀行通帳や小切手帳の類いが入っていたが、ざっと見ただけではこれといった経済的な問題はないようだ。整理棚には、使途明細がきちんと書きつけてある請求書や領収書が入っていた。すべてを綿密に調べたが、ヴェニングの予想を裏づける以上のものは出てこなかった。

机の下にある鍵のかかった引き出しで、ある書類のファイルを見つけ、つい時間をとられてしまった。書類は州下の警察活動に関するもので、極秘扱いなので、おそらく内勤主任さえ目にしたことはないだろう。おもに州の旧家に関することが記されており、当の本人たちも驚いて衝撃を受けるような細かいことまで、州警察本部長が把握している事項もあった。本部長自らが保管していた索引つきの身上書類まであった。もしこの存在が公になったら、平和な貴族社会は醜聞で大騒ぎになるだろう。ヴェニングは、いつか、この臨時的な立場の仕事に精通することが自分の任務になるだろうと、良心の呵責を覚えながらもそう思った。

落胆してその引き出しに鍵をかけると、ヴェニングは最後に残った引き出しを調べた。椅子を納める場所にある中央の引き出しだ。そこにはノートやメモ帳、フールスキャップ判の用紙があった。その多くは、本部長ののたくった筆跡で埋め尽くされている。ヴェニングは機械的に目を通していたが、突然、手を止めて、やはり本部長の手で一行だけ記された紙をじっと見た。

その一行には、こう書かれていた。


ブランカシャーの契約一六六〇ポンド　五％＝八三ポンド

ヴェニングは、三十秒近く目の前の言葉を見つめていた。そのいかつい顔が、はじめは深い朱に染まったかと思うと、次第に色が失せていき、最後には蒼白になってしまった。ヴェニングは機械的に紙を折り畳むと、自分の札入れに滑り込ませ、さらにその札入れを胸ポケットにしまうとボタンをかけた。

第六章　街の声

次の日、火曜の早朝から、ヴェニング警視は新しい執務室——本部長が殺害された部屋——で仕事に取り組んでいた。広いテーブルの上は片付けられ、そこに、測径器《キャリパス》やレンズ、顕微鏡、時計修理用の眼鏡、塑像用粘土、ペンライトといった道具が、オートマチック拳銃、発射済の銃弾が三発入ったマッチ箱、薬莢ふたつとともに載っている。ヴェニングが覚書や数字をせっせと手書きで書き込んだ紙も、たくさん置いてあった。オートマチックには、「証拠物件第一号・X」と記された小さなラベルが貼られている。

ヴェニングは両の手のひらにふたつの銃弾を載せていた。左手の弾はほぼ通常の形。これはピューー医師が死者の頭部から摘出したものだ。医師の報告書には「実質上、真正面から発射された」とある。この銃弾にもラベルが貼ってあった。「証拠物件第二号・X」。右の手のひらには、つぶれた弾が載っている。昨晩、パリーの手を借りてしっくいから取り出したものだ。まだラベルは付いていないが、机の上には「証拠物件第三号・？」と鉛筆で記されたラベルが置いてある。

ヴェニングは、若き日の警部時代に「銃器——その使用と鑑定法」の上級コースをとったことがある。以来、趣味としてこれをテーマに研究を続け、いつか自分の知識が問題解決の役に立つ日が、いやもっといえば殺人犯を絞首台送りにする日が来ることを、心待ちにしていた。ヴェニングはかつて、銃器鑑定が決め手となって、ガタリッジ巡査を殺害したブラウンとケネディーに有罪判決が言い渡されたのを目にし、おおいに感動したことがある。その知識を試す時がついにやってきたように思えた。

にもかかわらず、ヴェニングは、待ち焦がれていた機会にふさわしくない表情をしていた。顔色は普段に戻っていたが、憔悴した様子はむしろ一層ひどくなっているようだ。すべての銃弾を机に戻し、つぶれた弾に注意を向けると、時計修理用の眼鏡を使ってその底をじっくりと詳しく調べていく。調べが済まないうちに、邪魔が入った。タラール警部がドアをノックし、コードン将軍が面会を求めている旨を告げた。

「私の部屋にお通ししてあります」とタラールが言った。「警視がお取りこみ中なのは承知してましたので、ここにお連れしないほうがよいかと思いまして。下でお会いになりますか？　その間は私がここを見張っています」

一瞬、ためらった後、ヴェニング警視はうなずいた。

「すまないな。そうさせてもらおう」とヴェニングは言った「こいつらに触らないでくれよ」

一階のタラールの部屋には、小柄な将軍が待っていた。きびきびして、非常に尊大な態度は、こんなときでも決してやわらぐことはなかった。

「おはよう、警視」将軍は大声で言った。「先週はどうも。我々の身にこんな悲劇がふりかかるとは夢にも思わなかったよ。スコール君は釈放された殺人犯に撃たれたと聞いたが、本当かね。人殺しが外に出てまた別の殺しをするとは、まったく何のための死刑なのか」

ヴェニングは言葉の洪水がひくのを黙って待っていた。

「将軍、本部長に恨みを抱いていたと噂される男の犯行の可能性はあります。先週、脅迫をしてきたのです。それ以来、我々はその男を追っていました」

「で、奴はやり遂げたというわけかね？　警視、なんたる失態だ。見張りは何をやっておったのだ。うたたねか？　持ち場で居眠りしておった歩哨は死刑だぞ。君も知っておるだろう。昔は歩兵大隊の指揮をとっていたのだから。もちろん、戦時中の話だが、しかし警察はいつでも戦時中みたいなもんじゃないかね――いや、そうあるべきだ」

ヴェニングはおし黙っていた。昔、指揮官だった彼は、准将というものを知っている。いつでも自分のことは棚上げにし、満足ということを知らない。たいていの准将の困ったところはそこだ。やらなければならないことがたくさんあるというのに、まったく時間の無駄だ。うんざりさせられる。

「スコットランド・ヤードからの応援はまだかね」

「応援は来ません」

「何だと。なぜだ。事件を知らんのかね。報告してないのか」

「いえ、知っています。資料と写真を手配してもらいました。もちろん、男がロンドンへ逃亡した場合は捜索に協力してくれます」

「写真の手配だと？　いったい、なんで人をよこさんのだ」

「要請を受けていないからです」ヴェニングは穏やかに言った。

「要請がないといっても、応援をよこすのは当然じゃないかね。犯罪の捜査がヤードの仕事だろう。CIDは犯罪捜査部（Criminal Investigation Department）の略じゃないか」

「おっしゃる通りですが、ヤードの管轄は首都圏だけなのです。州や自治都市の警察に人を派遣するのは、特別に依頼があったときだけです」

コードン将軍は鼻を鳴らした。

「ばかばかしい。いかにも官僚的な発想だな。で、それならなぜ応援を頼まんのだ。誰がやることになっとるのかね」

「本部長です」

「死んでしまってちゃできない。その場合はどうなる」

「副本部長の仕事になります。つまり今回は私ということになりますが」

「では、どうして……？」

だが、ヴェニングの忍耐は限界に達していた。とうとう自制心を失って、勢いづく長広舌を止めに出た。

「私なりの判断です。現時点ではヤードの力は要らないと思います。すみませんが、まだ仕事が……」

うまい具合にというか、今度はヴェニングの方が言葉をさえぎられた。警察委員会の委員長が到着したのだ。治安判事と州議会議員で構成される警察委員会は、州の警察機構を運営する組織で、サー・ジョージ・プレイハーストは、もうかれこれ二十年もその委員長を務めている。長身ででっぷりしており、動作も頭の回転も鈍い。若い頃はスポーツ万能だったのだが、今や筋肉はほとんど脂肪に変わり、自分の巨体を動かすのにも難儀している。

サー・ジョージはヴェニングに親しげな身振りで挨拶をし、コードン将軍にはうなずいてみせた。

「ここにいると聞いたものでね。コードン、構わないかな」

「もちろん、いいとも。それが君の仕事なんだから。私はちょっと様子を見に寄っただけだよ。何か手を貸せることがあるかもと思ってね。どうやら……」

サー・ジョージは、静かに微笑んでヴェニングの方に注意を向け、礼を失することなくさりげなく話の流れを変えた。

「ヴェニング君、とんだことだったな。大尉が亡くなったのは、州にとって大きな痛手だ。君にとっても大変なことだろう。任務中に命を落としたわけだが、スコール君にはいつでもその心構えがあっただろうし、それを誇りに思うだろうよ」

ヴェニングは小さな声で感謝の意を表したが、非難めいたことを言われなかったからといって、さほどありがたいとは思わなかった。そういうことを口にするのは、たいていがつまらぬ人間である。

「君の邪魔をするつもりはない」とサー・ジョージは続けた。「うんと忙しいだろうからな。しかし、よかったら、何が起きて、君がどんな手を打っているか、あらましを聞かせてくれると嬉しいのだが」

簡潔だが明瞭に、ヴェニングは先週の出来事をかいつまんで話した。昨日のことと、殺人事件が起きる前とその後に元囚人のハインドを見つけるために取った手筈——まだ今のところ成功に至ってはいないが——については、詳しく述べた。

「ハインドの仕業だと確信しているのかね」とサー・ジョージが聞いた。

「まず間違いないと思います。脅迫がありましたし、それを実行に移したとしか考えられません。どうやって本部長の部屋に侵入したかは、まだ突き止められないのですが」

「手抜き仕事だよ。見張りが怠けたんだ」将軍ががまんしきれずにぶつぶつ言った。

「奴を見つけられるかね？」サー・ジョージが聞いた。

「あともう一歩です。イギリス中の警察が捜していますから。それも、金曜から取り掛かってくれたところがほとんどです。港には見張りを立ててあります。奴は目につきやすいタイプですし。シャセックス警察の話では……シャセックスにはハインドの女房が住んでいるウーラムがあるんですが。……五日に向こうを出たきり音沙汰はないそうです。もちろん、我々はこちらにいたことを知っていますが。見つからずに遠くへ逃げられるはずはありません。写真つきの手配書をそこら中に貼ってますし、ＢＢＣに人相などの特徴を放送してもらいました。この件では、女性や子供も含め、国中みんなが警察のようなものですよ。ここから遠くないところに潜伏していると、私はにらんでいます。おそらく、ブロドリーの森ではないかと。今朝は、グレイシャー警察と捜索隊を組んで、森をしらみつぶしにする予定です」

「では、もう君を引き止めるのはよすとしよう。もちろん、グレイマスは当たってみたね？　あそこは港町だからいろんな船が集まっている。いかにも奴が逃げ込みそうなところだ」

「グレイマス警察では、こちらが捜索を開始した木曜の朝から捜してくれていまして、あらゆる場所を二度にわたって徹底的に調べ上げています。奴があそこにいる可能性はほとんどありません」

サー・ジョージはうなずいた。

「じゃ、コードン、行くとするか。忙しい人たちを仕事に戻してやらんとな」

だが、コードン将軍はそう簡単には引き下がらなかった。

「でも、プレイハースト、ヴェニング警視の話ではスコットランド・ヤードに何の応援も頼んでないそうだ。この事件には、とびきりの頭脳が必要だよ。もちろんここの警察も、優秀で素晴らしいさ。軍出身者も多いしな。だが、スコットランド・ヤードと違って大事件の捜査経験が乏しい」

サー・ジョージは、話し相手ふたりの顔を交互に見て、この件ですでに話し合いが持たれたが、どうも穏やかなものではなかったらしい、とすぐに悟った。

「警視の意見は？」

「ヤードを呼ぶ必要はないと思います。いろいろと協力してもらってはいますが、なんといってもこの事件の事情や背景をいちばんよく把握しているのは我々ですから。もちろん、もし必要となれば要請します」

「なら、それで結構。コードン、車かい？　乗せていってやろうか」

「しかし、最終的な決定を下せるのは、ヴェニング警視じゃないんだろう。プレイハースト、君の権限でなんとかできんのか」

「私には何の権限もないよ。そういった件ではな」サー・ジョージは静かに答えた。「警察委員会は州警察の運営には責任があるが、治安維持と犯罪捜査については警察本部長ひとりの責任となる。つまり、今は、新しい本部長が任命されるまで、ヴェニング警視がその責任者ということだ」

それ以上騒ぎ立てず、サー・ジョージは歩きだした。コードン将軍もその後をついていくよりほかなかった。だが、将軍が少しも納得していないのは、明らかだった。

＊

十一時に、ヴェニング警視とパリー警部はブロドリーの森へ車で出掛けた。ふたつの州警察から二百人近い警官が集められ、これに森番、きこり、警察が特別に選んだ信頼のできる男たちが加わった。ブロドリーの森は広大で、およそ二百エーカーにもおよぶが、幸いなことに、直線の騎馬道路によって狩猟のための巡回区域《ビート》に分けられていた。今、ビートの脇は見張りで固められ、森全体は車と馬に乗った連中に取り囲まれている。その中には農民や近隣の住民も混じっていた。お尋ね者はもちろん、イタチ一匹、見逃さない態勢だ。どんな生き物も、見つからずに逃げおおすのは、事実上、不可能である。

全員準備が整ったところで、狩りが始まった。男たちは肩と肩をつき合わせ一列になって前進し、すべてのビートを隅々までくまなく漁った。捜索は整然かつ徹底的に進められた。途中、茂みの陰でカップルが一組発見され、恥ずかしい思いをしているふたりを見て、捜索の連中は面白がった。堆積した落ち葉の中で、一年前から行方不明になっていたグレイマスの男性の遺骨も見つかり、皆、色めき立ったが、さほどの関心は持たれなかった。午後四時に森中の捜索が終了。アルバート・ハインドの痕跡は見つからなかった。

本部に戻ったヴェニングは、ジェーソン警視から、ハインドがウィセル少年に脅迫状を手渡した朝、コーシントンへ行くのに使ったと思われる自転車を捜してみたかと訊かれた。もしハインドがその自転車をコーシントンの付近に止めるか隠すかしていたなら、殺人のあった夜もそれを使って夜が明けるまでにかなり遠くへ逃げ、もっとほかの安全な隠れ場所に潜んだ可能性も考えられる。

ヴェニングは助言に対して内勤主任に礼を言うと、パリーを自転車捜索の任につかせた。ヴェニング自身は他にもっと微妙な仕事があった。アルバート・ハインドの女房との対面である。すでにシャセックス警察が訊問をすませていたが、ヴェニングは、女房が夫の行方について何も知らないということを、自分自身で確かめなければと考えていた。そこで、シャセックス州警察本部長の了解を得て、ウーラムまで車で赴き、二十年間、未亡人同然に暮らしてきて再び犯罪の影に飲み込まれた不幸な女と、時間をかけて話をした。

物静かで上品な女性だと、ヴェニングは思った。これまでの苦労を考えると驚くほど若く見える。ミセス・ハインドがまぎれもない本当の話だと主張して語ったところによると、ハインドが家にいたのはたった三週間。その間、近所の人たちに好奇の目で見られて、彼は落ち着かない思いをしていた。それが、十一月五日になって、目的や理由については一言も言わずに、突然姿を消したそうである。ミセス・ハインド自身は、昔やっていた船乗り稼業に戻ったのだと考えていた。そこでは誰も他人の過去を詮索したりしない。彼女はスコール大尉の死に夫は何の関わりもないと、固く信じていた。二十年の懲役という気の遠くなるような刑期を終えたばかりで、しかもまだ今後のある男が、今度こそ間違いなく絞首刑となるようなことにまた首を突っ込むなど、あろうはずがないというわけだ。

ミセス・ハインドは一滴も涙を流さなかったが、冷たく苦々しい口調が、女が味わってきた苦悩を言葉より雄弁に物語っていた。ヴェニングは、相手が知っている範囲のことでは事実を語っていると得心して帰途についた。

夜遅く本部へ戻ると、興味深い報告がふたつ届いていた。ひとつめは、昨夜は暗くて見送った屋上の調査をあらためて入念に行ったバニスター巡査部長の報告書である。結果は決定的なものではなかったものの、すでに打ち立てていた殺人者の侵入・逃亡経路に関する説を裏づけていた。古い建物に乗っている傾斜のゆるい屋根の上には、高さ四フィートほどの煉瓦の壁がぐるりと張りめぐらされており、外からほとんど見えないつくりになっている。この陰なら、昼夜問わず、誰でも簡単にうずくまって隠れることができる。動き回ることすら可能かもしれない。屋上へ登るのはまた別の問題である。普段は備品室の落とし戸から行くことができるのだが、ハインドのような侵入者にはとても無理だ。縦樋をよく調べたところ、本部長の窓の横の壁を通って狭い中庭にある排水溝まで伸びているパイプから、全体にわたってこすり傷やひっかき傷が見つかった。誰かがそのパイプをよじ登るか降りるかした痕跡と思えなくもない。それをやるには、度胸はもちろん、かなりの敏捷さと筋力が要求される。だが、ハインドが若い頃船乗りだったことをヴェニングは思い出した。このパイプが屋上への侵入経路であり、本部長の部屋からの逃亡経路であるようだ。侵入はおそらく日曜の夜。

廊下の窓から侵入したとするもうひとつの説の方となると、さらに証明が難しい。ここには、都合よく縦樋など走っていない。あくまで想像だが、屋上につき出ている一群の煙突のうちの一本に丈夫なロープを回し、二重になったロープを伝って窓の高さまで降り、それを開けて中に入る。それから一方の端を引っ張ってロープを中に引き入れる。だが、この方法はよっぽどのツキがないと無理なように思われる上、証明する証拠もない。ただ、窓が開いていたというだけである。あとは、本部長室の窓の外から撃ったという説が残っている。室内で薬莢が見つかったということは、腕を部屋の中に突き入れるしかない。そしてきわめて正確に発砲した、という筋書きだ。だが、三フィート以内から発射されたとするピュー医師の話と矛盾する点はどうなる？　それに、もし奴が建物内に侵入していないとすれば、音もなく動いたジェーソン警視のドアの件は、どう説明すればいいのか？

そう考えると、バニスターの報告は、屋上から侵入したとする仮説を裏づけているようだ。だが、いかにしてそれを実行したかという問題は余計ややこしいものとなった。

パリー警部の報告も、証拠というにはやはり弱いものであった。コーシントンの村を徹底的に当たったが何も見つからず、その後捜査の範囲を広げたところ、ペトシャムから半マイル先の沿道にあった使われていない納屋で、古ぼけた麻袋の山の中から、年季の入った自転車を発見したそうである。メーカーの名前や製造番号などの痕跡はすべて念入りに消されていた。そのことと、隠匿の事実および場所から、木曜の朝、ウィセル少年に手紙を手渡した後で逃走するのにハインドが使った自転車とみて、ほぼ間違いない。

一方、まだそこにあるということは、より生死がかかった第二の逃亡では使われなかったということになる。つまり、現在ハインドがどこにいるかという問題は、解決されないままなのだ。自転車を麻袋の下に再び隠して、見つからないように見張りをつけておいたが、今さらこれに近づくような危険を冒すとは考えにくい。

全体としてみれば、その日の捜査の結果、犯人と犯行方法に関しては、警察の仮説をおおよそ裏づける有益な証拠が得られた。州警察の署員たちは皆、明日は追跡中の男の逮捕を目にするはずだという予感を胸に、眠りについた。

しかし、予感ははずれた。その次の日も、そのまた次の日もから振りだった。鉄道と港の見張りは無駄に終わった。ブロドベリーと近隣の街や村で一軒一軒聞き込みに回ったが、収穫はなし。森とハリエニシダの茂った野原を隅々まで捜索してみたが、最初にブロドリーの森を捜索したときと同様、何も出てこなかった。アルバート・ハインドは跡形もなく消えてしまったようだ。

検視審問が行われた。ヴェニング警視は事件を隠しておく必要はもうないと考えたので、ハインドが再び現れて消えてしまった経緯がすべて明らかにされた。陪審は元囚人に対して謀殺の判断を下した。世間の関心は高まり、ハインドがこれ以上隠れているのは無理だと思われた。しかし、それでもなお、依然として見つからなかった。

しばらくすると、世間、とりわけ新聞は、身元のわかっているも同然の殺人犯逮捕に対する警察の不手際に、不満の声をあげ始めた。ハインドが無謀にも自分の意図を知らせた上に姿をちらつかせたことが、なんらかのかたちで漏れてしまったのだ。そのハインドの前で、のろまなぼんくら警察はぽかんと口を開けていた！　ブロドシャー警察は何をしているのだ。本部長代理はどういうつもりだ。そして、なぜスコットランド・ヤードの応援を頼まないのか。こうした声が出たのも当然の成り行きであった。

世間は「ヤード」に対して、応援を頼む前には感情的で子供っぽい信頼を抱き、来たら来たで、すぐにあっと驚くような逮捕ができなければ嘲笑と不信感をあらわにする。これはすべての警官にとって、常に変わらぬ笑いと怒りのタネであった。しかし、それは宿命ともいえる弱点であり、圧倒的な重みを持つ世論の総攻撃を受けたら、とうてい太刀打ちできるものではない。ヴェニング警視は、身内の者たちでさえこれに同調しているとわかってもなお、なんとか対抗していた。全責任がヴェニングの肩にのしかかっていた。この前ああ言われてしまったからには、圧力をはねのけるのにサー・ジョージ・プレイハーストをあてにはできない。ジェーソン警視はもちろん精神的な支えになってくれなかった。彼が部下であることは間違いないのだが、同時にそうとも言い切れないところが微妙だ。ヴェニングのあごはこわばり、狭い眉間に刻まれたしわが深まった。公なものであれ個人的なものであれ、まわりの意見や批判には耳を閉ざしていた。

こうして一週間がだらだらと過ぎていった。日曜が来て過ぎ去っても、ハインドの手がかりはなく、新聞は、警察は死んでいる、と書き立てた。そして殺人の日から一週間後の月曜日、コードン将軍が再び乗り込んできて、本部長代理に会いたいと取り次がせた。本部長代理という確固たる地位をふまえて、ヴェニングは、今度は本部長室に将軍を招き入れた。激論の第二ラウンドになることを予期し、礼を失せずにすむことを願いながらも、断固としてそれに抵抗すべく身構えていたのである。しかしヴェニングの予想に反して小柄な准将は温かい握手をし、これまでの素晴らしい仕事ぶりに対する賛辞を述べ、さらには前回のぞんざいな態度を詫び出した。

「恥ずかしい真似をしてしまったな」コードン将軍は、人を引きつける率直さできっぱりと言った。「無知と熱意が混ざった結果としか言いようがない。面目ない。二度とあんなことはせんよ。立場を理解しとらんかったのだ。本部長代理としての君の立場も、警察委員会の地位や権限も、どちらもわかっていなかった。今では全責任が君の肩にかかっていることを、とても嬉しく思う。正直言って、非常に難しい状況を仕切っている君の手腕と決断力は素晴らしいものだ。それから、生意気なことを言うようだが、この事件に関して、君と君んとこの警察全体の仕事ぶりは、徹底している し効率もよくて感服しとるよ」

少し気持ちが和らいだヴェニング警視は、この賛辞に会釈で答えた。

「今言ったことは、心底、本当の気持ちだ」とコードン将軍は続けた。「ヴェニング君、ひとつ君に聞いてもらいたいことがある。新聞の連中はなんとも愚かで腹だたしい。私が君の立場だったら、絶対譲らないいし、奴らを地獄送りにしてやるところだろう。だが、警視、抵抗だけが力ではないぞ。賢者は考えを変えるものだ。引き際をわきまえている偉大な将軍について、ウェリントン公が言った言葉を知っとるだろう。そう、正直言って、今が引き際だと思う……。いや、この喩えはふさわしくないな。ヘイグ元帥が一九一八年にとった行動のほうがぴったりだ。連合軍最高司令官の指揮下にはいることを承知したときの話だ。またこの話を持ちだして、気まずい思いをさせかねないことはわかっている。耳の痛いことを言って私を追い払うんなら、残念だがおとなしく退散するよ。だがいいかね、アンソニー・スコールは、将校仲間であり親友だった。少々年上ではあったが。なんとしても、殺人犯を捕まえて死刑にしたいのだ。君は、手を尽くし、できるかぎりのことはすべてやってくれたが、今こそ、最強の援軍を求めるときだよ。君のプライドが少々傷つけられたとしてもだ。警視、ここは賢くならなくては。有能な戦略家としてな。考え直して、スコットランド・ヤードを呼ぼうではないか」

説得力満点、ジョージ・コードン生涯最高の雄弁であった。将軍は自分を誇らしく思った。出だしに、甘んじて屈辱を受け入れたところさえも気に入っていた。椅子に深くもたれると、自分の演説がこの大柄な警官に与えた影響を見守った。

ヴェニング警視はまっすぐ前を見つめていた。あまりにも長い時間だったので、将軍は相手の心がどこか他所にあるのでは、自分の熱弁を聞いてさえいなかったのではと心配になった。だが、そうではなかった。警視は肩をすくめ、もてあそんでいた鉛筆を放り出すと、こう言った。

「将軍、よくわかりました。仰せのとおりにいたしましょう」

口にしたのはそれだけ――だが十分だった。コードン将軍は立ち上がり、温かい握手をかわして部屋から歩み去った。その口ひげは自己満足でピンとはね返っていた。

ドアが閉まると、ヴェニング警視は椅子に沈み込んだ。

「どんなことになっても知らないからな」とつぶやいた。

第七章　プール警部

電話の向こうの総監補は、それはもうそつがなかった。どうして州警察の連中は毎度毎度、事件を一週間も抱え込んだ挙げ句、手詰まりになってからでないと、CIDに助太刀を頼まないのだろう。総監補にとって、これは永遠の謎だった。だが、サー・レワード・マラダインは、忠告は役に立たず、気まずい思いをするだけとわかっていた。そこで、ヴェニングの要請に対し、難しい捜査に手を貸すことができて非常に嬉しい、我々が派遣する警官がブロドシャーの本部長代理の力になれるよう願っていると、慇懃に応えた。そして、残念ながら、今、首席警部を送ることはできないが、若手のうちでいちばん優秀なプール警部を行かせる、と付け加えた。

「警視も覚えていると思うが、五年ほど前のヨーク公階段事件（プール初登場の作品『ヨーク公階段』）に関わった男だ。グレイルの毒殺事件（プール・シリーズ二作目『ただの一滴も』）でも、立派な仕事をしている。あの件ではプール君の名は表に出なかったがね。一緒に仕事しやすい男だよ。若い警部が大きな事件をうまくやってのけると天狗になりがちだが、彼は違う。優秀なのに偉ぶったところがない。きっと気に入るだろう。巡査部長も一緒に行かせよう。そうすればそちらの巡査をひとり通常任務に戻してやれるからな。ブロドシャーも人手が余っているというわけではないだろう。現在の状況はどうなんだね。どう手を貸したらいいか言ってみたまえ」

何日も前から、ＣＩＤのトップであるサー・レワード・マラダインはこの電話を予期しており、連絡が来たらだれを送るべきか、じっくりと検討してあった。普通なら、もちろん首席警部だ。それに巡査部長をひとりつける。だが、現在はとてもではないが首席警部を手放せる状況にないというのは本当だったが、プールを選んだいちばんの理由は、本部長の代理を務めている警視にとっては、ヴェテランの首席警部よりは若い警部のほうが、自分の権威が脅かされないと思うだろう、というところにあった。しかもプールなら、年が若く経験も浅くとも、年長者と同様の結果を出せると考えた。それに、そつがないし、折り目正しい。ヴェテラン連中がたまにやるように、ヴェニング警視を出し抜こうとすることもないだろう。

プールは運よくガウワー巡査部長を連れていくことができた。ふたりは以前も一緒に仕事をしたことがあり、お互いのやり方を理解しあい、有能なチームとなっていた。年上の巡査部長は、プールに欠けている経験や日常的な知識をいろいろと教えてくれた。ほかには誰もいない三等車で現地に向かう途中、ふたりは事件について、読んだり聞いたりしたことをもとに、話し合った。プールはこの先の見通しに、あまり心が動かされなかった。殺人者の正体ははっきりわかっている。あとは奴を見つければいいだけのことのようだ。想像力よりは綿密さが要求される、決まりきった仕事だ。若さゆえの傲慢さと出世のことを考えると、大殊勲を上げるチャンスの大きい事件を好むのも無理はない。一方、ガウワー巡査部長は、犯人追跡になるという予測が気に入っていた。どちらかというと彼の得意分野である。

ふたりの刑事は午後早く（十一月二十日月曜日）ブロドベリーに着いた。それからプールは、ヴェニング警視と事件をおさらいするのに一時間あまりを費やした。本部長代理は、知り得る限りの事実を伝え、質問に答え……話はそれでおしまいとなった。プールはすぐに先行きが難しいものになると悟った。これまではたいした問題もなく、州や自治都市の上級警官たちとうまくやってきた。初めのうちは疎まれる。自分たちをさしおいて手柄を立てようとしているかもしれない「ロンドンから来た腕っこきの若造」に対する猜疑心だ。だが、その後は必ず打ち解け、思いやりを示し、協力的になってくれた。しかし、今回はどうやら勝手の違うものになりそうだ。ヴェニング警視は礼儀正しいし、公務上はいろいろと教えてくれる。だが、それ止まりだった。

あからさまに敵対的とは言えないだろうが、警視の全身からは「受け身の抵抗」が見て取れた。こうした態度の理由をあれこれ考えても詮ないこと。おいおいわかるだろう。説得も無駄である。そのうちに信頼を勝ち取れるかもしれないが、それには言葉ではなく行動しかない。

本部のほかの警官と中央管区の上級警官たちに紹介された後、プールはタプル巡査の案内で、彼とガウワーのために予約されていた宿へ向かった。タプルを帰すと、いくぶん沈んだ気持ちで腰を降ろし、自分の立場をよく考えてみた。五分たったところで、考えても仕方がないと思った。やるべき仕事があるのだ。好むと好まざるとにかかわらず、それをうまくこなしたほうがいい。ガウワーに街へ出て聞き込みをするように命じ、自分は、ヴェニングよりもっと打ち解けて話をしてくれる人間が見つかるかもしれないという期待を胸に、ぶらぶら歩いて本部へ戻った。

運のよいことに、帰るところだったタラール警部に出会った。すでに紹介はすんでいた。あいさつをかわした後、プールは一杯やりませんかとタラールを誘った。

「まだ六時にはなっていませんが、そんなに待たなくても大丈夫でしょう」

タラールはにっこりした。

「仕事上、この街には詳しくなりました。多少は知的な雰囲気が期待できるところを一軒知ってますよ」

ふたりは一緒に、静かな通りにひっそりと建つ〈陽気なたいまつ持ち〉亭という名の落ち着いた感じの宿屋へ向かった。裏口から入り、すぐにこぢんまりした特別室に腰を落ち着けた。目の前の磨きあげられたオーク材のテーブルには、二パイントのジョッキに注がれたインヴァーナルズ・マイルドとメロウが置かれた。タラールはビールをぐいと流し込み、しばし黙って堪能してから、パイプを取り出して深い金色の煙草を詰め始めた。

「その地位にしては、ずいぶん若く見えますね」タラールは鋭い目で相手をちらっと見て言った。

「どうか悪くとらないでください」

プールは笑った。

「とんでもない、お世辞と受け取っておきます。僕は三十三です。昇進に関しては、少々、ついてました。歳はそんなに違わないでしょう?」

「こっちは三十八です。けっこうな歳ですよ。この通り、いろいろ厄介な事件を経験してきましたからね」タラールは制服の上着についているいくつかの勲章を指差した。「気づかなかったでしょう」

「見逃してました。そんな経験をしなくて、僕は運がよかったというわけですか」

「その通り」タラールは短く言った。

しばらくの間、ふたりの男は黙って煙草をふかした。プールはあまり早急に探りを入れるつもりはなかった。やがて、タラールのほうが好奇心を押さえられずに切り出した。

「その、失礼かもしれないが、話に出ている例の新しい階級のひとりじゃないんでしょう」

プールは笑った。

「とんでもない。あれは僕らの頃にはまだなかったんですよ。みんなと同じように平《ひら》から出発しましたよ。やだなあ。オックスフォードのアクセントがあるなんて言うんじゃないでしょうね」

「そんな感じがしますよ」

「何年も前に克服したと思ったのになあ。ある意味では当たりです。オックスフォードにはいました。ある日、警視総監の講演をそこで聞いて、これこそ自分がなるものだとその場で心に決めたんです。まあ、少なくとも、総監補にはなりたかった。法律を学ぼうと、一年ほど法曹界にいました。それから、首都警察に入ったんです。あとは、猛烈に働き、勉強したおかげですよ」

タラールは疑いのまなざしで見た。

「それと、しかるべきところに友人がいた。でしょう?」

プールは立ち上がった。

「冗談じゃない!」と叫んだ。「絶対そんなことはありません」

「いや悪かった。一杯奢りますよ」

「それで勘弁してあげましょう。でも、どうしてもそう疑われてしまうんでしょうね。ほかの人に、その、今話したことを言わないでもらえると助かります。不愉快に思われるかもしれませんから」

「自己宣伝のためにそんな話をしたんじゃないでしょう」タラールはそっけなく言った。「こっちから話を聞き出したいのでは？」

　プールは微笑んだ。

「参考にしたいのです。事実関係や公式見解は聞きましたが、どれもいまひとつピンとこなくて」

「ヴェニング警視はヤードの力を借りたくなかったんです」タラールは答えた。「まわりはなんとかして説得しようとしましたが、聞かなかった」

「当然でしょうね。それでも、協力するためには、あなたがたみんなのことを知る必要があるんです。特に、あのハインドという男のことを。妙な話ですよね。終身刑だったところをせっかく出所できたのに、すぐまた舞い戻るはめになるような真似をしにここにやって来るなんて。もっと重い刑になるかもしれないのに。不自然ですよ。メロドラマじみてる」

　タラールは何も言わず、パイプをゆっくりとふかしていた。プールは、内情を得るのは期待はずれに終わってしまうのかとがっかりした。だがやがて、タラールはパイプの灰を叩いて落とすと、口を開いた。

「怒りの度合いによりけりじゃないですかね」

「そうかもしれない。でも犯罪者はふつう、自分を刑務所送りにした警察には恨みを持たないものですよ。こっちはこっちの仕事をしただけだとわかってる」

「そう、その通り——こちらが公正ならね」

「ヴェニング警視の話では、ハインドは、証言をでっちあげたと本部長を非難したそうですね。それは事実無根と受け取ったのですが」

　プールはその先を促すように話を切った。これから先の話が、何かしら鍵になりそうだ。相手の典型的な軍人風な態度と無表情な顔の裏には、油断ならない知性が確かにある。鈍感な人間なら、オックスフォードのことをあれほど素早くは見抜けない。自分の話し方には、大学の影響などみじんもないことをプールは知っていた。

「警視の話は公式のものでしょう」とタラールが言った。「どのみち、そう言わざるをえない。警視は当時、警察にいて、本部長はそのときの上司だったんですから。でも僕は違います。あんな取り繕った話を聞かされたって、それに同調する義務は感じませんね。もっとも、直接、事件に関わったわけではありませんが。そちらは手を貸しに来てくれたわけですから、それを助けるのは我々の仕事です。本当のことが知りたいのでしたら、こっちも真実を言いましょう。たとえ気分のよくない話でもね」

タラールは、大ジョッキをあおった。プールは黙って待っていた。これは見込みがありそうだ。

「スコール大尉は密猟を撲滅するためにここにやって来ました」タラールが続けた。「厳しい男だという評判で、金持ち連中はそこを買ったんです。本部長は派手なスタートを切る必要があり、そのための手段は問わなかった。かわいそうに、ラヴは捨て駒だったんです。インドでは虎狩りのとき仔牛を使うと聞きましたが、それと同じことです。争いがあり、ラヴは撃たれました。たしかにハインドは、いかれた男だった。自分の悪事をたいして気にしてなかったし、抵抗もせずに捕まるようなたまではなかった。でも、いいですか、ラヴは自分が持っていた銃を奪い取ろうとする連中ともみあっているうちに撃たれたんです。そう、故殺です。でも、本部長は満足しなかった。奴を絞首刑にしたかった。本部長は現場にいました。虎を待っていたんです。若い巡査部長と何人かの巡査も一緒でした。本部長はハインドがラヴを故意に撃ったと、法廷で宣誓証言した。ラヴの銃を奪い、意図的に撃ったと。若い巡査部長と巡査たちには、反対のことを告げる勇気がなかった。巡査部長は本部長の証言を裏づけ、巡査たちは正確に何が起こったかは見ていないと宣誓証言したんです。陪審は本部長を信じ、ハインドを有罪にした。だが、ハインドには自分がはめられたのがわかっていた。本部長が自分の命を奪うためにわざとああ言ったと知っていたんです。ずっと仕返しを考えていたとしても不思議ではないでしょう」

タラールは冷静に話した。だがプールは、タラールの同情が殺された本部長だけに注がれているのではないことを見て取った。

「なるほど、嫌な話ですね。本当なのは間違いありませんか？」

タラールは肩をすくめた。

「僕は直接の体験者じゃないと言ったでしょう。でも、この話の出所は密猟者たちじゃありませんから」

この昔話が真実だとすると、復讐説の可能性は見当違いなどではなく思えてくる。これまではその説を疑っていた。警官に対して二十年も恨みを抱き続け、刑務所を出るなり復讐を果たすために自分の命を危険に晒《さら》すとは、正気の沙汰ではないように思えた。だが、もしスコール大尉が、ハインドを死刑に追いやるために意図的に証言をねじまげたのならば……。そう、その行為はいわば限りなく謀殺未遂に等しいわけで、ハインドの行動ももっと理解できるものとなってくる。

「ほかの連中はどうなったんですか？」とプールは尋ねた。「全部で三人いたそうですが」

「戦争でやられましたよ。短い刑期を終えて出所した後は国王と国に仕え、腹に弾を食らった。かたや死刑を宣告された男は、祖国にいて塀の中で安全だった。正義ってのは、おかしなもんですね」

タラールは火を付け直したパイプをふかした。プールは好奇の目で相手を見た。この男は明らかに強い感情を持っている。おそらくそれを表に出す機会はあまりないのだろう。戦争で心に深い傷を負った多くの男たちに共通した性質だ。

「ええ、そういう例はいくつも聞いたことがあります。もちろん良心的兵役忌避者がいますし、犯罪者もそう。戦争に行きたくなくて自分を撃った者もいましたね」

「自傷か！」タラールは冷酷に笑った。「そういう連中のひとりで、狙い通りにことが運ばなかった男を知ってますよ。そいつは戦線に出ることになっていた晩に、指の先を自分で吹き飛ばしたんです。ところが医者は絆創膏を貼って奴を送り出した。こっちが勝ったというのに、奴には後列にいた味方の弾が貫通してね。流行《はや》っていたんですよ――意志の弱い兵役忌避者やそういった逃げ口がね。この医者というのは、僕たちに活を入れるために配属された男だったんです。古参兵たちは怠け者のかわりに手を汚すのにうんざりしていた。で、それを止めさせようと決め――そして実行した。自傷を考えていた他の連中はみな、その弾の話を聞かされたというわけです」

「見せしめですか」とプールが言った。「まあ、効果はありますよね。本部長の考えも同じだったんでしょう。『終わりよければすべてよし』ですか」

タラールはプールに短い一瞥をくれたが、何も言わなかった。ふたりはそれぞれ自分の考えにふけって、黙ったまましばらく座っていた。それからタラールが立ち上がり、もう行かなければと告げた。プールも後について店を出た。ふたりの警部はぶらぶらと通りを歩き、プールの宿の近くで友好的にあいさつをかわして別れた。

ガウワー巡査部長はそれから三十分後に戻ってくると、夕食の席でプールに成果を報告した。ガウワーもパブに行ったが、ほかの警官と一緒ではなかった。街の噂を仕入れるのが狙いだった。そこで、小商いをしている男たちが集まりそうな店を選んだ。

「〈量は正直〉亭はぴったりの場所に見えました。そこで店に入って、一杯注文したんです。早い時間だったんで、他にはふたりしかいませんでした。連中はあるじと額を突き合わせてなにやら話しこんでましたが、すぐに『ハインド』という名前が聞こえてきたんで、聞き耳を立ててました。耳はいい方なんですよ。でもはっきりとは聞こえませんでした。警部に教わったように、観察力と推理を働かせて、ひとりは乾物屋のおやじ、もうひとりは洋服屋だと踏みました。乾物屋の方は、よく響く声の持ち主で、親切そうな大柄の男でした。洋服屋はそれより年上で、もっと落ち着いたタイプでしたが、会話の中心はどうやらこの男のようでした。そいつが『……戻ってきてなんかいないんだ』と言ったのが聞こえました。すると相手は『おいおい、穏やかじゃないな』と応じたんです。それ以上は聞こえなかったんで、そろそろ割って入る頃合いだと判断しました。マッチを借り、聖書のセールスをしているふりをしました。この三人相手だったら問題ない商売だと思いましてね。のどの乾く仕事だと言って、一緒に飲まないかと誘いました。私の提案で、みんなでポートワインをやりました。ビールより早くまわりますからね。警部、すんだら胡椒をください」

「ポートワインが経費で認められるかどうかわからないよ」プールは笑って言った。「三一年の一件以来、経費についてはうるさいからね」

「自腹覚悟ですよ。えーっと、それから、殺しの話を振りました。なにしろ、今、その話題でもちきりですからね。すんなり行きましたよ。素人探偵気取りを装って、どうして犯人がハインドだとみんな確信しているのかと尋ねたら、『このヴァーデルも同じこと言ってたんですよ』と乾物屋が口を挟みました。『何か考えがあるとかで……』。とそこへ洋服屋が割り込んで『おい、ディリング、俺の考えをおおっぴらにせんでくれ。そんな話が広まっちまったら、警察はいい顔しないだろう』と言ったんです。そこで私が『私と同じ線なんですね。元囚人なんてずいぶん都合のいい話じゃないですか。でも、いったいその男はどこにいるっていうんです？　奴を見た人でもいるんですか』と言ってやったら、乾物屋は『だって大尉自身が見たんだから』ときた。すると洋服屋が『どうしてわかる』と意地悪く訊いたんです。『大尉は死んだんだ。俺たちが知ってることは警察のでっちあげさ』とね。乾物屋が『じゃあ、手紙をもってきた坊主の話はどうなるんだ』と言い返すと、洋服屋の答えは『ウィセルのことか。あいつの親父《おやじ》を知らんのか。六ペンスもやれば、自分のおふくろが男だって誓うような奴だぞ。ガキだって嘘つきってことは大いに考えられる』。『でも、手紙があるじゃないか？　そこまででっちあげはできないだろ』と乾物屋が言えば、『かもしれん。だが、手紙を書いたのは誰だ。ウィセルに渡したのは誰なんだ。俺たちにはわかりっこないさ。ハインドの話がみんな出鱈目じゃないとどうしてわかる。何かほかのことを隠そうとして嘘をついている可能性だってある。この事件には目に見えない何かがある。俺の言ったことを覚えとくんだな』と応えてました。その後もしばらく話は続き、私は小柄な洋服屋の考えには何か根拠があるのかどうか探り出そうとしましたが、わかりませんでした。この男は、ただほかの連中より頭がいいところを見せたかっただけだと判断して、別れを告げて夕飯に戻ってきたんです」

プールはガウワーの判断に賛成するほうに傾いたが、ウィセル少年と話をしてみる価値はあると考えた。その子だけが、アルバート・ハインドが戻ってきたことに対する唯一の生き証人なのだ。

いや、それは正しくない。ハインドはコーシントンの駅でも目撃されている。だが、その確認は警察の捜査が始まった後に行われている。こういった状況では、多くの目撃者がどんなに想像力豊かになるものか、プールは苦い経験から学んでいた。わかっている範囲では、前の晩にハインドを見た――あるいは見たとされる――人物は、スコール大尉だけである。そして、大尉は死んだ。警察の捏造《ねつぞう》という話はばかげているが、プールは自分がそれを事実として受け入れるのは、まず十分に探ってからだと決めた。

第八章　検証

その晩、床に就く前に、プールは今後の方針についてじっくり考えてみた。スコットランド・ヤードを発つ前に上司のサーストン部長と事件について話し合ったとき、犯人追跡の常道捜査はぬかりなく進められていると聞いていた。ならば、その方面は上の連中に任せておけばよい。自分の役目は、ハインドの所在を突き止める手がかりを地元の警察が見逃していないか調べることだ。さらには、今のところ公式に受け入れられている仮説が間違いなく正しいものなのか、確かめることも重要である。先入観を持たずに事件に当たらなければならない。その仮説の根拠となっている一連の証拠をあらゆる点から吟味し、こちらが納得いくまではどんなことも事実として受け入れないこと。この態度を貫き通しながら、考えを固めてしまった警官たちの反感を買わないようにするには、かなり上手に立ち回らなければならない。こうなると、自分の存在はヴェニング警視にとってなおさら煙たいものになる。プールは今さらながら、そう思った。

警察の仮説の根拠は何だ。アルバート・ハインドは最近フィールドハーストから出所した。これは間違いない。シャセックス州ウーラムにある女房の家を住所として届け出た後、規則で決められた住所変更届を出さずにそこを去っている。これも動かしがたい事実だ。それから、十一月八日、水曜の晩に、スコール大尉を人気のない場所で呼び止めた。これは警察の証言ではあるが、唯一の目撃者は死んでしまっている。なんとしてもこの件の裏をとらなければならない。ハインドはそのときスコール大尉を脅迫したとされている。だが、正確には何と言って脅迫したのか、自分は知らない。その翌朝、ハインドは少年を呼び止め――これまた人気のないところでだ――警察本部に届けるようにと手紙を渡している。今わかっている限りでは、ウィセル少年が唯一の証人であり、この話の立証には注意して調査にあたらなくてはならない。ハインド――あるいはよく似た別人――は、ウィセルが目撃した地点から十七マイル離れたコーシントン駅で、ロンドン行きの各駅停車に乗ったところを目撃されている。これにも裏づけが必要だ。これまでのところ、それきり奴は目撃されていない。その四日後、翌週の月曜に起きた実際の殺人とハインドとの関わりは、あくまで大部分が仮定の話である。

事件をよく考えてみることで、プールははじめてその事実を把握できたのだが、解明しなくてはならない問題のなかで、それは非常に重要な点のように思えた。月曜に起きたことで確かなものは、二発の銃声と死体、被害者の拳銃一丁に、弾丸ふたつと薬莢ふたつ。それだけだ。ジェーソン警視のドアに関するひどく漠然とした話もあるが、こちらはたんなる思い過ごしということもあり得る。縦樋の傷は、もしかしたら事件に関係しているかもしれない。だが、まったく無関係である可能性も、もちろんある。屋上への昇り降りに関する警察の説は、まだ解明されていない何らかの方法で廊下の窓を使ったにせよ、傷のある縦樋を使ったにせよ、推測の域を出るものではない。ヴェニング警視は今のところ、スコール大尉の部屋の窓の外から撃ったという考えが気に入っているようだ。

プールは椅子の上で落ち着きなく身体を動かした。どうやっても、その光景がしっくりこなかった。片手で樋につかまって窓の敷居に腰掛けるという不安定な状態で、十二フィートもの距離から額を打ち抜く——銃と射撃の知識があったので、そんなことはプロでもない限りとてもできそうもないと思われた。それに、二十年の刑務所暮らしで、銃の腕を磨く機会がアルバート・ハインドにあったかどうか。だが、そのほかの説となるとさらに信じがたいものだ。廊下の窓から侵入する難しさと、それで見つかる危険性もさることながら、ハインドはどうやってドアから机と窓の間の位置、つまりあらゆる証拠が指し示している発砲場所にまで行けたのか、という疑問が残る。スコール大尉が、戸口に現れたハインドに向けてすぐには撃たなかったとしても、奴がそこへ移動するまでの間に呼び鈴を鳴らす時間はあったはずだ。

この構図にもやはり現実味が感じられなかった。光景が思い浮かばない。プールは椅子から重い腰を上げながら、侵入と逃走に関するこの説を明日最初に調べようと心に決めた。

＊

火曜は小ぬか雨で明けたが、九時までにはあがった。ちょうどその頃にプールは本部に顔を出し、屋上でちょっとした実験を行う許可を求めた。ヴェニングはこれといった関心を見せずに承諾し、人手がいるかと聞いてきたが、プールは必要ないと請け合った。スコール大尉の部屋の窓と廊下の窓の両方が面した狭い中庭へ通ずる通路は、一般には立ち入ることができないし（巻頭の見取図参照）、これからやろうとしていることはどの家の窓からも見られる恐れはない。そこでプールは昼間のうちに調査を進めることにした。ガウワー巡査部長が丈夫な長いロープを用意していた。扱いづらいほど太くはないが、男性の体重を支えるには十分、耐えうるものだ。ガウワーは活動的で運動が得意だが、ハインドが使ったとされる縦樋をよじ登るのはかなり骨が折れた。屋上にたどり着いたときには、指は痛むわ、服は破れるわで、上機嫌どころではなかった。プールの方はというと、階段と落とし戸というもっと上品で楽な経路を使って、先に到着していた。ふたりはまず、ひょっとしてバニスター巡査部長が見逃してしまった手がかりが何かないかと、屋上を捜しまわってみた。だが、これは徒労に終わった。次にプールは、廊下の窓の位置を確かめてから、手すり壁をたんねんに調べた。しかし、最近できたような跡やひっかき傷は見つからなかった。ハインドが利用したとされる煙突も見てみたが、収穫はなかった。最後に、ロープを煙突に回し、その両端を壁の向こうに垂らして廊下の窓の前に届くようにした。ガウワーが用心しながら壁をのり越えて、降りていった。

いきなり、片足で窓ガラスを蹴破りそうになった。しかし、ハインドならこんなへまはしなかったに違いない。上げ下げ窓の敷居に足をつき、なんとか中に入ろうとしたが、想像していたよりずいぶん厄介な作業だった。だが、やっとのことで無事、廊下に降り立った。汗だくで手が震えている。とても銃をしっかりと持てるような状態ではない。ガウワーはロープを引き入れるのを忘れたことに気づき、窓から身を乗りださねばならなかった。一方の端を引いてもう一方の端をたぐりよせるのだが、それにはその片端が上にあがって煙突をぐるりと回って戻ってくるまで、力一杯引っ張らなければならない。ロープは塊となって落ち、ガウワーの横を通過して一階の横手のドアをピシャリと叩きつけた。

「ずいぶんとまあ、静かなこそ泥だね」落とし戸を降り、備品室を通ってやってきたプールが言った。「それに煙突にも笠石にも、ひもの痕がくっきりついていたよ。ハインドがどこから入ったにせよ、この方法じゃないね」

「そりゃ、なんともありがたいお言葉で。これだけ苦労したのに無駄骨だったというわけですね」

「そうじゃない。消去法が決め手になることだって結構あるさ。現場活動規定にも書いてあることだよ」

ヴェニング警視は予想外に気をきかせてくれ、午前中外出するつもりだと言って、いつでも好きなように捜査なり実験なりができるようにと、本部長室の鍵をプールに渡していた。プールは鍵を開けて中に入り、本部長の椅子に座った。二、三分考えたあと、ガウワーの方を向いた。

「廊下の窓から侵入したのでないとすれば、別の方法があるはずだ」と彼は言った。「僕はここに座ってスコール大尉の役をやる。君はもう一度屋上まで上がって、樋をつたって降りてきたら、窓枠に腰を掛けて、窓越しに僕を撃ってくれ。賭けてもいいが、こっちのほうが先に君を撃つね」

ガウワーは、傷だらけの拳を見た。

「そりゃ、警部のおっしゃる通りやりますけど、もっと簡単な方法があると思いませんか」

「簡単って、何のことかね」

「ハインドがこの建物に侵入した方法ですよ」

「どういう意味だい？」

「その、私は樋をよじ登りましたよね。で、警部はどうやって屋上に行きましたか？」

「正面入口から入って階段を登り、備品室の落とし戸を抜けていった。まさか、警察挙げて捜していた男がそんなことをやったと言うんじゃないだろうね」プールは皮肉っぽく言った。

「そうじゃありません」ガウワーは家庭教師が子供に話しかけるときのように辛抱強く答えた。「奴が私のやったやり方で登ったのは間違いありません。ですが、警部は屋上からどうやって降りてきましたか?」

「そりゃ……おい、何だって! 僕がやったように奴は降りてきたと言うのか。落とし戸を通って備品室へ降り、廊下へ出たと?」

「そうです、警部。降りてくる方は、わけないですよ。誰もいない部屋へ落とし戸を通って降りる。ドアをそっと開ける。人がいないかどうか廊下を窺う。ドアはあとふたつだけ。最初のドアを静かに開ける——違う部屋だ。静かに閉める。それから、もうひとつのドアを開ける——ここだ。バーン!」

「ガウワー、君は天才だよ! というより、君だけが普通の常識の持ち主で、我々みんなが間抜けなのか。廊下の窓がなぜか開いていたために、そいつを使ったものと思い込んでしまった。ジェーソンの目にとまらずにその窓から出られたはずがない。だから入るのに使ったと決めつけてしまったのだ。落とし戸から屋上に上がれたはずはない。そう考えたから、屋上から降りてくる方法をほかに考えなきゃならなかった。ばかげて大変な方法をね。でも、自分の手にキスするくらい簡単なことだったんだ!」

「その通りです。お褒めにあずかってどうも」とガウワーは応えた。

プールは、沈んだ顔つきになった。

「だがそれでも、廊下から入った場合の最大の問題は解決できないな」

「そりゃ、残念です。では私が……」

「いや、今のところ素晴らしいアイデアはもう結構だよ。先に、事件を再構成してみよう。もう一度廊下へ出て、できるだけ静かにそのドアから入ってきてくれないか。こちらが気づかないうちに、机の前に来られるかどうか試してみよう。僕は書き物をしている。いつ入ってきてもいいから」

プールはフールスキャップ判の紙を一枚取ると、紙の上に覆いかぶさるようにしてサーストン部長宛の報告書の下書きを始めた。書いていることに集中し、ドアやガウワーのことを考えないように努めた。容易ではなかったが、プールは周囲から頭を切り離す訓練を積んでいたので、すぐに没頭できた。州警察からどんな協力を得ているか、上司は知りたがるだろう。ヴェニング警視の態度は重要だ。そうなると……

小さくカチッという音がして、プールの注意力は外界へと引き戻された。ぱっと頭を上げ、ドアがゆっくりと開くのを見た。

「ガウワー、それじゃだめだよ。もっと静かにノブを回さないと」

「そうやったんです」ガウワーが頭をのぞかせて言った。「でも、このノブ、えらく固いんです」

「もう一度やってみてくれ」

ガウワーは再度挑戦したが、結果は同じだった。プールの考えはうまくいかなかった。ノブは固くて、回すとどうしても音が出てしまう。

「大尉は耳が遠かったんじゃありませんか」とガウワーは言ってみた。

プールはひと声うなった。

「よし、では開けたままにしよう。それで、さっき言ったように机の前に来られるかどうか見てみよう」

再び、プールは報告書に集中し、五分間、その作成に没頭していた。突然、ぴくりと頭を上げた。殺人者役のガウワーが、忍び足で一歩室内に入ったところだった。

「今度は聞こえなかった。だが、感じたんだ。誰かが部屋に入ってきたと、わかってしまった」

「大尉は、警部ほど敏感ではなかったんでしょう」慰めるようにガウワーが言った。「警部は私が来ることを知ってました。大尉は仕事か何かに夢中になっていたのかもしれません。それに、誰か来るなんて思っていなかった……」

「思っていなかっただって？　脅迫を受けていた男がか。命が脅かされていると思っていたのは、ほかでもない、大尉自身だよ。右手の拳銃が何よりの証拠だ」

「ええ、そりゃまあ、そうですけど。ちょっとの間、忘れていたとか」

ガウワーの声はなだめるような口調である。頭に来るほどだ、とプールは思った。

「よし、もう一度やろう。君は僕より『敏感』じゃないかもしれないから、今度は君が座って、好きな女性に手紙でも書いててくれ」

「でも警部、私は結婚してるんですよ！」

「まったく、頭が固いんだから。それなら、一ヶ月の休暇願いでも書いたらどうだい。とにかく何でもいいから、この実験を忘れるようなことをやっていてくれ。僕はハインド役をやる」

これも失敗だった。こっそりやっても、すばやくやっても、ゆっくりやっても、どう動いても、スコール大尉が壁に撃ち込んだ弾の弾道上に来る前に、ガウワーに見つかってしまった。もちろん、その弾が犯人に向けて発射されたものだという確証はない。もしかしたら、ピュー医師の言うように、痙攣性の筋肉反射によって、死の瞬間に、あるいはその後に、まったくでたらめに撃たれた可能性もある。それとも、ガウワーの言うように、書き物に夢中になっていて、紙の上に影が落ちるまで殺人者が入ってきたことに本当に気づかなかったのかもしれない。だが、その場合には、ピストルに手を伸ばす暇もなかったに違いない。説明をつけようにも、どれも決め手に欠ける。しかし……プールの頭の隅には、恐ろしい疑惑がずっと潜んでおり、それがだんだん膨らんでいった……。忌まわしい説だ。だがこれなら簡単に問題を説明できる。

第九章　変　装

プールは突然、事件の再構成を試みるのをやめた。

「これ以上やっても、らちがあかないな」とガウワーに説明した。「こっちの意図を知らない人間に、大尉の役をやってもらわないと」

「それじゃ、樋をつたって窓まで降りなくてもいいんですか」ガウワーは期待を込めて尋ねた。

「今のところはね。まずは、アルバート・ハインドが現れたときのことを調べよう」

プールは、昨夜一晩かけてこの問題を考え抜いていた。スコール大尉への接触について訊くのは、ヴェニング警視が戻ってくるのを待たなければならない。だが、その翌日の出現については、すぐに取り掛かることができる。プールは、ガウワーをコーシントン駅へ聞き込みに行かせ、自分はブロドベリー・グラマー・スクールの校長に電話をして、ジャック・ウィセルと話をしたいと申し出た。校長は、授業中に生徒を外へ出すのを嫌がった。だが、警官が学校に現れて、好奇心いっぱいの生徒たちが興奮して大騒ぎになるのも困る。そこで、校長はプールを自宅に呼び、ジャック・ウィセルを昼休みにそこへ来させることにした。

プールのほうも異存はなかった。その後一時間、報告書に真剣に取り組んでから、学校へと歩いていった。校長の家は、好都合なことに学校の敷地の隅に建っている。現場にいるべき人間としては十分な近さだが、学校の雰囲気を家に持ち込まずにすむほどには隔たっている。ボールディング氏は、昔かたぎのかなり年配の人物で、プールを見るとわずかに眉を上げた。大柄で口ひげをたっぷりとたくわえ、重々しい足取りの男がくると思っていたに違いない。それから、自分が立ち会ったほうがいいかと尋ねた。プールが微笑みながら、校長先生がいないほうが子供は話しやすいでしょうと答えると、ボールディング氏は快く承知した。

ジャック・ウィセルにとって、この話し合いは掛け値なしにわくわくする体験だった。プールがすぐに相手の緊張を解きほぐしてやると、少年は何週間も胸のうちで暖めていたかのように、自分の目撃談をまくしたてた。実際には、この十日間というもの、日に少なくとも二十回は吹聴していたのだ。プールは、ウィセルの性格と信頼性を見極めるため、口を挟まず少年がしゃべるに任せた。どうやら信用できそうである。話の方はかなり想像力逞しく脚色されているが、嘘を言っているつもりはないのだろう。プールはそう判断した。

「最初に男を見たときのことを、正確に話してくれるかな」少年の勢いがようやく衰えてきたところで、プールは訊ねた。「歩いていた？　それとも道の真ん中に立っていた？　あるいは、飛び出してきたとか」

ジャックは少し考えた。

「垣根に座っていたと思います。門だったかもしれません。僕がまだ五十ヤードも手前にいるときに道に出てきました」

「君を待っていて、やって来るのが見えたから道に出てきた、という感じだった？」

「そういえばそんな様子でした。そんなふうに考えてみませんでした」

「男が君を待っていたわけに、心当たりはあるかい」

「たぶん、いつもあの時間に、あの道を自転車で通っているからじゃないでしょうか。それぐらいしか……」

「前に、見たことは？」

「ありません。全然知らない人です」

「正確には、何と言ったのかな」

「手を差し出して、『やあ、ぼうず、ブロドベリーに行くのかい』って言いました。僕が『そうだよ』って答えたら、『じゃ、これを警察本部に届けてくれ』って、こっちが何か訊く前に向きを変えて歩いて行っちゃいました」

「追いかけなかったの？」

「はい、こわそうな人でしたから」

「見た目の話は、あとで聞かせてもらうね。どのくらい、男を見ていたの？　姿が見えなくなるまでかい」

「いいえ、二、三十フィート行ったところまでしか見てません。警察本部に寄ってくなら時間があまりなかったので、すぐにそこを離れたんです」

「男が自転車を持っていたかどうか、気がつかなかった？」

「はい」

「そうか。じゃ、今度は、どんな格好だったか教えてくれないか」

ジャックの目が輝いた。

「タフガイでした」と少年はすでに二百回ぐらい繰り返したことを披露した。

プールはにっこりした。その言い方は知っている。

「あちこちの店に貼ってある写真とそっくりです」

プールはがっかりした。男の正体という点では、ウィセル少年の証言の価値は警察の手配書のせいでだいなしになっていた。手品師が思いどおりのカードを客に取らせるのと同じように、写真は少年の頭に強く刷り込まれている。今やプールは、アルバート・ハインドを見たと少年が信じていることを、みじんも疑わなかった。なるほど、この子が非常に似ている男を見たのは確かだ。だが、誰かが奴になりすました可能性は、頭に入れておかなければいけない。

「ちょっと待って。そこのところをよく考えてみよう。貼り紙にあったアルバート・ハインドの写真と、本当にそっくりだったの？　それとも、けっこう似ていたという程度かい」

ジャック・ウィセルは考えることに集中した。あまり深く考えることをしない少年にとって、これはかなり難しい作業らしい。

「えーと、めちゃくちゃ似てました。写真とまったくおんなじじゃなかったかもしれませんが、あの男の人に間違いないと思います」

プールは、男が変装していた可能性を少年に聞いてみたかったが、どんなに秘密を誓わせたところで、こんなわくわくする話を黙っているわけがない。たとえわずかでも、今、この説が広まるのは避けたかった。しかし、この男が本当にハインドだったと、どうやって立証すればよいのか。今やこの少年は、写真のとおりだとたやすく認め、誓うだろう。

「写真に写ってないことで、何か知ってるかい」

ジャックはまたじっと考えた。

「手です」と答えた。

「手だって？　どういうこと？」

「入れ墨です。手紙を差し出した方の手に、船の入れ墨がありました」

プールは、ブロドシャー中に貼り出されている手配書の写しをポケットから取り出した。手は写っていなかったが、文面にはこう書かれていた。「特徴――身体中に入れ墨あり。右手に船、左手には女性の顔が彫られている、等々……」望みなしだ。

「特にそれに気づいたのは、僕、船が大好きだからなんです」ジャックが断言する。「三本マストの縦帆式帆船《スクーナー》でした」

「何だって」

「三本マ……」

「ああ、ごめん。聞いてたよ。それは確かかね」

「絶対間違いなしです」

これなら少しは見込みがある。手配書には、三本マストのことは書かれていなかった。その点は調べられるだろう。

「それから、つば」

「つば？」

「ええ、歯が一本欠けてて、唇をねじ曲げてすきまからつばを吐き出す癖がありました。ちょっと汚いけど、とってもうまくやってました」

こうして、会見は非常に満足のいくものに終わった。もっとも校長だけは違って、ウィセルの気分が昂揚し過ぎてしまい、午後の授業には落ち着いて臨めそうもないと見て、同席を主張すればよかったと後悔していた。

プールは、頭の切れる男が、大尉を欺くためにアルバート・ハインドそっくりの変装をしたのかもしれないと感じていた。大尉は二十年もハインドに会っていない。しかも、暗い森でのことだ。そして十四歳の少年に、写真に似ているという漠然とした印象を与えた。しかし、手に船を描くことまではしても、「三本マストの縦帆式帆船《スクーナー》」という細かい点まできちんとまねるとは思えない。さらに、もし確認が取れれば、「つば」こそ決め手となる。たとえ変装者がすきっ歯や癖のことは知っていたとしても、ひとりの子供のために歯を犠牲にするとは到底考えられない。

それに結局、変装という考えはどこから出て来たというのだ？　プール自身の想像だ。その根拠は、あやふやな思いつきでしかない。昼食を取りに宿へ戻る途中、プールは利口に立ち回ろうとし過ぎることの危険に関する講義を思い返していた。

午後、本部に戻ったが、ヴェニング警視は夕方まで帰らないとのことだった。スコットランド・ヤードから人が来たのを機に、新しい役職に就いて以来初めて、州内を回っていたのだ。プールは待っている間に、まだ、二、三、儀礼的なあいさつをかわしただけのジェーソン警視と話をしようと決めた。

内勤主任は親しげな笑顔でプールを歓迎し、高級なエジプト煙草の箱を差し出して勧めた。それから捜査の進展ぐあいを丁寧に尋ねた。

「確実な事実ということでいえば、ちっとも進んでいません」煙草に火をつけながら、プールは答えた。「体裁よく言えば、『雰囲気をつかんでいる』段階です。つまり、事件に関係のある人間と片っ端から話をして、その頭のなかをのぞいて見ているんです。今度は、警視の頭を見せていただこうと思いまして」

ジェーソンは笑い声を上げた。

「ここに来ても、収穫はあんまりないよ。私は内勤主任だからね。捜査のことは、すべて本部長代理とパリー警部が取り仕切っている」

「そうですね。でも、もちろん、警視には警視の考えがおありでしょう」とプールは言った。「あの人たちの説に賛成ですか」

「犯人についてかね」

「ええ――まずはその点から」

「よかろう。どう考えたって、ほかに説明のしようがないじゃないか。そう、白状するが、ブロドリーの森で本部長を待ち伏せたとか、脅迫状をよこしたとかで大騒ぎだったときには、たいして気にしてなかったよ。奴はただ本部長を脅してみせただけのことで、それ以上のことを起こすとはこれっぽっちも思っていなかった。で、奴はまんまとやってのけた。だが……なに、私が間違っていたのさ」

「ハインドの裁判のときは、もちろん警察にいたんでしょう？」

「ああ、この署で巡査をしていた。だが、事件の担当ではなかった。奴が有罪になった裁判は見ていたよ。凶暴な顔をした男だった。それは認める。しかし、二十年務めて出てきと思ったら、まっすぐ縄に首を突っ込むとは……それに自分の企みを吹聴するなんて……理屈に合わないように思えたんだがな」

プールはうなずいた。

「では、奴はどこに行ったと思いますか。森のどこかに隠れているという考えには賛成ですか」

「森に隠れるだって！」ジェーソンは馬鹿にしたように大声を出した。「もちろん森なんかにはいやしない。奴は二十年も計画を練っていたんだ。もっとましな考えがなかったはずないだろう。奴のやったことを考えてみたまえ。自分の狙いを警察に警告したうえで、我々のど真ん中を通り抜け、自分の椅子に座ってる本部長を撃ったんだ。こんなことをやり遂げた奴なら、必ずもっといい逃げ道を用意していたに決まってるさ」

「例えば？」

ジェーソンは、まじまじとプールを見た。

「私の頭をのぞこうっていうんだね！　ＣＩＤの人間ってのは、人の話なんか聞かないものと思っていたよ。なに、嫌味を言っているわけじゃない。私がやっておくべきだったことを教えようか。奴の特徴を知ってるね。つぶれた鼻、汚い歯、がっしりした肩、前かがみに歩く癖、といったところだ。なら、それと似てない奴を捜すんだ。なんで奴が本部長とウィセルぼうやの前に現れたのか。手配書にそうした特徴を書かせるためだよ。奴は姿を見せたあと、その足でロンドンへ向かったのさ。ロンドン中の歯医者を当たって、脅迫事件のあった木曜か金曜に、古い虫歯を全部引っこ抜いて差し歯を入れた人間を捜す。それを最初にすべきだったんだ。奴はそのあと、鼻につけるパテとドーランを買ったのさ。そういったことはウィリー・クラークソン（ロンドン演劇界の著名なコスチューム・デザイナー）にでも当たってみるといい。もしかしたら、こざっぱりした黒の口ひげも手に入れたかもしれないな。だから、広場のバス停へ行って、やってくるバスの運転手に片っ端から訊いたらいいんだ。かたちのいい鼻をして、歯がきれいで、こざっぱりと口ひげを生やし、きちんとあごを剃って、杖のようにピンと背筋を伸ばした客を、先週の月曜の夕方五時半頃に乗せなかったかどうかとな。それが奴――アルバート・ハインドさ」

プールは呆気にとられて、相手をじっと見た。

「ハインドは二度の出現の間に、外見をすっかり変えたと言うんですか。ウィセルに姿を見せたときと、本部長を撃ったときと？」

「もちろんそうさ！　日曜の夜にするすると屋上まで登り、月曜の朝、そこであごを剃る。本部長を撃ったあと、樋をつたって降り、服のほこりを払う。こっそり通路を抜けて通りに出ると、広場に向かう。ひげ剃り道具と拳銃の入った小さな黒い鞄を持ってね。元軍人の旅行者かなんかに見えるだろう。だとしても驚かないよ」

「それで、今、奴はどこにいると思いますか」とプールは訊いた。

「決まってるじゃないか――ロンドンだ。頭のいい殺人犯なら誰でもそうする。本物の口ひげが生えてくるのを待ちながら、ペッカムあたりのこぢんまりした下宿屋でじっとしているのさ。女主人は汚らわしい新聞なんか読みやしない。どっちにしろ、立派な店子のホプキンス氏は、写真の恐ろしい殺人犯とは似ても似つかないって寸法だ」

プールはしばし黙りこんだ。

「ヴェニング警視はその話をどう思いましたか？」

ジェーソンは肩をすくめた。

「話してないよ。訊かれなかったからね。内勤主任の仕事はお決まりの書類仕事で、考えることじゃないんだ」

プールは、この男に対する本能的な嫌悪感が膨らんでいくのを感じたが、顔には出さなかった。

「とても独創的な説ですね。アドバイスに従ってみましょう。今度は、あの晩、あなたの部屋のドアが開いた件について教えていただけますか。ハインドが部屋を間違えたと思っているのですね？」

「だと思う。ほかの人間にはできなかったはずだ」

「ドアが開いたのは、確かですか？」

かすかな不快感がジェーソンの顔をよぎった。彼は椅子から立ち上がった。

「今朝、事件をちょっとばかり再構成していたようだが、今度はこの椅子に座って、私の役をやってみたらどうかね。仕事で忙しい最中ということで」

プールは腰を下ろすと、書き物をしているふりをした。少しして、机の上の書類がはためいた。顔を上げると、音を立てずにドアが閉まるところだった。一目で、理由がわかった。机は窓と閉まりかけたドアとのちょうど間に位置していたのだ。

「なるほど、よくわかりました」ジェーソンが戻ってくると、プールは言った。もうしばらく話を続けた後、プールは内勤主任に礼を言い、警察の仮説はどうやら証明されることになりそうだとはっきりと感じながら、宿まで歩いて戻った。ガウワーも戻ってきたばかりで、彼の話はもっと確かなものだった。コーシントン駅では、駅長とふたりのポーターがハインド――あるいはハインドの特徴に当てはまる男――を見ており、証言台で宣誓証言する用意があった。十一月九日の木曜日、グレイシャーの巡査部長が来て聞き込みをしたとき、目撃者たちはお尋ね者の風体に思い当たったそうである。十時三十五分発の上り列車の乗客だった。その後に写真を見せられて、同一人物であるという確信を持った。

「疑わしい点はないと思います。証人に会った後は、ちょっとついてました。バスに間に合わなかったので、次のバスまで二、三時間、待たなくてはならなかったんですが、そこに、乗せてってくれるという人がいたんです。誰だと思います？　例の洋服屋のヴァーデルですよ。ほら、昨日の晩、乾物屋と〈量は正直〉亭で長話をしていた男ですよ。実は、洋服屋じゃなくて特効薬のセールスマンだったんですが。私のほうは聖書にしておいてよかったですよ。ヴァーデルは、この街に年に二回、一週間滞在して、まわりの村を歩き回るということで、この辺りのことはよく知っているそうです。ゴシップもいろいろとね。こっちは聖書のセールスで押し通したんですが、私が地元の人間でないとわかると、ぺらぺらしゃべりだしましたよ。ここは汚職で腐敗していて、なかでも警察が一番ひどいと言ってました。賄賂やらリベートやら……いったい警察のどこが気に入らないのか、私にはわかりませんが。本部長は何かに手を染めていた、というのがやっこさんの考えです。だから、警察が自ら手を下したというんです！」

プールは相手を鋭く見た。だが、ガウワーはあきらかにすべて冗談だと受け取っていた。豊かな想像力を持ち合わせていないのは、ときに幸せなことだとプールは思った。再び心の眼に、ひとつの光景が蘇った――午前中ずっと脳裏を離れなかった光景だ。スコール大尉が、もう一枚署名しようと書類に手を伸ばす――次の指令を出そうと、目を上げる――すると、目の前には殺人犯の銃口が……。

*

その晩会ったヴェニング警視は、ずっと協力的な態度になっていた。察するに、一日外出したことで気分がよくなったらしい。捜査の進展状況を丁寧に尋ね、犯人の侵入経路に関するガウワー巡査部長の名案を、それ相応に評価した。プールは潜伏場所に関するジェーソンの説を告げるのはやめておいた。ふたりの警視の間を気まずくさせたくはない。

「ふたつほど、お訊きしたいことがあります。ハインドの手の入れ墨に関する詳しい記録をお持ちでしょうか。手配書に書いてある内容は知っていますが、もっと詳しい記録が一九一三年の裁判のときに作られたのではないかと思いまして」

ヴェニングが呼び鈴を押すと、すぐにジェーソン警視が現れた。内勤主任は何が入り用か聞いて、ハインド関係の書類を一式取ってきた。だが、そこには手配書より詳しいことは書かれていなかった。歯が一本欠けていることや、つばを吐く癖に関する詳しいことは、二十年前の記録を当たっても無駄に決まっている。

「もうひとつお願いします」プールはジェーソン警視が退室すると言った。「あの晩、スコール大尉はブロドリーの森で何を見たと言っていたか知りたいのです」

ヴェニングは相手を鋭く見た。

「どういう意味かね?」

「つまりですね、本部長はハインドの特徴を正確に話したのですか？　ウィセルの話と同じでしたか？　警察の記録とはどうです？」

　ヴェニングは、答えるのをちょっとためらうような感じだった。口を開いたとき、声には少しよそよそしい調子がまじっていた。

「ハインドを見たとおっしゃっていた。私は奴の外見については、それ以上の詮索はしなかったよ。ウィセルが奴の特徴を話したとき、大尉は同じ男と認めたと聞いている。私はその場には居合わせなかったが」

　ヴェニングは椅子を押し退け、急に立ち上がると、とげとげしく尋ねた。

「何が言いたいんだね」

「ただ、スコール大尉がハインドを見たかどうか、はっきり確認したかっただけです」プールは穏やかに答えた。

　ヴェニングはプールをじっと見た。それから、ゆっくりと椅子に沈みこんだ。

「本部長が話をでっちあげたとでも？　それとも我々が？」

「そうではありません。誰かが奴になりすましたという可能性を思いついたのです」

「なんだって!?」

　この考えは、ヴェニングを驚かせたらしい。もしかしたら警視はすこし血のめぐりが悪いのでは、とプールは思った。だが、変装という考えを飲み込みはしたが、ヴェニングはそのことをあまり重要とは考えていないようである。彼にとって事件は単純で、それをひっかきまわして利口ぶるのは時間の無駄というわけだ。しかし、それがプールの仕事なのだ。プールは、こうしている間にアルバート・ハインドが今度こそ完全に姿を消してしまわないことだけを願った。

ふたりは、昨日とあまり変わらない態度で別れた。その後すぐ、ヴェニング警視はハイ・ティー（夕方紅茶を飲みながら取る食事。イングランド北部やスコットランドで広く習慣化している）を取りに家へ帰った。彼は肉料理の夕食よりそちらを好んでいた。食事のあいだ中、ヴェニングは黙りこくっていた。食べ終わると、楽なスリッパに履き替え、パイプを手に肘掛け椅子に腰を降ろした。パイプが消えても気にとめず、ひざに広げた《エクスプレス》も読まずに暖炉の火を見つめている。ミセス・ヴェニングは何も言わずに夫を心配そうに見守っていたが、ついに我慢できなくなって、つぶやくように尋ねた。

「あなた、胸やけでもするの？」

ヴェニングはかぶりを振った。

「ロンドンから来た、あのおせっかいの青二才のことだ」ヴェニングは怒ったように言った。「やって来て、面倒を起こしている」

「でも、お気の毒な本部長さんを殺した犯人が誰か、見つけて欲しくないの？」

ミセス・ヴェニングの優しい心は、スコール大尉を迎え入れる矢先だったことを忘れられないでいた。大尉のことをほとんど家族の一員のようにみなしていて、そのために彼の死を悼んでいたのだ。

「誰が殺《や》ったかは、わかっている」夫はつっけんどんに言った。「ハインドが犯人だ」

ヴェニングは再び黙り込み、真っ赤に燃える薪を見つめ続けた。ミセス・ヴェニングはしばらくひそかに夫を観察していた。そして、

「ねえ、あなた、本当は信じてないんでしょ」とつぶやいた。

第十章　個人的問題

プールは他人の考えを受け入れないような、高慢な人間ではなかった。床に就く前に、ハインド失踪に関するジェーソンの説を説明した手紙をサーストン部長に宛てて書き、スコットランド・ヤードの方で、部屋にこもりきりの男性が管轄地域内の下宿人にいないか当たってもらうように依頼した。水曜の朝は、ガウワー巡査部長に、ハインドが施した可能性のあるいろいろな変装パターンを説明したうえで、長距離バスも含めたバス——特にロンドン行きの路線——の運転手の聞き込みに行かせた。プール自身は、州議会の事務所へぶらぶらと歩いていった。

州警察は、警察委員会という組織の管理下にある。委員会のメンバーの半数は、四季裁判所——法の執行のために招集された州の治安判事による裁判所——が指名した治安判事で、残りの半数は委員会の指名を受けた州議会の人間だ。警察委員会だけが、警察維持費を投票によって決める公的な権限を持っている。その財源は、国庫交付金と州税との折半である。国庫交付金のほうは内務省によって費用として承認されることが必要となる。州議会の方は、委員会に人を出すこと以外、警察の経費に何の口出しもできない。そして、好むと好まざるとにかかわらず、どんな数字であれ委員会が命じた額を、警察に与えなければならなかった。しかし会計に関しては、権限はないけれども少なくとも支出状況だけは州の財政委員会がきちんと詳しく把握できるようにと、州の主計官が行っていた。

プールはこうした事情に精通していたので、警察そのものに当たらずにその財政を調べようとしたら、足を運ぶべき人物は州の主計官であることを知っていた。ガウワーが言っていた特効薬のセールスマンの漠然とした話をたいして重く見てはいなかったが、つかみどころのない事件では、どんな手がかりでも、あるいはヒント程度のものでさえ、無視できないと経験から学んでいた。そういうわけで、プールは「個人的な件で」と書いたメモをくだんの役人に渡してもらって、面会を申し入れた。そして、自分の公的な身分を説明し、それをほかに漏らさぬように頼んだ。

マーヴェリング氏は、かなりの年配だった。州議会には四十年近く勤めている。現在の部署で徐々に昇進していき、戦後間もなくその長となった。ブロドシャー州の行政が警察と分離された存在とはいえ、その名誉を損なうと受け取られかねない話を持ち出すときには、十分な配慮をすべきである。そこでプールは、どんなものであれ、この手の事件の捜査では、あらゆる角度から調査を行うのが決まりであることから説明した。この原則に対し、相手はうやうやしいお辞儀で応えた。

「殺人事件で」とプールは続けた。「最もありふれた動機は、金銭です。この事件では復讐が動機だとおおむね受け入れられていますが、この説はしばらく横に置いて、金が動機である可能性を調べるのが私の任務なのです。これには、殺人が直接利益に結びつくということだけでなく、金銭的な不正行為の隠ぺいのため、という動機も含まれています。直接利益を得るということに関しては、マーヴェリングさん、あなたの手を煩わせるまでもありません。その場合は、本部長の私生活が問題であることにほとんど間違いありませんから。しかし、不正行為の隠ぺいのほうは、公務に関係があるかもしれないのです」

主計官の顔つきが曇りだしたので、あわててプールは相手を安心させようとした。

「誤解しないでください」とプールは強調した。「非難しているわけではありません。なにもそうだと言っているのではないのです。ただ、型通りの捜査にご協力いただければと思いまして。いろいろ教えていただきたいこともありますし。警察の経費を直接管理してらっしゃらなくても、請求書はあなたが目を通していることは存じてます。とてもじゃないですが、こうしたことを警察本部に訊けないことは、ご理解いただけますでしょう。それで、こちらに伺ったのです」

マーヴェリング氏は立派な口ひげを引っ張った。

「警部、とんでもないことをお考えでいらっしゃいますな。誠に遺憾です。お話の主旨はわかりました。具体的に何か問題があるわけではないことも了解しました。ですが、一言、言わせてください。私はここで四十年、行政に携わっておりますが、こんなことを言われたのは初めてですよ。この州警察は非常に立派にやっています。そこに少しでも疑いがかかるとは」

プールは嫌味を言われたと感じたが、このお役所的な正義の鎧を打ち破る気でいた。

「これまで不愉快な経験をなさったことがないと伺って、とても安心しました。ですが、そうした事件がときどき起こるものだということは、もちろん、ご理解いただけますね。ご存じのように、今もそれで審理中の事件がありますし」

「イングランドじゃない、よその話です」他の三地方とはモラルの基準が異なるのだと言わんばかりに、マーヴェリング氏は断言した。

「ええ、確かにそうです。しかし……ブロドシャーでも起こる可能性はないでしょうか」

主計官は眉をひそめ、考え込んだ。

「どうやったらそんなことができるか、私には見当もつきませんね」マーヴェリング氏はやっとのことでそう言った。「私が気づくはずです。まさか、その不正に私も一枚嚙んでいるとおっしゃっているんではないでしょう?」

「実際にどうこういう話ではないのです」プールは辛抱強く答えた。

「それでしたら、とうてい無理です。領収書はすべて州に直接回ってきます。支払いは、警察本部長がサインした請求書にもとづいて私が行っています。まさか、本部長自身が……? あ、いや、具体的な話ではないんでしたね。話を戻しますと、本部長はご自分の要求を文書で証明し、委員会の議事録を見せて、経費が認められたことを私に納得させるわけです。もちろん、私どもがこうした請求書を調べてから、支払いとなります。支払いの際の領収書も、こちらで確認します。ですから、領収書が偽造でもされないかぎり、抜け道を見つけるのは難しいですね。しかし、領収書の偽造となれば非常に大がかりな不正ですし、必ずすぐに発覚してしまいますよ」

「例えば、実際の人数より多い給与請求や、死んだ人間の年金請求が行われる可能性は全然ないのですか?」

マーヴェリング氏は、その地位が許せば鼻を鳴らすところだったが、思いとどまった。

「もちろん、私は警察の給与台帳を見て、現役警官や年金受給者の署名の入った領収書を照らし合わせます。警部、これは基本ですよ」

基本かもしれない。だが、不正はこれまでもあったのだ――程度の差はあれ、公益事業のいろいろな場面で。プールはそう思った。

「裁判で決まった罰金の場合はどうです？　誰の管轄ですか」

「治安判事書記から、私のところへ直接送られます」

「新しい制服を支給したとき、古い方の処分はどうしていますか」

「それは、本部長が扱います。ですが、売上げは州に払い込まれます」

「ということは、抜け道はどこにもないと？」

「その通り。警察の財政に不正があるという疑いは、まったくの論外です。私が保証しますよ」

「賄賂《わいろ》がからんでいるとなると、話は違ってくるでしょう」プールは、相手の尊大な態度にいらいらして言った。

マーヴェリング氏は怒りに顔を赤く染めた。

「ブロドシャーの関係者だったら、絶対にそんなことは口にしません。州が関わっているなんて」

マーヴェリング氏は重々しく断言した。「ロンドンの警察のモラルがどんなものだか知りませんが、それと一緒にしないでいただきたいですな」

マーヴェリング氏は立ち上がり、プールは少々自分を恥じながら、精一杯の礼節を保ってその場を去った。話が半分も進まないうちに、この部署では理性的な協力が得られそうもないことがわかっていた。もっと若くて、あんな時代遅れの石頭ではない者に当たってみようと心に決めた。それまでは、「金銭的な動機」を別の角度から調べてみよう。故人の個人的な問題を探るのだ。

プールは本部から自転車を借りて故人の家へ行き、ミセス・スコールに会いたいと告げると、客間に通された。陰気な部屋だ。花を飾り、カーテンや家具カバーを新しくすればいいのに。しばらく待たされた後、ドアが開き、黒い上着とスカート姿の長身でグラマラスな女性が現れた。

「母もすぐに参ります」そこでいったん言葉を切ると、好奇心を隠さずにプールを見つめた。

「あなたが刑事さん？」

「そうです」とプールはにっこりして答えた。「そんなにまぬけに見えますか？」

プールはいつでも誰に対しても「サー」「マダム」で受け答えする心づもりでいるが、相手が自分を一個の人間として話しかけてくるときには、同じような調子で応えることにやぶさかではなかった。ミス・スコールは微笑んだ。ひどく沈んだ顔が明るくなったのを見て、もっと楽しい状況でなら、きっととても素敵な女性に違いない、とプールは思った。この家は確かに立派だし、きちんと手入れもされている。しかし印象や雰囲気という面で言えば、プールの目には「死んでいる」家に映った。例えば、庭にはどうして花が一本も植わっていないのか。庭師がいないのかもしれないが、女性がふたりいて簡単な庭さえ造らないというのはどういうことだろう。こうなってしまったのには、幸せが生む活力が、何か妙な具合で欠けているせいに違いない。

「もっと年配の方かと思ってましたわ。それにもっと陰気で堅苦しい人だろうとね。あなたは、とっても人間らしくみえますわ」

「それはどうも。そんなのは、ひと昔前の人たちですよ。もちろん、中にはそういったタイプもいますけどね」

「とにかく、そういう人じゃなくてよかった。あなたとお話しする方が、気が楽そうですもの。母はあとで降りてきます。いつもこの時間は、ベッドで朝食をとってから十一時まで寝ているんですの。もう、すっかり参ってしまっていて」

プールはうなずいた。

「私のために、わざわざ起きてきていただかなくても結構ですよ。出直してきますから」

「いえ、いいんです。それまで、何か私でお役に立てることがあれば訊いてください。とりあえずお座りになって」

「お父上は、水曜の夜に例のハインドと会ったことをおっしゃっていましたか。その……殺される前に」

キャサリン・スコールは首を横に振った。

「いいえ、一言も。でも、もともと私には何も話さない人だったんです。たぶん、母には話したかもしれませんわ。でも、私の前ではその話は出ませんでした」

「落ち着かない様子をしていませんでしたか」

「気がつきませんでした」

プールはためらった。この父娘の間には、理解もふれあいもなかったことは、どう見ても明らかだ。一方、感情面ではなく、父親の個人的な行動についてなら、娘がもっと鋭い観察力を働かせた可能性もある。それに、彼女はさっぱりした性格のようだ。父親のことを進んで話してくれるかもしれない。

「それでは、何か気がかりなことがあるように見えましたか。深刻な問題で困っているといったような」

キャサリンは肩をすくめた。

「父はいつでも、お金のことを心配してましたわ。それが頭から離れなかったのです。六ペンスでも使おうものなら、ずっとそのことを言われるんですよ」

「お金に余裕がなかったということでしょうか」

キャサリンは、赤の他人に打ち明けてよいものかどうか迷った。しかし、プールの屈託のない顔と自然な物腰に促された。

「とにかくひどくお金がないという素振りをしていたんです。私にくれたのは服を買うお金として年に三十ポンド。それがどういう意味か、男の人にはわからないでしょうね。母には五十ポンドでした。それで、服や贈り物や寄付金を賄っていたんです。家計費に使えるお金は二百ポンドで。使用人ふたりに、馬の世話と芋掘りに男の子をひとり雇ってました。それにどれぐらい費用がかかるかわかりませんが、そんなにたくさんではないと思います。警察本部長の給料がいくらだか存じませんが、そんなに悪いはずありませんよね。父はいくらか投資もしていました。相場が下がったといつも文句を言ってましたから。私としては、私や母にもうちょっとくれることができたはずだと思ってました。遊んだり、お芝居を見たり、休暇に出かけたりしたことは、一度もありません。本もめったに買わず、お客さまを呼んだこともないのです。でも、もしかしたら、私たちの知らないところでお金を遣っていたのかもしれません」

キャサリンはそこでぷつりと話をやめ、暖炉の火を見つめた。プールは相手の沈黙を尊重した。衣装代の上限やら何やら、他人に自分の私生活を話すのは、気分のよいことではないはずだ。それについてキャサリンに質問をする気にはなれなかった。

ふたりが黙って座っていると、ミセス・スコールがやってきた。ヴェニングだったら、夫人が先週とは様子が違うことに気づいたことだろう。頬には赤みがさし、目は生き生きと輝いている。

「警部さん、お待たせしてすみません。娘が説明してくれましたかしら」

プールはおじぎをした。

「お嬢さんには、こちらの質問にたいへん親切に答えていただきました」まったく本当のこととはいえないが、プールはそう答えた。

ミセス・スコールは娘の方を向いた。

「警部さんは、ふたりきりでお話しになりたいと思うわ。ママは大丈夫だから」

「わかったわ。でも、十五分したらスープを持ってくるから。無理しないでね」

プールの方をちらっと見たので、彼にはこの言葉が自分に向けられたものだとわかった。キャサリンは部屋を出ていった。やがて彼女がタオルと籠を持って、手入れの悪い芝生を横切るのが見えた。庭には命が戻ることだろう。

「私に何かご質問があるんでしょう?」

もの静かな声に促され、プールは目下の仕事に意識を戻した。

「奥さん、こんなときにたいへん恐縮なのですが、ご主人がお亡くなりになる前、水曜の夜にハインドと会ったことを何かお話しになっていなかったか、お伺いしたかったのです。警察の説は、すっかりご存じだと思いますが」

夫人はうなずいた。

「ええ、知っております」と穏やかに言った。「でも、どうにも納得がいきませんの。夫は仕事をまっとうしただけです。なのに、あんなに長い間、憎み続けて、戻ってきたら殺すなんて。しかも、自分の命をもう一度危険に晒《さら》してまで。いいえ、その晩は、男に会ったことは一言も。でも、次の日、警官がおふたりいらして、その方たちが見張りをすることになると言うものですから、何の騒ぎか訊いたのです。そうしたら、話してくれました」

「深刻に考えているようでしたか。落ち着かない様子だったとか？」

ミセス・スコールは言い淀んだ。

「落ち着かないということはありませんでしたが、心配はしているようでした。でもおかしいんですの。夫に心配事があると私が思い始めたのは、その男に会う前のことなんです。変だと気づいたのは、検視審問のときでした。脅迫があったのは水曜の晩だと聞きましたが、夫が心配そうにしていたのは月曜だったのです。その日は、ロンドンに行っていたので、向こうで何か心配の種になるようなことを耳にしたのだと思っておりました」

「それが何なのか、お心当たりはありませんか。ご主人にはお尋ねになりましたか」

ミセス・スコールはかぶりを振った。

「あの人は仕事のことを訊かれるのを、嫌がっていたものですから。警察のことはもちろん、それ以外のことでも」と夫人は率直に答えた。

プールはいとまを告げた。以前は花壇だったとおぼしきものに熱心に取り組んでいたキャサリン・スコールが、元気よく手を振ってよこした。父親の経済状態についてキャサリンが与えてくれたヒントを追及したかったが、そのことをミセス・スコールに質問するのは気が引けたし、最後の言葉が示していたように、夫人が何かを知っていたとは思えない。当たるべき人物は、事務弁護士だろう。幸い、スコール大尉の私的な事柄は地元の弁護士事務所が扱っていると、ヴェニング警視から聞いていた。そこで、遅い昼食をとったあと、プールはチャーチマン、ヴェール&チャーチマン事務所を捜し出した。

　年長の共同経営者ジョゼフ・チャーチマン氏は、少しなら時間がとれるということだった。快活な赤ら顔の男で、格式ある事務弁護士というよりは、田舎の大地主のように見える。プールに向かってにこやかにあいさつすると、ロンドン一優秀な刑事さんなら、我々田舎者をてこずらせた問題もすぐに解決してくれることでしょう、と言った。プールは、それも地元の方々のご協力があってこそです、と謙虚に返した。そこから用件に入り、プールは自分の求めているのは、故人の経済状態についての情報であることを説明した。チャーチマン氏は眉を上げた。

「しかし、それが事件とどんな関係があるというのですか。犯人も動機もわかっているではないですか。単なる復讐です。金銭問題には関係ありませんよ」

　プールはためらった。ジョゼフ・チャーチマン氏は、仕事のあとクラブへ顔を出し、ウィスキー・ソーダをやりながら、たわいもない噂話を楽しむようなタイプに見える。一方、弁護士が自分の顧客のことを口外するとは考えにくい。そんな評判がたったら、仕事が来なくなってしまう。プールは、秘密保持の習慣がすっかり染み込んでいるなら、警察の捜査も内密にしてくれるだろうと踏んだ。どのみち、それ相応の理由がないかぎり、チャーチマン氏も顧客のことを刑事に教えてはくれないだろう。

「包み隠さずに申します。実は、私はその説に完全には納得していないのです。とにかく、別の可能性に目をつぶるつもりはありません。今は、これ以上申し上げられませんが、スコール大尉に経済的な問題があったかどうか、それから相続人は誰なのかということがわかると、いろいろと助かるのです。それと、ほかにもお訊きすることが出てくるかもしれません」

チャーチマン氏は、この問題を慎重に考えた。共同経営者と相談するために席を外したが、すぐに戻ってきて、プールの求める情報をすべて提供することに決めたと伝えた。スコール大尉の財政状況は遺言検認のための準備をしているところなので、チャーチマン氏は銀行に問い合わせなくても最新の数字を出すことができた。それを見せてもらってプールは驚いた。故人の家族や友人も、いずれ同じようにびっくりするに違いない。

実は、インドから戻ってきて二十一年の間ずっと、スコール大尉は収入の四分の一から半分に達する額を投資に当てていたのだ。給料のほかに、叔母から多少の遺産を相続していたが、自分の給料だけで結婚生活をやりくりして経済的に苦しかった若いころの経験から、年老いたときに蓄えが乏しいことを極端に恐れていたそうである。だから、自分と家族が将来、心配や苦労なく暮らせるだけの財産を築こうと、徹底的に倹約したのだ。この深慮は立派なことだったが、次第に強迫観念のようなものになっていき、切り詰めてこつこつ貯める生活を、そうする必要がなくなったあともずっと続けていた。その犠牲になったのはおもに妻と娘である。投資した資金は複利で着実に増えていった。その結果、ミセス・スコールと娘は、相続税や経費を差し引いても、なんと四万ポンド近くもの大金を相続することになる。ふたりは共同相続人で、ほかに遺産受取人はいない。チャーチマン氏はミセス・スコールにはまだこの数字を見せていないと説明した。状況をすべて把握するまで、どのくらいの金額に達するかわからなかったため、ふたりの御婦人には、なに不自由なく暮らしていけるようになることをまったく話していないそうだ。

こうした驚くべき事実を詳しく聞き出すと、プールは椅子にもたれ掛かって、このことが事件にどう影響するかを考えた。銀行通帳を丹念に調べた結果、恐喝を示唆するような怪しげな支払いや署名人払い小切手の振り出しはなかった。それにどのみち、ふつうは恐喝される方よりする者の方が、非業の死を遂げるものだ。配当金と給料以外の受取金はまったくない。つまり、スコール大尉自身が恐喝者であることを示すものはないということだ。すべてがまったく単純明快である。あまりに思いがけなかったので、驚いただけのことだ。

「深刻な経済状態だったという考えは、これですっかり消えました」とプールは言った。「奥さんの話では、大尉はハインドが現れる前に何かを心配していたそうです。六日の月曜日のことらしいのですが、お心当たりはありませんか」

チャーチマン氏には心当たりはなかった。この不景気な時代、スコール大尉ほど心配事とは縁遠い人はいなかったと思う。それに、強迫観念に陥ったのも、用心深さゆえだ。ここには、揉め事の原因や犯罪の動機につながる情報は何もなかった。あとは、ヴェニング警視がすでに調べた大尉の個人的な書類を見返してみるよりほか道はない。

ヴェニングは、気の進まない様子でスコール大尉の鍵を渡し、本部にある自分の執務室に移し終わった警察の機密ファイルまで調べる必要はないのでは、と言った。プールはその点に関して判断を保留したが、今のところは、ヴェニングがホースティングス荘に残してきた個人的な書類だけで十分だった。

メイドの案内でホールを抜けて書斎に行くと、客間のドアが開いて、キャサリン・スコールが出てきた。ツイードのスカートに明るい色合いのセーターを着たキャサリンを見て、プールは驚いた。相手はあきらかにプールの表情に気づいたらしい。顔を少し赤らめ、弁解するように言った。

「今、私だけなんです。今日の午後、母を叔母のところへ行かせたもので。黒い服にはもう我慢できなくって」

プールはうなずき、型通りの捜査をしに戻ってきたことを告げた。

「ヴェニング警視がもうすませたと思ってましたわ」とキャサリンが言った。

「ええ、そうなんですが、私もやらなくてはならないんです。初めからやり直してるんですよ。行き詰まったときは、それしか方法がないのです」

「そうなんですか。その、もし何かお手伝いが要るようでしたら……。でも、お邪魔ですわね」

キャサリンはヒールを鳴らして軽快にその場を離れると、二階へと駆け上がった。プールは書斎へ引き返した。

まず気づいたのは、書斎がこの家でこれまで目にしたうちで一番快適な部屋だということだった。スコール大尉の経済的強迫観念は、あきらかに自分の楽しみにまではおよばなかったようだ。キャサリンの話から、大尉は余分な収入を自分のために使っていたかもしれないと、プールは考えた。

警察の機密ファイルがないので、机に入っていた書類には、別段、興味を引くものはなかった。私的な手紙のなかに、昔の恋人からとおぼしきものが二通あったが、ちょっとばかり無分別な内容というだけのことだった。ほかは男性の友人からのもので、大半が、狩りやら釣りやらの休暇の話だった。スコール大尉が自分に対しては吝嗇でなかったのは、明白である。手紙は空振りだった。

次に隠し引き出しを捜してみた。最近の机についていることはあまりないが、それでも確認してみなくてはならない。椅子を納める部分にある中央の引き出しから捜し始めた。引き出しをすっかり引き抜いて、空いたところに片手を突っ込むと、すぐに指が紙を触ったので引っ張りだした。引き出しの奥でくしゃくしゃにされた手紙だった。引き出しに詰め込みすぎると、ときどきこういうことが起こる。
しわを伸ばして手紙を読むと同時に、プールは自分の忍耐がようやく報いられたことを知った。それには、こう書かれていた。

謹啓
当方は、衣料品請負業者ブランカシャー商会に勤務する者です。幣社はここ数年警察に制服を納入しておりますが、その契約に際し違法な手数料が貴兄の署員に支払われていると知るに足る証拠を、当方は持っております。貴兄はその証拠を入手すべきだと存じますが、内密にされたければ左記住所のジョン・スミスにご連絡ください。

敬白

SE二区
ダーリントン通り二七五番地

一九三三年十一月四日

第十一章　契　約

告発書は、あきらかに筆跡をごまかして書かれていた。名前も偽名で、住所も仮のものであると考えるのが妥当であろう。言い回しにも巧妙さが見え隠れしている。率直に事実を切り出し、高潔な市民の手でしかるべき人物にきちんと届くべき情報を伝えている。このような問題は「内密に」した方がよいというのは、もっともな提案だ。ただし内密とはいえ、公務上の問題となれば、「しかるべき人物」の裁量に委ねられるべきと考えるのは当然のことだろう。最後の一文は、たんにその点に関する指示を請うているだけである。

しかし、きれいごとを並べてあっても、その意図ははっきりしている。「これは、汚らわしい不正行為である。内密にしたければ取引に応じなければならない」ということだ。

そして、これが本当ならば、汚らわしい不正行為であることは否定できない。もちろんそれは、警察本部の人間に賄賂《わいろ》を渡すことによって、ブランカシャー商会が何年にもわたって実入りのいい契約を手にしてきたということを意味する。おそらくこうした契約は入札で決まるのだろう。賄賂は、競合企業の入札価格に関する情報提供の見返りとして支払われたものであろう。どうやって行われたかは、調査すればよいことだ。

封印された見積書を開けるという罪を犯さなくても、手数料を受け取ること自体、もちろん違法行為である。しかしプールの捜査にとって、この手紙がもたらした真の収穫は、もっとずっと重大なことだった。手紙の日付は十一月四日の土曜日。ということは、月曜に届いた可能性もある。ミセス・スコールが夫に心配事があると気づいた日だ。その日、スコール大尉がロンドンへ行って何かつかんだかどうかは、これから調べる必要があるが、まさにこの不穏な手紙が心配の原因だったことは、疑う余地はない。大尉はこの問題に対して直ちに行動を起こしたのかもしれない。少なくとも調査は始めている。その二日後に、芝居がかった待ち伏せと脅迫状を手にハインドが現れ、汚職事件からは注意がそれてしまう。そして五日後、大尉は殺害された。それ以上の調査は行われずじまいとなる。

想像上のシナリオだが現実味はある。それも恐ろしく不快な。プールははっとした。これは悲劇の第一幕に過ぎないかもしれない。大尉の死が殺人犯にとって不正発覚を回避するために必要だったとすれば、密告者の死も同様に欠かせないはずだ。「ジョン・スミス」には命の危険が差し迫っているに違いない。ぐずぐずしてはいられない。密告者を突き止めて保護する手だてを講じなければ。

ほかに危険に晒されている者はいないだろうか。大尉と「ジョン・スミス」を排除すれば、犯人は自分の秘密は安全だと思うかもしれない。不正の罪に関しては贈賄者も同罪だから、少なくともその人間との間では秘密は漏れないだろうと。賄賂を贈った相手が、自らの犯罪を明かすとは考えにくい。だが、それだけだろうか。大尉は、どうやってスミスから情報を得たのか。手紙だ。あの手紙は有罪を立証する証拠だ。殺人犯は、もしまだ存在するならその証拠を握りつぶさなければならないと考えるだろう。どうやって？　大尉の遺体と警察本部の部屋を調べたのだろうか。いや違う、とてもそんな時間はなかった。では、ホースティングス荘の書斎は？

強烈な悪寒に襲われ、プールは背筋をぐっと伸ばした。自分は手紙を見つけた。だが、誰か別の人間が先に目を通し、それから元通り引き出しの奥に隠したのかもしれない。ぞっとする話だが、もっとおそろしいことも起こり得る。とにかく、問題を直視しなければならない。時間が生死を分けるかもしれないのだ。

プールが帰ると、ヴェニング警視はまだ自分の部屋にいた。プールは、何も言わずにしわくちゃの手紙を渡した。警視は注意深くそれを読んだ。プールの方はヴェニングをしっかりと観察し、相手の頬から血の気が引いていくのを見た。ヴェニングは丁寧にしわを伸ばすと、手紙を目の前の吸取り紙帳の上に置き、凝視し続けた。一分経ち、二分が経った。それから、ヴェニングは憔悴した顔を上げ、プールを見た。

「これをどう思うかね」と尋ねた。

プールはどこで見つけたか訊かれなかったことに気づいた。問わず語りとはこのことだ。

「恐喝をほのめかしているように見えます」と静かに答えた。

ヴェニングは手紙を読み直した。

「ああ、そうだな。そう見えるだろう。だが、訊きたかったのは、そのことではない。誰が、その、手数料を……？」

プールは上司から目を離さなかった。

「私もそれをお尋ねしようと思っていました。どのへんに賄賂が行われる余地があるのですか。契約や入札を扱っているのは誰です？」

ヴェニングは呼び鈴に手を伸ばした。

「ジェーソンに訊こう」と呼び鈴を押しかけたが、プールが制した。

「待ってください、警視。まだこのことは、ほかに漏らさないほうがよいと思います。ざっとした契約手順なら、警視もご存じでしょう」

ヴェニングは少し考えた。

「ああ、そうだな。入札は、この本部が通常のやり方で外部に募っている。声を掛けるのは、おそらく、あらかじめ選ばれた業者のなかで数社に限っているだろう。そして決まった日までに入札を行う。つまり、見積書を提出させる。見積りが来ても、封は開けずにおく。警察委員会の立ち会いのもと、初めて開封されるんだ」

「誰の手を通るのですか」

「郵便物の確認は、内勤主任がやっていると思う。だがもちろん、開封はしない。見積書の封筒は外側に何らかの記載があるか、ひと回り大きな封筒に送付状と一緒に入れられている。たぶん、内勤主任はそうした封筒を本部長に直接渡して、委員会が開かれるまで本部長が保管しておくのだと思う」

プールはうなずいた。

「わかりました。ありがとうございます」

プールは、今聞いたことをじっくり考えながら、しばらく何も言わずに座っていた。ヴェニングが不安そうな目を向けている。

「何を考えているんだね」少しして、ヴェニングが耐えきれずに声を発した。

「警視、この話が本当だとすると、こういうことじゃないでしょうか。見積りが届くと、誰かがそれとわからないように封を開け、入札値を書き留め、再び封をする。そして、できるだけぎりぎりまで待って、電話を掛けるなり暗号で電報を打つなりして、ブランカシャー商会にいちばん低い価格を教える。ブランカシャーの方はそれを若干下回る値をぶつけ、契約を獲得する。その利幅はかなり大きいはずです。毎回毎回値引きした上に手数料を払っても、採算があうんですから」

「五パーセントだ」ヴェニングがつぶやいた。「百ポンド近くになる」

プールは問いかけるように相手を見たが、ヴェニングは急いで続けた。

「それで君はこの件をどうするつもりかね。事件に影響はないはずだ。ハインドとは何の関係もない。むろん、調査はしなければならないが、それは私の仕事だと思うね」

プールは相手をじっと見た。

「もちろん、おっしゃる通りです」と答える。「しかし、私の方も、これを無視して捜査を進めるわけにはいきません。この件で、すべてがひっくり返ってしまうんです」

「なぜだ。どういうことだね」

プールは唐突に椅子から立ち上がった。

「率直にお話ししたほうがいいようですね。私もこんなことを言うのは心苦しいのですが、先送りにしてもしようがありません。この手紙から察するに、本部長はハインドではなく、警察の人間に殺されたのだと考えざるを得ないのです」

ヴェニングは飛び上がった。

「なんだと！　おいっ！　いったい何の話だ」

プールは落ち着き払って続けた。

「ほかにも、同じ結論を暗に示している点がいくつかあります。ただ、それぞれ決め手となるには弱かったんです。この手紙を見て、こうした点を見直してみる必要が出てきました」

「ほかって何だ。何のことを言っているのだ」

プールは肩をすくめた。

「いちばんわかりやすい例を挙げてみましょう。誰にも見られず、あるいは怪しまれずに、どうやってハインドが本部長の部屋に侵入し、机のまん前に行けたのかという疑問があります」

「だが、それはもうわかったじゃないか。落とし戸から降りたと言ったのは、君だぞ。屋上に上った方法も解明済みだ」

プールは首を横に振った。

「あれは、あくまで仮説です。それを裏づける証拠もありましたが、偽装だった可能性もあります。本当に肝心な点は、本部長に気づかれも撃たれもせずに、犯人はどうやって部屋に入り、机の前まで行けたのか、という部分です」

ヴェニングはプールを睨め付けた。

「結局、奴は窓の外から撃ったのさ」

「傷の周りには、火薬の痕がありました。十二や十五フィートの距離からでは、そんなことは起こり得ません」

「では、ハインドは部屋に入って机の前まで行ったのだ」

「誰かが、です。それは、本部長の顔見知りで、疑う理由のない人物だった、というのが私の考えです」

大柄な男の目に、疑惑に対する恐怖が宿った。ヴェニングは魅入られたように、相手を見つめた。

プールは容赦なく続けた。

「それを別にしても、二十年の刑務所暮らしから出てきたばかりだというのに、屋上に上ってそこから降りて来られるということを、ハインドはどうやって知ることができたのでしょうか。それを誰にも見つからずにやりおおせると考えたのはなぜです。本部長の部屋がどこで、いつ本部長がひとりきりになるか、どうやって突き止めたのでしょう。なにより、本部長を殺そうと思っていたのなら、なぜブロドリーの森で待ち伏せをしたときにやらなかったのでしょうか」

「しかし……誰かが廊下にいて、本部長を捜していたんだぞ。忘れたのかね……ジェーソンのドアのことを」

プールは、相手をじっと見たまま黙っていた。

「まさか……あれは嘘だと……ジェーソンが？」

ヴェニングの声はしゃがれていた。

「もちろん、それもひとつの可能性です。みんなが二階に上がってきたとき、ジェーソン警視はこのドアの外にいました。自室のドアの話は、自分から疑いをそらすためにでっち上げたものかもしれません。入札に関する件でも、いちばん可能性の高そうな人物でしょう。ですが、どれも推測に過ぎません。まだ、手数料の件が事実かどうかもわかっていないのです。それを突き止める必要があります。もし本当だとしたら、まっすぐ殺人犯を指し示してくれるはずです」

「だが、ハインドはどうなる。奴は確かに現れたのだ。本部長を脅したのは間違いないんだぞ」

「奴の脅迫は、本気ではなかったと思います。よく考えてみればわかることでしょう。それに、そもそもハインドなどいなかった、という見方もできます。出所して家から姿を消したということは、奴が現れる前にここにも連絡が入っていますから、誰かがハインドになりすましたとも考えられるのです。今、それを調べているところです。入れ墨のことをお訊きしたのも、そういうわけです。ブロドリーの森にいたのが本物のハインドかどうか疑う理由が、もうひとつあります。本部長が馬車を使っていることを、どうやってハインドは知ったのでしょうか。普通でしたら、車だと考えるでしょう。暗くなって、しかも明かりで目をくらまされたら、乗っているのが誰かなんて見えやしません。馬車を止めた男は、相手が本部長だと知っていたのです」

ヴェニングは部屋のなかを行ったり来たりしていた。狭い眉間には深いしわが刻まれている。

「というわけで、殺人犯は警察内部にいるという考えを追及せざるを得ないんです」

「違う！」

ヴェニングは足を止め、断固たる態度でプールの前に立った。

「君は、まったく見当違いをしている」と厳しい声で言った。「スコール大尉は自殺したのだ」

第十二章　協　力

　三十三という働き盛りの年齢に達し、それなりにさまざまな経験を積んできたので、驚きを露《あらわ》にすることはおろか、感じることさえなくなったようだと、プールは内心、思うようになっていた。しかし、今回は負けを認めざる得なかった。驚きを通り越して、まさに呆然自失の態だった。自殺とは思いつきもしなかった。そして今、そのことを考えてみると……

「秘密にしておくつもりだった」ヴェニング警視の言葉が、プールの思いを断ち切った。「私の胸のうちだけにしまっておくつもりでいた。醜聞は警察のためにならない。ましてや本部長のとなると……」

　ヴェニングは手を上げて、声にならない気持ちを表した。

「ハインドがあんなふうに現れて、ばかげた手紙を書いてくれたのは、もみ消すにはまたとないチャンスだった。もちろんハインドは、ただ本部長にひと泡ふかせてやろうとしただけだ。脅かしてから高飛びしたに違いない。本部長の死を新聞で知り、身の危険を感じて縮みあがったことだろう。今度姿を見せれば、縛り首は免れないと思ってな。しかしもちろん奴は、警察が考えていたより、はるかに逃亡のチャンスに恵まれていたのだ。我々が町を捜していたころには、おそらく何百マイルも離れたところにいたはずだからな。港に監視をつける前に、国外に逃げていたかもしれない。リヴァプールやカーディフといった大きな港町にいた可能性もある。いいか、奴は船乗りだ。月曜の晩に我々が流したBBCのニュースを聞きつけ、いちばん早く出る船を捜して雇ってもらったのかもしれない」

プールは聞いているうちにあきれてきた。

「ハインドの捜索を指揮している間、ずっとわかってらしたんですか」

「いや、違う――すぐにそう考えたわけではない。あの晩は、ひどいショックを受けたが、そのときは何を意味するのかわからなかった。次の朝、あれこれ思いを巡らすうちに、嫌な考えが浮かんできてね。火曜のことだ。ハインドの捜索は続けた。そうすべきなのは当然だったし、なにしろ、確信がなかった。だがじっくり考えてみると、すべてがはっきりと見えてきたのだ。本部長はハインドに撃たれたと見られるように偽装したのだ。自殺だと知られないために。おそらく、自分が死ねば不祥事が漏れないと思ったのだろう。それとも……」

「不祥事とは何です？」

「何って、手数料のことだよ。賄賂と呼びたければそう言ってもいい」

「でも、警視はそのことを知らなかったんでしょう」

ヴェニングはしばらく黙りこくった。そしてポケットから鍵束を取りだすと、引き出しの鍵を開けた。そして一枚の紙を抜き出し、プールの前に置いた。

「ホースティングス荘にある本部長の机で見つけたものだ」

プールはその紙を見た。そこには、のたくった筆跡でこう書かれていた。

　ブランカシャーの契約　一六六〇ポンド　五％＝八三ポンド

「本部長が書いたものだ」とヴェニングが説明した。「ああ、君の言いたいことはわかっている。本来なら話さなければいけなかった。だが、私はそうしなかった。警官が殺人犯だという話を君が持ち出さなかったら、黙ったままでいただろう。本部長の自殺を秘密にしておきたかったのだ。今でもそう願っているが、もっとひどい辱《はずかし》めと不当な扱いを受けてまで隠すことではない」

　では、ハインドへの不当な扱いはどうなるのだ。プールはそう思った。縛り首につながるような容疑をそのままにしておくなんて。そのせいで国外逃亡に追いこまれたかもしれないというのに。しかし、その考えをここで口にするのはあまり賢明ではないと思った。だが、このような不正義をこのまま見過ごすわけにはいかない。

「警視は本部長のメモをどう思ったのですか。手紙は見ていなかったんでしょう」

「見たままのとおりに受け取った。すぐにわかったよ。五パーセントはあきらかに手数料を意味している。裏の手数料だ。値引率ではない。それだったら、本部長とは関係ないはずだ。少なくとも、書き留めてしまい込むことはしないだろう」

「警視は、本部長が違法な手数料を受け取っていたと考えたのですか」

「そうだ。それなら、自殺の説明がつく」

「でも、どうして……いえ、それはあとにしましょう。では動機の問題を別にすると、自殺と考えたのには何か根拠があるのですか」

ヴェニングは再び鍵束を取り出すと、今度は戸棚へ行き、段ボール箱を取ってきた。箱からオートマチック拳銃と、発射済みの弾を二発、それから真鍮の薬莢ふたつを取り出し、すべてをプールの前に置いた。

「これは本部長の銃だ。まともな方の弾は、本部長の頭部から摘出されたもの、つぶれた方は、あの窓の上の壁から取り出したものだ。薬莢はふたつとも床に落ちていた。ひとつは机の右手に、もうひとつは机の手前の左側にね。どちらも同じ口径なんだ。弾の方もそうだ。偶然かもしれないが、確率はかなり低い。私は銃器の講義を受けたことがあるんだよ。拳銃から発射された弾を鑑定するやりかたも習った。そこで、本部長の頭部から取り出した弾を調べてみた。なんと、本部長の銃から発射されたものだったんだ！」

ヴェニングはどさりと椅子に腰を降ろし、憂鬱そうに目の前の「証拠物件」を見つめた。その顔には、自分の技能に対する喜びも誇りもなかった。それどころか、その技能が仇となったという表情である。だが、ＣＩＤの刑事はそれなりの感銘を受けた。

「その点に目をつけるとは、さすがですね」とプールは言った。そして心のなかでは「それも内緒にしてたのか、この古狐め」と思ったが、今度も口には出さなかった。

しかし、ヴェニングはそれを察したに違いない。

「一応、ラベルは貼っておいたんだよ」弁解するようにヴェニングは言った。「拳銃は『証拠物件第一号・Ｘ』、弾は『証拠物件第二号・Ｘ』。Ｘの拳銃からＸの弾が発射されたという意味だ」

「もっと前に、そのことをお訊きしておくべきでした」プールは如才なく言った。「こちらの弾はどうなんですか。これも同じ銃から発射されたものですか」

「損傷がひどいので判明できないが、そのはずだ。とにかく要点は、本部長の頭部にあった弾が、本部長自身の手にあった拳銃から発射されているということだ」

ふたりはしばらくの間、おのおの自分の考えにふけって、何も言わずに座っていた。プールの方が先に切り出した。

「この手の銃は発砲すると、自動的に薬莢が飛び出すんですよね」

「その通りだ」

「どの薬莢がどの拳銃のものかは、わかりますか」

「どういう意味かね」

「本部長は壁に一発撃ってから自分に銃口を向けた、というのが警視のお考えですよね……あっ、ところで、まっすぐ前から額を撃ったんですか。皮膚が焦げない程度に離れたところから?」

「それも考えてみた。こんなふうに、逆向きに銃を持って親指で引き金を引けば、あのような状態にできる」

「親指は、引き金に掛かっていたんですか」

「いや、実際には、拳銃は手のなかにあったわけではないんだ。手の下に半分隠れるかたちで発見された」

プールはゆっくりとうなずいた。

「わかりました。それなら、薬莢の位置について指摘しようとしていたことに符合します。机の前の左側に落ちていたというのが、どうも腑《ふ》に落ちなかったもので」

ヴェニングはうなずいた。

「弾のことを発見したので、残りの部分もよく考え直してみたよ。もちろん、すぐにではない。森の捜索やら何やら、仕事が山ほどあったからな。だが、あの晩、じっくり考えた末、ハインド犯人説には無理があると悟った。君がさっき指摘したのと同じことを考えたのだ。ここに侵入して本部長を見つけ出すなど、到底できっこないとね。考えたくもないのに、だんだんとそのことが心に重くのしかかってきて、とうとうにっちもさっちもいかなくなってしまった。どうすればよいのかわからなかった。誰にも相談はできない。こういう問題は、ひとりなら隠し通せるが、いったん誰かに打ち明けたら最後、絶対に広まってしまう。陰謀とよく似ているな。もちろん、リスクは大きかった。だが、本部長の体面もさることながら、警察のために覚悟を決めたのだ。プール警部、君が報告したければ止めはしない。そうするんだろう?」

これは厄介な問題だった。ヴェニングの仮説と証拠隠匿のことを報告するかどうかは、プール自身が決めなければならない。この件については、今後の成り行き次第で決めることにしよう。さしあたっては、話題を変えるのがいちばんだ。

「ジェーソン警視のドアの話は、それにどう当てはまるんですか」とプールは尋ねた。

「本当にあったとは信じていない。たんなる妄想だ。ああいった神経質な男にはよくあることだ。銃声を聞いたことがないものだから、いろいろと妄想を膨らませてしまうのさ」

難題をあっさり退けてしまうこのやり方はいただけないと、プールは思った。ジェーソン警視の実験は、かなり説得力があった。

再び、話題を変えた。

と思いますか」

「では、私が見つけた手紙ですが、これは、警視の説の裏づけとなりますか。それとも覆すものだと思いますか」

ヴェニングはプールを凝視した。

「もちろん、裏づけている。この男は本部長を脅迫しようとしてるんだ。君もそう言ったではないか」

「この手紙からは、手数料を受け取ったのが本部長だったとは判断できませんよ。本部長のメモからも、同様です。実際には、とてもありそうもないことに思えますね。本部長は経済的には困っていませんでしたから」

「君の知らないことだってあるんだ」とヴェニングは言ったが、自分の判断に対するこの疑問にとまどいを隠せなかった。

「スコール大尉は非常に金に困っていたのだ。君も家に行っただろう。それなら、気づいたはずだ。使用人に訊いてみたんだから、間違いない。奥さんと娘さんに、きちんとした服を買うだけの金すらやれなかった。遊びに使う金は言うまでもない」

プールはためらった。どの程度まで情報を与えるべきかというのは、刑事の仕事でもっとも難しい部分のひとつである。だが、一時的とはいえ、ヴェニングは上司だ。すべてを知る権利がある。

「本部長の弁護士にはお会いになっていないのですね」と訊いた。

「いや。なぜだい。君は会ったのか」

「今日の午後、会ってきました」とプールは答えた。「本当のところを教えてもらいましたよ。スコール大尉の遺産は、四万ポンドです」

「四万って……何を言っているんだ」

ヴェニングの驚き方は、滑稽なほどだった。

「ちょっとびっくりですよね。誰もそんなことは想像すらしていなかったと思います。弁護士と、おそらく仲買人以外は」

プールは、スコール大尉のお金に対する異常な執着心についてチャーチマン氏から教わったことを、すべてヴェニングに説明した。これを聞いて、ヴェニングは戸惑いを隠せなかったようだ。予想外のことで、故人の別の一面をうかがわせる話でもあったが、なによりも、この情報によって自殺説の根拠となっていた動機が覆されてしまう。四万ポンドもの財産を持っている男が、八十三ポンドという取るに足らない金のために、罪を犯して経歴を危険に晒すとは、到底考えられない。もちろん、異常な執着心が高じてついに頭がおかしくなったとすれば話は別だが、死んだ上司のことを思い返してみても、そうとは信じがたい。確かに厳しい男だった。吝嗇だったというのもうなずける。だが、気がふれたのではという疑いからは程遠い人物だった。

「プール、君ならこの事実をどう見る」ヴェニングは当惑した声で尋ねた。

初めてヴェニングがくだけた態度を見せたことに、プールは気がついた。今後の展開にとってよい兆候だ。

「警視の自殺説は、非常に疑わしいものになりますね。この説は、もっぱら警視の発見した事実、つまり、本部長の頭部から摘出した弾が、本人の拳銃から発射されたものであるという事実にもとづいています。しかし、別の説明がつけられるのかもしれません。例えば、そうですね、この拳銃が本部長のものというのは、確かなのですか」

「確かだ。少なくとも本部長の手の下にあった。それに、今、そのことを考えてみて思い出したのだが、撃たれる前の日か、前々日に、拳銃を見せてもらったよ。いつもは右側のこの引き出しにしまってあったのだが、私が書類の下に置いておくように説得したんだ。そうだ、本部長の銃に間違いない」

「でも、かなりありふれたタイプですよ。戦争の終わり頃には、この型の銃を使っている士官は大勢いました。軍支給の重いリボルバーより、断然扱いやすいですから」

ヴェニングはうなずいた。

「ああ、その通りだな。私は官給品しか持っていなかったが、若い連中はこういったものを自慢していたよ。えらく撃ちやすいとか言ってね」

「それでしたら、これが、本部長の拳銃だと決めつけてしまわないほうがいいですね。拳銃登録証に当たってみましょう」

「そうしよう」

ヴェニングは呼び鈴に手を伸ばしたが、プールにまた止められた。

「ほかには知られないようにしたほうがよいと思います。登録証はジェーソン警視の部屋に保管されているんですよね。彼が帰ったあとに、我々で調べてみましょう」

ヴェニングは時計をちらりと見た。

「思ったより遅くなってしまったな。もう帰る頃だろう。ちょっと覗いてみるよ。もしジェーソンがいたら、何か適当な話をしてくるから」

五分たって、ヴェニングが登録証の綴りを手に戻ってきた。再び自分の机につくと、ぱらぱらとページをめくった。「警務部にあったよ。同じようなものが四十冊近くもあった。ほらここだ。アンソニー・スコール大尉、ウエスティング＝トーマス、・三八〇口径、NO二七」

プールは拳銃の番号を見た。

「同じです。これは本部長の銃で間違いないですね」

「ほらな、やっぱりそうだろ」

プールはかぶりを振った。

「これはひとつの可能性に過ぎません。ほかにもあるのです」

「何かね」

「誰かが書類の下からこの銃を取って、それで本部長を撃った。それから、壁に撃ち込んだ」

「おいおい、本部長がそんなことをさせると思うかい」

「部屋にいない隙に取ったのかもしれません。あるいは……何か書類を見せる素振りをして、それで隠して気づかれないように銃を抜き取った。わけないことだったでしょう」

「書類を見せる……ということは……？」

プールはうなずいた。

「どうしてもそこに戻ってしまうんです。そう考えるとまったく簡単に説明がつきます」

プールは相手のことがひどく気の毒に思えた。この二週間の間に、上司の命が脅され、それを守るのが任務だったのに失敗してしまった。二十年以上も仕えてきた人を失ったのだ。それだけでもむごい話なのに、さらにおそろしいことを発見した——いや、発見したと思い込んだ。尊敬していた人が、不名誉な犯罪が発覚するよりは自殺を選んだということを。そして今度は、プールがもっと強烈な爆弾を投げ込んだ。これはやはり殺人で、しかもその犯人は身内にいるというのだ。

「今はあまり気にしないようにしましょう。ふたを開けてみたら、まったく違うことなのかもしれません。この線は追及しなければなりませんが、全然見当違いの可能性もあるのです。よろしければ、私は明日ロンドンへ行って、ジョン・スミスと名乗る男を追ってみます。いずれにしろ、ブランカシャー商会の人間に会って話をしてきますよ。手数料を受け取っていた人物がわかれば、殺人の問題も手間が省けますからね」

返事はすぐには返ってこなかった。

「いいだろう」とヴェニングはやっと言った。「君はこの線を追いたまえ。それが大騒ぎを引き起こすことになるのなら――いや、止めようとしても、事態はもう私の手に負えないものになってしまったか。とにかく、もう止めるつもりはない。不祥事をもみ消そうとしたのは間違いだった。認めるよ。もっといえば、君に来て欲しくなかった。ヤードの助けを呼ぶつもりはなかったのだ。だが、世間がうるさくてね。君をおそれていた……まさに君がしたことをやってのけるのではないかとね。君が来たときも、協力するつもりはなかった。君も気づいていたとは思うが。だが、もうおしまいにするよ。これからは、君と一緒にやっていく。ふたりでこの不愉快な事件の真相を突き止めるんだ。どんなに失うものが大きくても。君には謝らなくてはいけないな。すまなかった。本当に悪かった」

プールは心から感動した。自分を責め、部下に詫びることとは、ヴェニング警視のような地位にある人間にとって、すんなりとできることではない。

「警視はとても潔い方ですね。ご一緒できるのは光栄です。あとは、事件が思ったほどひどい結果にならないことを願うのみです」

ヴェニングはうなずいた。そして大きな拳を差し出した。

「和解成立だな？　協力してやっていこう」

ふたりの男は握手をかわした。

第十三章　ジョン・スミス

明けて木曜（十一月二十三日）の朝、プールはロンドンへ発つ前に、銃と弾と薬莢をスコットランド・ヤードへ持っていき、ＣＩＤの専門家に調べてもらう許可を、ヴェニング警視から取りつけた。かなり気をつかう申し出だった。警視の能力を非難するつもりはなかっし、ましてやその潔さにけちをつけるようなまねはしたくなかった。つぶれた方の弾も大尉の銃から発射されたものかどうか、もっとよく調べてもらったらよいのでは、と提案することで、プールはヴェニングの「顔を立てる」ことができた。当のヴェニングは傷ついた様子はまったく見せなかった。

ヤードに来たついでに、サーストン部長と事件について話し合った。ずいぶん迷ったあげく、当面は、自殺説および極めて重大な証拠をヴェニングが隠していた件は話さないことにした。そして、スコール大尉の頭部から摘出された弾が大尉本人の銃から発射されたものであることをヴェニング警視が発見したので、自殺の可能性をふたりで話し合った、とだけ報告した。確認のため、銃器の専門家による鑑定を依頼して、壁から取り出したつぶれた弾の方も同じ銃から発射されたものなのか調べて欲しいと頼んだ。

サーストンは、ジェーソン警視を監視するために何か手を打ったのかと尋ねた。まだですという答えに、その任務には別の人間を手配するが、その存在はヴェニングにも知らせないようにと釘をさした。

「今聞いたかぎりでは、ジェーソンが臭いな。内勤主任なら、誰よりも不正取引に手を染めるチャンスに恵まれているだろう。本部長本人という可能性も残るが、君の言うように、四万ポンドも持っている男がそんな愚かな真似をするとは考えにくい。ジェーソンはまだ、皆の目がハインドを向いていると思っている。自分は安全だと考えているはずだ。君たちがブランカシャーの契約に目をつけたと勘づいたら、逃亡を図るかもしれん。もうひとり追跡するはめになるのは避けたい。労力も費用もばかにならんからな。プール、応援はやるが、必要に迫られない限り接触しないように。それが何者で、どこで会えるのかは教える。さあ、もう行きたまえ。ブランカシャー商会の結果を知らせてくれよ」

サーストンは別の仕事に取りかかり、プールは部屋を出てヤードを後にした。まず、ジョン・スミスが住所として知らせてきた場所へ行くことにした。その男に関して何らかの特徴を摑めれば、ブランカシャーでの訊問が楽になる。予期した通り、ダーリントン通り二七五番地は貸し住所だった。そこは八百屋で、プリンクルという名の老人が営んでいた。プリンクルは五十年近く八百屋をやっているが、その間ほとんどずっと、紳士淑女相手に手紙のやりとり用の住所を貸してきたという。昔は代筆もやっていたが、残念なことに教育が行きわたったため、そっちの商売はだんだん先細りしていき、今ではさっぱりだということだった。だが、住所貸しのほうは……

「そうさな、年に五ポンドから十ポンドの稼ぎにはなるかな。一回渡すごとに一ペニー。カードだろうが、手紙だろうが、小包だろうが、なんでも一回一ペニー。均一料金ってやつだ。みんな均一料金が好きなのさ――明朗会計だからな。だんなは思いもよらんだろうが、けっこう大勢利用するもんだよ。そりゃあもちろん、なかには悪い奴もいるが、わしの知ったこっちゃない。中身が何か知らなけりゃ、手紙を受け取るのも、それをちゃんと宛名の主に渡すのも、危ないことはないさ。何も訊かないから、嘘も聞かんですむ。ラヴレターが多いね。うちの住所を使ってる人にはご婦人方もいてね。とびきりのレディーだよ。ほんとに。みんなべっぴんさんだ。ありゃ、女優かなんかだね。殿方の友達に知られたくないような手紙を受け取ってるよ」

老人はあかで汚れた指を、やはり汚れた鼻にあて、ブロッコリーを横目で見た。

「でも、だんなの捜してるこのジョン・スミスって人は、どうだか。ふざけた名前だね。ジョン・スミスなんてのは、世間にはごろごろしてる。うちの客にもふたりいるよ。ひとりは年配の殿方で、女の友達から手紙が来るとカミさんに叱られちまうっていうんで使ってた。もうひとりは若いご婦人だ。いいとこの奥さんの付き添いかなんかで、頼まれて新聞に投書してるんだと思うね。ごっちゃになっちまうから名前を変えてくれって言ったんだが、ペンネームなんだそうだ。ご老人の方はもう十年以上も来てないから、あの世へいっちまったんだろう。さてと、お目当てのジョン・スミスってのは、この人たちのことかね？」

「違うようですね」このとりとめのない長話をじっと我慢して聞いていたプールが言った。

「ああ、じゃ、あっちのジョン・スミスさんか。顔を拝んだことはないんだがね。自分宛の手紙を預かっててくれないかと書いてよこした人だ。そういえば、今も、一通、預かってたな」

「えっ？」

プールははっとした。

「その手紙を見せてくれませんか」

プリンクルは疑わしそうに見た。

「警部さん、そりゃちょいとまずいなあ。うちは評判がいいんだ。手紙をいじったと知れたら、そいつがおじゃんになっちまう」

「それはわかります。でも、私は警官ですよ。身分証明を見せたでしょう。正式な受け取りを書きますから。ところで、その手紙はいつ来たものですか」

プリンクルは考え込んだ。

「ありゃ、月曜だったな」やがてそう言った。「あの人がここにいたとき、洗濯をやってくれてるサドルさんが来たからね。確か……」

「あの人がここにいたって？」

「その手紙を持ってきた紳士だよ。押し出しの立派な人だった。ありゃ軍人だね。この『ジョン・スミス』のことでぴりぴりしてた。だんなに話したことは、教えてやらなかったさ。あんまり高飛車だったもんでな。それに、だんなみたいに警官じゃなかった。だから、手紙を預かるように頼まれたが、スミスさんには会ったことがない、とだけ言っといたよ。その紳士は何かもごもご言って、その手紙をわしに渡して行っちまった」

「見せてください。頼みますよ」

その「紳士」の正体は、まず疑いようがなかった。

プリンクルはそれ以上抗議せず、奥の部屋へ引っ込んで手紙を手に戻ってきた。それには、故ブロドシャー警察本部長の太いなぐり書きの字で、ダーリントン通り二七五番地、ジョン・スミスと宛名が書かれていた。プールは手紙を開けて読んだ。

拝復

貴兄の手紙を拝読しました。私に提供する情報があるとのことですが、正式なかたちで知らせていただければ幸いです。「親展」と封筒に記したうえで、公務の住所宛てにお送りください。

目下のところ、しかるべき証拠を手にしないかぎり、貴兄の言葉を信じるわけにはまいりません。

敬具

一九三三年十一月六日

ブロドベリー警察本部
州警察本部長
A・スコール

「まったく典型的な文句だな」とプールは思った。「だが、ちゃんと考えてある。根拠のない告発は認めず、脅迫という意図には断固たる態度を取っているが、本物の情報を閉めだすつもりのないことを伝えている。どうやらこれで、手数料を受け取ったのが大尉かどうかという問題は片がついたようだ」

「ジョン・スミスという男がここにいないと知って、びっくりしたみたいだった」とプリンクルが傷ついた声で言った。「貸し住所だということを知らんかったらしい。手紙を持ってきたのは、留守の場合を考えたからだそうだ。はるばる来たというのに無駄骨だったと、おかんむりだったね。そりゃ、こっちのせいじゃない。そう言ってやったよ」

つまり、月曜に——夫に心配事があるとミセス・スコールが気づいた例の月曜に——スコール大尉がロンドンに来た目的は、これだったのか。まさにその日、その朝に手紙を受け取ったのだ。大尉はあきらかに行動の人だった。そして毒蛇はすぐに踏みつぶすべきだと考えた——不祥事を、さもなくば手紙を書いた人間を。

プリンクルとの話は面白かったが、謎のジョン・スミスの正体を突き止めるという点では、何の進展もなかった。ジョン・スミスが大尉の死を知っているのはほぼ間違いない。事件の前ですら返事を取りに来なかったのだ。今さら姿を現すとは到底考えられない。それでも一応、この場所に監視をつけるのが定石だ。プールは、誰かがジョン・スミスのことを尋ねてきたら野菜で合図するという簡単な方法を、八百屋と取り決めた。あとはヤードの仕事だ。

さしあたっては、おおもとであるブランカシャー商会に直接切り込むしかない。もちろん、そこでスミスの正体がわかる可能性もある。もしわからなくても、何か不正の根拠があるのか、それともただ図々しい嘘で脅迫しただけなのか、あるいはもっと込み入った事情があるのか、といったことを見極められるかもしれない。

ブランカシャー商会——正式にはブランカシャー・ブラザーズ・アンド・サン——は、ロンドンに営業所があり、シティーにも支店を構えている。セントポール大聖堂のすぐ近くだ。北部の主要都市にも支店を置き、ヨークシャーには自社工場を持っている。シェファドベリーに事務所を持つ社長のゼディカイア・ブランカシャーは、生まれ故郷から一歩も外に出なかったと世間には伝えられているが、唯一、特別な、二度と繰り返されることのなかった例外がある。一八八〇年代に彼は、大のひいきであるシティー・チームの試合を見に、ロンドンの水晶宮を訪れた。ところがチームは、英国サッカー連盟杯決勝戦に進出した唯一のチャンスを失ってしまう。それが大変こたえた上に散財もひどかったので、以前は持っていたかもしれない変化を求める気持ちがすっかり萎えてしまったという。弟のホセア・ブランカシャーはロンドンに居を構え、営業部門の指揮を取っていた。プールが慎重を期して封筒に隠した名刺を取り次いでもらった先は、この弟の方である。二、三分すると、本人が現れて、プールに礼儀正しくあいさつをして腰を降ろすと、一族の会社にとってきわめて異例の訪問の説明を待った。

営業統括責任者の部屋は、ふかふかのカーペットに肘掛け椅子といった最近の実業界で流行りのサロン的な雰囲気とは程遠く、質素すぎて居心地が悪いほどだった。床には、工業都市シェフィールドで生産されたリノリウムが張ってある。ブランカシャーとプールが座っている椅子は、素材に木と革を使った実用一点張りの品で、こちらはウエストヨークシャー州ハダズフィールドで作られたもの。たぶん電話機だけが、この事務所に今世紀になって導入された唯一の革新的な製品だろう。ホセア氏自身は、預言者からとったその名前にぴったりの容貌である。物腰には、最近では効率的と受け取られるきびきびしたところがまったくない。しかし、しばらくすると、穏やかだが確固とした決断力がそれとなく感じ取れた。それこそが、衣料品業界でもっとも健全な企業のひとつを築き上げたのだ。

プールはすぐに本題に入り、ジョン・スミスの手紙を相手の前の机に置いた。

「ブロドシャー州の警察本部長宛の手紙です」

ブランカシャーは、重そうなスチール・フレームの眼鏡を立派な鼻にかけ、じっくりと手紙に目を通した。それから、もう一度読み直した。プールは相手を注意深く見守ったが、その表情には何の変化も読み取れなかった。

「この手紙について、状況をご説明いただけますか」とブランカシャーは言った。そのもの静かな声には、ヨークシャーなまりはみじんも感じられなかった。

プールは、殺害された警察本部長の書類を捜査中に手紙を発見したいきさつを語った。ブランカシャーは「殺害された」という言葉に、暴力には反対とばかりにわずかに手を上げた。話が終わると、しばらく黙ったまま座っていた。今、耳にしたことをよく考えているようだ。

「ジョン・スミスという名の従業員は、ロンドン事務所にはおりません」やっとのことで、そう言った。「ほかの支店のことはわかりません」

「それは偽名だと考えています」とプールは言った。

ブランカシャーは立派な白髪の頭を下げた。

「そうなると、これを書いた人間を突き止めるのは難しくなりますな」と静かに言った。「どうご協力すればよろしいのでしょう」

自分たちには関わりがないという平然とした態度にいささかたじろいたプールは、率直に切り出さなければならないと考えた。

「この手紙に書かれていることが根拠のあるものなのかどうかをお聞きしたいのです」

「私どもが違法な手数料を払っているか、ということですか……まったくのつくり話だと思いますが」ブランカシャーは手紙を取り上げ、つくづくと眺めた。「いいえ、ブランカシャー商会の者は合法、非合法問わず、誰にも手数料など支払っておりません。あなたがおっしゃったことは名誉毀損です――訴訟ものですぞ」ブランカシャーはしばし言葉を切り、それから付け加えた。「たとえほのめかしでも、訴えを起こせます。相手が警察だろうと」

ブランカシャーの声は相変わらず穏やかで、態度も丁寧だったが、その澄んだ青い目にはかすかな怒りが宿っていた。

「警察は、何も断言しているわけではありませんし、ほのめかしてもおりません」とプールは同じように穏やかな態度で返した。「ただ情報提供をお願いしているだけです。こちらも捜査を行わなくてはなりません。それにご協力いただきたいのです。事情はおわかりいただけると思いますが」

ブランカシャーはどっかりと椅子に身体を沈めた。大きくてまっさらな白いハンカチをポケットから取り出すと、挑戦するかのように大きな音をたてて鼻をかんだ。しかし、ハンカチをしまう際、その手が震えていることにプールは初めて気がついた。

「情報はもうお伝えしました。我が社では誰に対しても取引に際して手数料は払っていないと、先程、はっきり申し上げましたでしょう。私が若い時分は賄賂と呼んでいましたが、このブランカシャー商会では、違法な手数料などという考えは断じて存在しません。ましてや実際に行われたなどということは論外です。お若い方、そんなことをおっしゃるとは、うちのことをちっともご存じないようですな」

強い感情のせいで、ブランカシャーの言葉はわずかに無遠慮になった。しかし、この爆弾が氏の心を揺さぶったのは間違いないが、その衝撃を示すものはほかには見られなかった。プールは率直な物言いだけでは十分ではないと判断した。具体的な話をする必要がある。イギリスの法律では、ブランカシャーに会社の無実を証明するよう求めるわけにはいかなかった。それに、相手に不利な証拠といえば、今のところは匿名同然のほのめかししかない。当面は、もっと遠回しな手をつかうよりほかない。

「お話しくださって、どうもありがとうございます。それで、誰がこの……中傷の手紙を書いたか突き止めるのに、ご協力いただけませんでしょうか」

ブランカシャーは、抜け目なくちらっとプールを見た。

「そういうことであれば、話は別です。これぞ会話というものです」

そう言って、厚ぼったいまぶたを閉じた。プールはその指が動くのを見た。可能性を数えあげているかのようだ。あるいは名前を。

「そんなことをする男――もちろん女性もですが――が当社にいるとは信じられませんが」とブランカシャーはようやく言った。「万が一それが本当だとして、その手紙を書けるのはふたりしかおりません。ほかの者は知る立場にありませんから。しかしどちらも私とは三十年、いや、四十年のつきあいですよ。それにしてもこの手紙……。警部さん、嘘ぐらい誰だって思いつけます。なぜブランカシャー商会の者だと決めつけなきゃならんのですか」

それは切望するような口調で、プールは興味をそそられた。

「もちろん、違うかもしれません。しかし、まず御社から調べる必要があるのです。それに、嘘だとしたら、どうしてこちらに目をつけたのでしょう」プールは身を乗りだした。「明らかにされたいのでしたら、従業員が手書きしたものを何か見せていただけませんか」

ブランカシャーはプールをじっと見つめた。そして手紙を取り上げた。

「でもこれは、筆跡をごまかしてあるじゃないですか！」とブランカシャーは抗議した。

「ええ、でも筆跡鑑定の専門家が見れば、ごまかしてあっても相似点はたいてい判明するものなのです」

ブランカシャーは眼鏡をはずしてごしごし拭くと、明かりにかざした。まるで、その曇りのなさが、唯一の関心事だと言わんばかりに。それからその眼鏡を放りだした。

「それはできません。信頼している人間を告発するようなものです。私は皆を信用しています。こんな手紙、私は一言たりとも信じません。このような……こんな言いがかりを書いた人間をお捜しになるんなら、どこかよそを当たってもらいたい」

ブランカシャーは立ち上がった。これ以上何も期待できないと悟って、プールも立ち上がり、手紙をしまうと暇を告げた。ドアを開けたところで、がらりと違う声音の叫びを耳にして、ぎょっとした。

「おい、ドアを閉めるんだ！」

プールは振り向き、相手を見つめた。ブランカシャーの顔は真っ赤に染まり、唇はわなないている。プールはドアを閉めた。

「こないな手紙、真っ赤な嘘だ！」

今度は、まごうかたなきヨークシャーなまりだ。

「ブランカシャーは、いっぺんも不正をしたことはない。これからだってそうだ。八十年の歴史だぞ。ヨークシャーじゃあ名門だ。ロンドンのシティーでも、イギリス中どこでだって、名が通っている。なのに、あんたがこないな……」

老人はきびすを返すと、窓辺へ大股で歩いていった。上方にそびえる大聖堂の巨大な丸屋根を見つめながら、しばらく立ち尽くしている。それからくるりと振り向いた。

「誰が書いたかわかるまで、気が休まりゃせん。うちの人間じゃない。誓って言う。だが、ブランカシャーはまっとうだとあんたに証明してやろう。もやもやしたままじゃあ、まんじりともできん。どうすりゃあんたに連絡取れるんだね」

第十四章　アリバイ

ブランカシャーとの会見は行き詰まりとなるどころか、むしろ有望な感触で終わったが、「秘密の手数料」の手紙を書いた主のことはわからずじまいだった。ホセア・ブランカシャーはしぶしぶながら、従業員全員の手書きのサンプルを入手すると約束した。また、警官でも警察公認の会計士でも、会社の帳簿を調べてもらって構わないと申し出てさえくれた。と同時に、違法な手数料という危険な行為に手を染めるような会社が、帳簿にその痕跡を残すことはまずあり得ないと指摘し、こういった不正や違法行為についての経験が豊富な事務弁護士や会計士に相談するといい、と腹蔵のない助言までしてくれた。ブランカシャーは、この話はまったくのでたらめで、誰が書いたのかあきらかになるまでは心が休まらない、と胸のうちを吐露した。

プールはスコットランド・ヤードに戻ると、サーストン部長にふたつの会見の結果を報告し、プリンクルの店を見張る段取りをつけ、ブランカシャー商会の帳簿調査の手配をすませた。午後早い列車でブロドベリーに戻る途中、プールは見落としのないように事件を再検討し、事態は決してよいとは言えないという結論に達した。自分の頭のなかでは、警察の言うハインド説は、事実上、終わっている。ヴェニングが考えた自殺というもうひとつの説も、まったく信じてはいない。しかしその代わりとなる自分の説だって、立証という大事な点では何の進展もないのだ。実は本当のところ、この説の大きな根拠となっている「秘密の手数料」なるものが実在するのかどうかも非常に疑わしいと思っている。今のところ、ジョン・スミスの手紙が唯一の手がかりだが、それが作り話ならば、ブロドシャー警察本部長殺害が身内の犯行だとして、いったいどのような動機が考えられるだろうか。プールがこだわっているのは、それが本当であれ嘘であれ、手紙が書かれたという紛れもない事実である。しかるべき理由もなしに書かれたとは、およそ信じがたいし、その理由が殺人と関係がないとは考えられない。

しばらく動機の問題はおくとして、スコール大尉が疑うはずのない人間——つまりは警官という推論が成り立つ——の手で殺害されたことを示す論拠は強力である。よって、事件当時、本部にいた人間、あるいはいたかもしれない人間の行動を追求する必要がある。犯行時間が非常に正確に限定されているのはありがたかった。五時二十分とその前後二、三分、それぞれがどこにいたかを突き止めればいいだけだ。消去法では犯人の正体にたどり着くには十分といえないが、ほかの方法が不首尾なら、やってみるだけの価値はある。

午後の早い時間にはのんびりとした各駅列車しかなかった。それに乗っていると考えに集中するのは非常に難しい。プールも結局あきらめて、クロスワード・パズルをやって頭を休めた。頭をからっぽにできれば、そのほうが休息になるだろうが、そううまくはいかない。

駅から歩いていると、ひどく退屈そうな顔をしたガウワー巡査部長に出会った。ブロドベリーをうろついて、旅のセールスマンという立場から、このドラマの主要人物たちの噂話を拾い集める以外に、プールは部下に与えるもっと積極的な仕事を思いつかなかったのだ。ほぼ二日かけてガウワーにわかったことは、パブのポートワインはろくでもないということと、全体的な印象として、亡くなった本部長と内勤主任は、どちらも街ではあまり好かれていなかったということだ。本部長の人気がなかったのは、街で金を使おうとしなかったことに原因があるのは間違いない。この習慣は、広く知られていた。それに加え、年配の人たちには、二十年前のハインドの事件に起因する長年の不信感があった。部下たちは忠誠心から本部長の言葉を裏づけ、あるいはそこまでしなくても、かたくなに口を閉ざしていた。つまりあまり信頼できる証言とはいえず、ハインドと仲間が公正な扱いを受けなかったという印象を抱いたのだ。当然、ハインドが戻ってきたことはこうした記憶を蘇らせ、本部長の死という当初の衝撃が過ぎると、人々は再び首を振り、なかには口さがないことを言う者も出てきた。ジェーソン警視の方はおおむね尊敬されており、間違いのない人物だと見られていたが、いかんせん毒舌が過ぎるし、妻の野心も大き過ぎた。両方とも、人気という点では致命的な障害だ。

一方、ヴェニング警視は誰からも好かれていた。タラール警部も同様だ。ヴェニングは理解しにくい男で、仲間とはあまり深いつきあいはなかったが、彼を悪く言うものはいなかったし、みんなから信頼されていた。タラールのほうは、仕事中は寡黙で、同僚からひどく退屈な人間だと思われていたが、おもしろいことに、街の人には絶大な人気があった。非常に頭の回転が早いタラールは、大勢の子供たちを楽しませることになによりの幸せを感じていた。ボクシングの腕前もちょっとしたものだったが、公式の試合には一度も出たことがなく、ジムでスパーリングをするだけで満足しており、若い連中に護身術を教えていた。最近は勤務のない晩はほとんど、失業者を対象としたレクリレーション・センターでボランティアをしている。ガウワーもある晩その様子を見たが、立派なものだと感心した。

特効薬のセールスマン、ヴァーデルがそれとなく匂わせた警察の汚職に関しては、一、二度、耳にしたが、どれも具体的な根拠はなく、「聞いたところによると……」とか「なんだか胡散臭《うさん》い」という話以上のものではなかった。ガウワーは、こうした噂の出所はヴァーデル自身だと思うに至った。

プールはガウワー巡査部長をヤードに戻すことを申し出たが、サーストン部長はもう少し部下を手もとに置いておくように命じていた。地元警察が疑惑の対象だとすると、CIDの人間があとひとりいたほうがよいと考えたのだ。助けが必要な場合が突然出てくるかもしれない。ジェーソンを監視するために送り込んだ刑事ももう着いているだろうが、サーストンはひどく神経質になっていて、緊急の場合を除いて、プールがその刑事に話し掛けることすら避けるべきだと考えていた。

本部長室にいたヴェニング警視は、非常に友好的な態度でプールの帰還を歓迎した。そして「ジョン・スミス」の手数料の話を裏づける証拠が何も見つからなかったことを聞いて、喜びを隠そうとしなかった。

「全部作り話さ」とヴェニングは上機嫌で言った。「信じちゃいなかったよ。でも君が脅すもんだから。気の毒に、無駄足だったな。でも、こっちの気持ちもわかるだろう」

「もちろんです。それに、この件に固執するつもりもありません。ですが、誰かがあの手紙を書いたんです。本当だろうと嘘だろうと、それを書く理由があったはずです」

「ああ、たぶんな。書いた奴にしてみりゃ、そうだろう」とヴェニングが応えた。「だが、どうせろくなもんじゃない。悪い噂を流して波風を立てたいとか、そんなところだろう。きっとそうだ。君は知らんだろうが、そういう手合いはそこいらにいっぱいいるのだ。特に、小さな田舎町じゃ、個人の事情は他人に筒抜けだし、みんなが暇を持て余しているんだからな。信じられないような噂話も、ときどき耳にするよ。たいていが公職に就いている者――参事会員や州議会議員といった連中に関することだ。もちろんある意味じゃ、警官も公人には違いない。警察に恨みを持つものも大勢いるし、その腹いせにちょいとばかり卑劣なことを平気でする奴もいる」

ヴァーデルのことがプールの頭に浮かんだ。特効薬のセールスマンが警察に悪意を持っていたということは、あり得るだろうか――あるいは警察と何かで揉めて、意趣返しをしようとしていたとか。手紙を書いた可能性はどうだろう？　セールスマンなら、合法であれ違法であれ、多少は手数料の経験があるはずだ。ブランカシャー商会の名前も、州警察の制服を請負っている業者として警察委員会の報告書に載っているし、委員会には新聞記者も顔を出している。調べてみる価値はある。これはガウワーにうってつけの仕事だ。

プールは、殺害時刻に警察本部にいた全員のアリバイを調べるつもりであることを、ヴェニングに告げた。まったく気は進まなかったが、ヴェニングはやらねばならぬことだと同意した。

「君が言う『警察本部』とはどこまでのことかね。この建物には、管区のオフィス、つまり中央管区統括警視である私のオフィスと、ブロドベリー署も入っている。一階の刑事部屋と本部の待合室はドア一枚を隔てているだけだ。州警察本部のスタッフも含めて、みんなが容疑対象だと言いたいのだろうね」

「一応、全員と考えておいた方がいいでしょう」とプールは答えたが、その真只中にいることにきまり悪さを感じていた。

「そうだな、バニスター巡査部長のことなら私が答えられる」とヴェニングは言った。「私がお茶をしに五時に部屋を出たときは、刑事部屋にいた。発砲のあった直後に戻ったときも、まだそこにいたよ。家にいた私は銃声を聞いて飛んで来たんだが、バニスターは同じ場所にいた。刑事部屋で仕事中だった。私が二階へ連れていったんだ」

「警視が入ってくる前に刑事部屋に降りてくることはできませんでしたか。例の説のように、雨樋を滑り降りて。本部側を通らずに、中庭をまわって刑事部屋に入ったというのはどうです？」

「ああ、可能だろう。以前の私の部屋、つまりこの真下の部屋の脇に通路があるからな。署の方の入口から入ることができただろう。あるいは、階段のたもとにある横の入口から待合室に入ったのか……いや、それは無理だな。あのドアは中から鍵が掛かっていた。タラールがそう言っていたよ」

「時間的にはどうですか。警視がお宅から戻ってくる前に樋をつたって下に降り、刑事部屋に入る余裕はあったでしょうか」

ヴェニング警視は考え込んだ。

「できないこともない。銃声を聞いたショックから我に返ってブーツのひもを締めるのに、ちょっと手間取ったからな。足がえらく痛むんで、家ではゆるめているのだ。刑事部屋に入るまで、一分かそこらかかっただろう。だがそのときバニスターには何もおかしなところはなかったぞ。樋を滑り降りたような様子はなかった……そうだ、もうひとり巡査がいたな。ツイストだったと思う。バニスターが部屋をあけたかどうか、彼なら知ってるだろう」

「あとで確認してみましょう」

「やるなら今がいい。下にいるだろう。もしいたら、ここに呼ぶかね」

「そうしましょう。言うまでもありませんが、我々の目的を気づかれてはなりません」

「もちろんだ」ヴェニングは不満げに言った。

運のいいことにツイスト巡査は署にいて、すぐにバニスター巡査部長のアリバイは証明された。殺人があった晩のツイスト自身の行動について尋ねると、彼は署内でずっと仕事をしていて、銃声がしたときには、刑事部屋でバニスター巡査部長と一緒に机に向かっていたと答えた。発砲の前、一時間かそれ以上の間、ツイストもバニスターも刑事部屋から一歩も出なかったそうである。このふたりは、お互いのアリバイを証明したことになる。両方とも嫌疑からはずしていいだろう。

「管区の人間を先にすませたほうがいい」ツイストが出ていくと、ヴェニングは言った。「当然、そこには私も含まれる。妻が証言してくれるだろう。もちろん、妻の言葉は証拠とはみなされないが。それにしても、この私が樋を滑り降りるような手合いに見えるかね?」

ヴェニングは自分のせりだした下っ腹を見下ろして笑った。

「それから、パリー警部がいる。彼は私のすぐ後に入ってきた。訊いてみるとしよう」

パリー警部は問題の晩、パトロールをちょうど終え、広場にさしかかったところで銃声を聞いていた。何が起きたかすぐさま理解し、まっすぐ本部に向かって正面入口から入って、二階にいたほかの連中に合流した。ちょうどヴェニングが捜査を命じたときである。

「このアリバイはちゃんと裏がとれるな」再びふたりきりになると、ヴェニングが言った。「だが、プール、バニスター巡査部長とツイストが刑事部屋にいたとすれば、そのときすでに建物の本部側にいなかった人間が、どうやって二階へあがってこれるというんだね？」

「正面から入ってきたとも考えられますよ」

「でも、あそこには一日中、巡査が立っていたんだぞ。本部での警護として、本部長が許可してくれた措置だ」

「もし、殺人者が我々の追っているような犯人像、つまりスコール大尉に怪しまれない人物だとしたら、見張りだって止めやしなかったでしょう。入ったことすら覚えていないかもしれません。敬礼をして、あとは忘れてしまったとも考えられます」

ヴェニングは眉をひそめた。

「嫌な見方をするんだな。まあ、ひねくれた考えをすることで給料をもらってるんだろうが」

「いずれにせよ、その巡査に訊いたほうがいいですね。本部スタッフの人間ですか。それとも管区のほうの？」

「うちのほうだ。私に任せてくれ」

ヴェニングは重い足取りで階下へ行ったが、すぐに戻ってきた。

「あの日の午後、警備に当たっていたのはパーセルだったが、今、外出中だ。だが、パリーが彼の報告書を見せてくれた。みどころのある若者だな。警備の間、本部に出入りした人間をすべて書き留めてあったよ。それを清書して、上司であるパリーに提出している。それによると、四時二十分に本部長がブライシングから戻った後で本部に入ったのは、タプル巡査だけだ。タプルは手紙の投函で外出していて、発砲の少し前に戻ってきたのだ。そして、いいかね、パリーが銃声の直後に入ってきたと書いてある。これで、けりがついたな」

「ええ、そうなりますね。入口には両方とも人がいたとなると、残るは、屋上から降りてきたという説ですか」

ヴェニングは目をみはった。

「おいおい、そこに話を戻すのかい？　じゃあ、結局はハインドが犯人だというわけか」

「いえ、とんでもない。違いますよ。本部長が殺人犯に向けて発砲したとき、犯人のいた場所にハインドが立っていられたはずのないことは確信しています。ただ、すでに建物の本部側にいた人物にとっては、屋上、あるいは備品室が、唯一の選択肢だったと言いたかったのです」

「備品室だって？　それだって本部側じゃないか。そこの廊下の先にあるんだぞ」

「わかってます。『建物の本部側に属する人物』と言うべきでした。本部スタッフではない人物がこの階に来て、おそらく本部長に会い、それから下の階に降りて外に出る代わりに備品室に入り、人気がなくなるまでそこに潜んでいたという可能性はどうかと思ったのです」

ヴェニングがその説明を飲み込むのに、少々時間がかかった。理解はしたが、あまり重要視していないように見えた。

「かなり無理があるな。それだと、どうやって、バニスター巡査部長やツイストやパーセルに見つからずに二階に行けたのか説明がつかん。本部の人間を調べたほうがいい。誰から始めるかね」

誰を呼ぶか迷うまでもなかった。たぶんヴェニングは、触れたくないことを無意識のうちに避けたのだろう。

「最後に被害者が生きているところを目撃した人物から当たるのが、妥当でしょう。この事件ですと、それは……？」

「タラールだ」とヴェニングが言った。「二階に上がって、本部長とパトロールのスケジュール調整をしていた。ブライシングから戻った後のことだ。ああ、戻ったというのは本部長だ。タラールの話では、本部長の部屋を出たのが……どこかに時間を書き留めておいたはずだが」

ヴェニングはポケットから手帳を取り出し、ページをめくった。

「あったぞ。五時五分に本部長の部屋を出て、廊下の向かい側のジェーソンに会いに行ったと言っている。五分か十分ほどジェーソンのところにいて――そういえば、その長さについてふたりの間で食い違いがあったな。あのふたり、あまりそりがあわないんだ。それから、タラールは部屋を出たそうだ」

「そうすると、五時十分か十五分ということになりますね」

「五時十五分だ。ジェーソンによればな」

「そして、発砲は五時二十分？」

「まさか君は……タラールが備品室、あるいは屋上に行き……いや、ありえない。私も君に影響されたかな。タラールは下へ降りて、フックワージーにスケジュールを書き取らせているんだった」

ヴェニングは再び手帳を参照した。「『自分の部屋へ行きスケジュールを修正するのに五分、フックワージーと話したのが五分』タラールはそう言っている。言うまでもないが、後半の部分はフックワージーから裏がとれる。発砲は彼がタラールの部屋を出てすぐのことだ。フックワージーは手紙の投函から戻ってきたばかりのタプルと、待合室で立ち話をしていたそうだ。発砲があったとき、タラールは自分の部屋から飛び出してきて、ピット巡査部長やほかの巡査たちも警務部からあわてて出てきた。みんな一斉に二階へ駆け上がり……」

ヴェニングは言葉を切った。

「そして、ジェーソン警視がドアの外にいるのを見た——このドアの」とプールが締めくくった。

第十五章　不利な論拠

「警視、現実を直視しましょう」プールは静かに言った。「お互い同じ考えでいるんです。目をそらすのは、もうよしましょう。それに、疑いを晴らす証拠が出てくるかもしれないじゃありませんか。私が今ひっかかっているのは、この部屋に見知らぬ人間が入ったとは信じられないという点です。スコール大尉は銃を手元に置き、用心して座っていたんですから。では、今ある証拠から見てみましょう。タラール警部が大尉のもとを去ったのが、五時五分過ぎ。それから向かいの部屋のジェーソン警視と話をしたのが五分か十分。そして警部は下に降りて自分の部屋に戻った。つまり、二階にはジェーソン警視とスコール大尉のふたりだけになった。我々の知るかぎり、発砲があるまで誰もこの階には上がってきていません。発砲はその十分後です。その後、全員が一団となって駆け上がり、ジェーソン警視がこの部屋の戸口にいて中を覗いているのを見つけた。この通りですね？」

ヴェニング警視はうなずいた。

「私の知っているかぎりではな」と暗い声で言った。

「なぜ、覗いていたのでしょうか。どうして部屋の中に入らなかったんでしょう。駆け寄って、死んでいるかどうか確かめるのが普通ではありませんか」

「そうだな。君ならそうするだろう。ジェーソンは神経がやわなんだ。私がここに上がって来たとき、奴が震えてぼうっとしているのを見て、そう思ったね。しゃんとさせるために叱りつけてやったよ。ショックだったんだろうな。戦争の経験がないから、死人を目にしたのはおそらく初めてだったんだろう――いずれにしろ、あんなふうに撃たれた死体はね」

「経験がないとは?」とプールは尋ねた。「そんなに若くはないですよね。ちょうど私の上の世代までが戦争に行ってるはずですが」

「志願しなかったというだけさ」とヴェニングは肩をすくめて答えた。「警察の仕事には一定の人数までの免除があったんだよ。国中から警官をすっかりなくすわけにはいかないからな。ジェーソンは国に残ったんだ」

「どちらにしても、我々の捜査にはあまり役に立ちませんね。ショックを受けたように見えたのは、撃たれた人間を見たことがないからかもしれませんし、一度も人を撃ったことがなかったから、ということも考えられます。私が本当に腑《ふ》に落ちないのは、震えていたことではなく、部屋に入らなかったということです。時間はあったはずです。みなさんの話からすると、ジェーソン警視はそこに立っていたんですよね。自分の部屋から出て来たところではなくて」

「ああ、そのように聞いている。ドアの脇にもたれかかっていたと言った者もいたな。あのときは、深くは考えなかった。もちろん、最初はハインドの仕業だと考え、次に自殺だと思っていたからだ。なあ、プール、やはり自殺なのかもしれないぞ――あのメモのことは私の思い違いだとしても」

プールは、矛先を変えようとするこの言葉を無視した。

「そのことをジェーソン警視に尋ねましたか」

「いや、ちゃんとは。そうだ、思い出した。あの晩、ジェーソンに訊きかけたんだが、邪魔が入ったんだ――ヤードに電話が繋がったためだと思う。今、訊いて欲しいかね」

プールは少し考えた。

「はっきりさせた方がいいと思いますね。そのほうが、ジェーソン警視にとってもいいことかもしれません。我々の考えが間違っていて、実際はそうではなかった可能性もありますから」

それ以上の議論はせず、ヴェニングは呼び鈴を押した。二、三秒して、ジェーソン警視が現れた。

「ジェーソン君、座ってくれ」きまり悪さからか、ぶっきらぼうにヴェニングが言った。「プール警部と私はこの事件について話し合ったんだが、今のところ、手詰まりになってしまってね。そこで、事件をはじめから再検討するのがいちばんだろうということになったのだ。ところで、君は月曜の朝に戻ってきたばかりだったな。だからそれ以前の事件については話すことはないだろう。我々に――ここにいるプール警部に――あの日、何が起こったか、君に関わりのある範囲で話してくれないか」

「私が仕事に戻ったところからですか？」

「そうだ。ざっとでいい」

ジェーソンはプールの方を向くと、淡々と話しだした。それはまるで子供が習ったことを復唱しているような、あるいは経験の浅い巡査が証拠事実を述べているような口調だった。曰く、

「月曜の朝、九時に仕事に戻りました。フックに帽子を掛けた後、腰をおろし、手紙を開封しまし

た。最初の手紙は……」

「ジェーソン君！」

ヴェニング警視の声は鋭かった。過去にもジェーソンのこういった態度を何度となくがまんしてきたが、この十日間で、ヴェニングには権威という新たな意識が芽生えていた。

「これは真面目な問題だ。ちゃかすのはやめて欲しい」

「承知しました。それで、本部長代理のお望みは……」

「私が何を要求しているか、君には完璧にわかっているはずだ。我々は本部長を殺した犯人を突き止めようとしているのだ。何か役に立つことを聞かせて欲しい」

ジェーソンの顔をかすかに不快な表情がよぎった。

「わかりました。その朝は、入口に巡査がいることに、まず驚いたように思います。タラール警部に尋ねて、本部長に対する脅迫のことや、警備のこと、ハインドを見つけるためにとった方策のことなどを知りました。ハインドの捜索については、私の留守中にタラール警部が手配していたものです。もちろん、私が引き継ぎました」

「よろしければ、どんなことをなさったのか教えていただけませんか？　つまり、ハインドを捜すということに関して」とプールが質問した。

ジェーソンは微笑んだ。

「プール警部、どうやら見破られたようだね。私は何もしなかったよ。グレイマスからの伝言を受けただけだ。ハインドを見つけるために必要な手はすべて打ってあるように思ったものでね」

「それに君は、奴の脅しをあまり深刻に受け止めてなかったと言ったな。思い出したよ」

郵便はがき

恐れ入りますが
切手をお貼り下さい

1740056

東京都板橋区
志村1―13―15

国書刊行会 行

＊コンピューターに入力しますので、御氏名・御住所には必ずフリガナをおつけ下さい。

☆御氏名（フリガナ）	☆性別	☆年齢 歳

☆御住所	☆御電話 ☆eメールアドレス

☆御職業	☆御購読の新聞・雑誌等

☆お買い上げ書店名

書店　県 市 区　町

愛読者カード

☆書名

☆お求めの動機　1.新聞・雑誌等の広告を見て（掲載紙誌名　）
2.書評を読んで（掲載紙誌名　）　3.書店で実物を見て
4.人にすすめられて　5.ダイレクトメールを読んで　6.ホームページを見て
7.その他（　）

本書についての御感想（内容・造本等）、小社刊行物についての御希望、編集部への御意見その他

購入申込欄

お近くに書店がない方は、書名、冊数を明記の上、このはがきでお申し込み下さい。「代金引換便」にてお送りいたします。（送料420円）

☆お申し込みはｅメールでも受け付けております。

お申込先eメールアドレス: info@kokusho.co.jp

「ええ、まったくその通りです。本気にはしていませんでした」

その件でジェーソンにからかわれたことが蘇り、ヴェニングは相手にそれを思い出させてやろうかと考えたが、思いとどまった。ＣＩＤの人間の前で同僚の警視に恥をかかせたくはない。

「なるほど。で、その後は？」とヴェニングは訊いた。

「午前中はずっと、たまった仕事を片づけるのに忙しかったですね。午後になって、いつもどおりに書類を持っていき、本部長と通常の業務について少し話をしました。お互い、ハインドのことには一言も触れませんでした。それから自分の部屋に戻って……」

「本部長と別れた時間を教えてくれませんか」とプールが尋ねた。

「そうだな。その件はタラール警部と一緒に考えてみたよ。警部は私と入れ違いに本部長の部屋へ行っている。私が本部長に言われて、指示したんだ。我々は、それが五時十五分前だったという結論に達した」

プールは時刻を書き留めた。

「それからどうしましたか」

「その後――そう、十分ほど後かな――部屋のドアが開いた。プール警部、君に話をしたようにね」

プールはうなずいた。

「四時五十五分から五時の間か。メモが取ってある」とヴェニングは手帳を見ながら言った。

「もう一度、説明を聞きたいかね？」

プールはかぶりを振った。

「いえ、実験してもらいましたから。状況はたいへんよく理解できました」

「それから、タラール警部が入ってきた——五時を少し回ったころだが、この時間についてはもう決着がついたと思う。そして、本部長の署名が要る手紙はもうないかと訊かれた。本部長が帰宅したがっているという話だった。私はない、と答えた。一、二分、話をしてから警部は出ていった」

「タラール警部が下へ降りていく音を耳にしたかね」とヴェニングが尋ねた。

「は？」

ジェーソンは、この質問に驚いたようだった。一方からもう一方へと相手の顔を見たが、どちらも何の表情も浮かべていなかった。

「いえ、聞いたかどうか。でも、どう考えても……そう、警部は銃声がしてから駆け上がってきたんですから。思い出しました……そのとき私はここにいました。私がいちばん乗りだったんです。そこにタラール警部が来ました」

「君はどこにいたんだね？」

ヴェニングの声は厳しかった。思わず出てしまったのだろう。ジェーソンはぱっと相手を見た。

「ここですよ。戸口にいました。銃声を聞いたときにはかなり面食らいましたが、我にかえるとすぐに向かいの部屋に行きました。ドアをノックして開けると、本部長がその机に覆いかぶさって死んでいるのが見えたんです」

「ほかには誰も見なかったのか」ヴェニングが口を挟んだ。「前にも訊いたことだが、しかし……確かかね？　何かが動いた気配は？　例えば、窓の外はどうだ？　音はしなかったか」

ジェーソンはかぶりを振った。

「何も見なかったし、何も聞きませんでした。ただ本部長を見つめていました。信じられなかったのです」

「だが、中には入らなかったのかね。死んでいるか確かめようとはしなかったのか」

「いいえ。ショックでひどく参ってしまって。私は……」

ジェーソンは、突然ピンときたようだ。相手を交互にさっと見た。初めて、ふたりの関心がどこに注がれているのか気づいたらしい。

「なぜ、このような質問をするのですか」とジェーソンは急《せ》き込んで訊いた。

「言ったろう」とヴェニングが答えた。「何か見逃していないか、もう一度よく調べているんだ」

しかし、ジェーソンは頭の切れる男である。ふたりの表情を読んでしまった。ゆっくりと目を見開く。顔からは、次第に血の気が失せていった。

「そんな！」とジェーソンはつぶやいた。「まさか……？」

ジェーソンの声は消え入った。その頭の中では今のやり取りを素早く思い出していた。

プールは、ジェーソン警視の疑いをそらすのはもう無理だと悟った。もし彼が犯人なら、これからは用心されてしまうだろう。

「これは私の考えなんです」とプールは言った。「ハインド犯人説には納得がいかなかったので、ヴェニング警視にお願いして、あの晩、建物内にいた全員の動きを徹底的に調べさせてもらっているのです。すでに、パリー警部とバニスター巡査部長、それから下にいる巡査のひとりから話を訊きました。今は、本部のみなさんを当たっているところです。もちろん、ご存じのように、事実上、この部屋のいちばん近くにいたのは、警視、あなたですし、ほかの人たちが上がってきたときにはドアの外にいらっしゃった。我々はなぜ中に入らずに外にいたのか不思議に思ったのです。それだけです」

ジェーソンはプールをじっと見た。

「なるほど。いや、わかったよ」懸命に平静を保とうとしている声だ。「私が中に入らなかったのは、本部長がその机に突っ伏して死んでいるのを目にして、どうしようもなく気が動転していたからだ。前に言ったように、私は脅迫を本気にはしてなかったから、頭が混乱したんだと思う。そういえば、ぼんやりしていて本部長代理にしかられましたよね。私は……私は殺していません」

ジェーソンはヴェニングの方に向き直った。ほとんど懇願するような様子だ。

「君がやったなんて、思っていない」ヴェニングはぶっきらぼうに応えた。彼はこの訊問に嫌気がさしていた。

それに気づいたプールは、すばやく別の話題に切り替えた。

「留守をしていて月曜まで戻らなかったとおっしゃいましたね。どういうことでしょうか」

「妹の結婚式に出席するために、水曜から短い休暇をとったんだ。月曜の朝まで戻らなかった」

「水曜日？　ハインドが最初に姿を見せた日ですね」

プールは前に変装の可能性を考えていたことを、突然思い出した。もちろんジェーソン警視はアルバート・ハインドの容貌とはかけ離れている。しかし俳優に向いてそうなタイプだ——やせていて、ひげをきれいに剃っている。うまく顔をつくれば、別人になれるかもしれない。暗がりや子供相手なら……

「では、ハインドが現れたことについては、何もご存じなかったんですか」

「知らなかった。前にも言ったはずだ」ジェーソンはぴしゃりと返した。苛立ちがあらわになってきた。「月曜の朝に戻るまでは」

「奴が姿を消したことさえも？」

ジェーソンはためらいがちに言った。

「いや、それはシャセックスからの報告を見ていたと思う。しかし、妹の結婚式と休暇の方に気持ちがいっていたんで、あまり重要とは考えずに、タラール警部に後を頼んだ」

では、知っていたのだ。それで思いついたのか？

「それで、結婚式はいつだったんですか」プールは軽い調子に聞こえるように務めた。

「式は取りやめになった」ジェーソンはそっけなく答えた。「実家に着いた日、つまり水曜の朝に、妹が急に具合が悪くなったんだ。仕事に戻るべきかと本部長に電報で問い合わせたんだが、親切にも休暇を延ばしていいと返信があった」

「妹さんがすっかりよくなるといいですね」プールはもごもごと社交辞令を言った。

「ありがとう。今は海辺にいて、回復に向かっている」

追及するには気まずい話題だったが、プールは自分が抱いた疑惑の根拠となるものが少しでもあるとすれば、断固としてそれを見つけるつもりだった。

「どちらに行かれたか教えていただけますか」

「妹のそばにいた——というより母のそばだな。ひどく取り乱していたから」

「そうでしょう、で、場所はどちらで？」

「カンブリングだ。ヘルフォードの近くの」

ヘルフォードか。あそこならよく知っている。ブロドベリーから五十マイルと離れていまい。オートバイでなら……。

「では、ご実家にいらしたんですね――つまり、水曜の夜と木曜の朝は」

「そうだ。なぜそんな……?」

ジェーソンは鋭い目でプールを見た。

「狙いは何だね?」

ヴェニング警視は椅子の上で気を揉んでいた。

「先ほどご説明したとおりです。全員の動きを調べています」

「さっきは、『殺人のあった晩の全員の動き』と言ったじゃないか。私がハインドに変装したとほのめかしているんじゃないだろうね」

頭の回転の速い男だ。プールは、少なくとも自分と同等の腕を持つ相手と切っ先をかわしているのだと悟った。ヴェニング警視は心から驚いた顔をしている。初めてプールと腹を割って話をしたときに変装の可能性を指摘されたが、すっかり頭の片隅に追いやっていた。真面目に受けとめてはいなかったのだ。そして今、このCIDの男は、身内の警官が――同僚の警視が――本部長を殺したばかりか、その罪を別の人間に着せるために、こみいった計画を立てたと示唆している。あとの方の罪は殺人に比べれば児戯に等しいが、なぜかヴェニングには最後の一本の藁《わら》のように思われた。もうこれ以上耐えられそうになかった。

プールは敵意を感じ取った――ここからは、ヴェニングの援護なしにひとりで戦わなければならない。だがあとに退くつもりはなかった。

「どれも、関連があるのです」と平然と言った。「こうしてお互い率直に話をしている間に、すべてをはっきりさせておいたほうがいいと思ったものですから」

「ほう。アリバイを証明しろと言うんだな。そりゃ、できないね。家の者はみな、妹の病気で大騒ぎだったから、私がいたかどうかなんてまったく覚えていないだろう。アリバイはないと考えてくれて結構だ」

ジェーソンの口調はけんか腰だった。おそらく、上司が味方に回ったことに気づいたのだろう。

「誰かが覚えているかもしれませんよ」プールはなだめるように言った。

「まさか、年老いた母を煩わせるつもりじゃないだろうな」ジェーソンは声を荒げた。「母には構うな。さもないと……」

「落ち着け、ジェーソン」

ヴェニングは、自分が事態を収拾する頃合いだと思った。

「プール警部の考えはよくわかるが、さしあたって必要な情報はもうすべて話してもらったと思う。ジェーソン警視、心配しなくていい。ただ型通りの質問だ」

使い古された言い草だ。民間人ならうまくだませても、二十五年のキャリアを持つ警官には通用しない。

ジェーソンは立ち上がった。

「自分の立場がわかって、よかったですよ」と怒りを込めて言った。「話がお済みでしたら、これで失礼します」

ジェーソンは返事を待たずにきびすを返すと、部屋を出て、乱暴にドアを閉めた。

「あんなことを訊くつもりだったなんて聞いてないぞ」ヴェニングがつっけんどんに言った。

「知らなかったんです――ハインドが二度姿を見せたとき、ジェーソン警視が休暇中だったことを。変装という可能性もお話ししましたよね。ジェーソン警視にはカンブリングから戻って来ることができたかもしれないと思いついたのです。どうせなら、徹底的に調べたほうがいいと思ったものですから」

「私からすれば、気違いじみた考えだよ。だが、今は君の気の済むようにやりたまえ。どうか、ミセス・ジェーソンを心配させないでやってくれ。それだけは頼む。丈夫な人ではないんだ。それでなくても、結婚式の当日に娘が病気になったことで十分参っている」

「母親に会う必要はないと思います。もし本当にそこにいたのなら、水曜の晩か木曜の朝に警視を見た人がほかにいるはずですから」

「車が要るかね。列車の便は悪いんだ。いつ発つ――今晩か」

「早く片づけてしまったほうがいいですね」

ノックがして、タプル巡査が仕事上のものらしい手紙を持ってきた。

「プール警部にです」

プールは手紙にざっと目を通すと、ヴェニングに回した。フィールドハースト刑務所の所長からで、ジャック・ウィセルとの会見後に送った問い合わせに対する返事だった。アルバート・ハインドの右手にある船の入れ墨は三本マストだったが、スクーナーを意図した絵柄かはわからない、ハインドは前歯が一本欠けており、そのすきまからつばを吐く癖があった、と書いてあった。簡潔な説明である。

「この件は解決しました。ジャック・ウィセルに手紙を渡したのは、間違いなくハインドです」

「長旅せずにすんだな」ヴェニングはそっけなく言った。

第十六章　銃器の専門家

フィールドハーストからの手紙によって、殺人の起きる前の水曜の晩と木曜の朝にブロドベリー近辺に出現したのが、アルバート・ハインドであることがはっきりした。ということは、変装の可能性は捨ててもいい。おかげで問題はずいぶんシンプルになった。だからといって、ジェーソンの嫌疑が晴れたわけではない。それを言ったら、誰に対してもそうだ。ヴェニングは、三十分前まで変装という考えがまったく頭になかったことも忘れて、この事実を、もともとの警察の説、あるいはその後自分が考えた自殺説のどちらかを、何らかのかたちで裏づけるものだと見なした。

プールは、変装説が消えたことをおおむね歓迎していた。そのおかげで不確定な要素がさらに増えて厄介な状況を生んでいたのだ。こうした障害をどんどん取り除くことができれば、真相究明に近づくはずである。だが同時に、この事実は消去法的な証拠でしかなく、この二日間でほかにはほとんど何も発見していないと思った。警官のアリバイ調べは有益だった。発砲時に建物内にいた者、あるいはいた可能性のある者には、みなアリバイが――ほとんど悟られることなく――確認された。ヴェニング警視は自宅にいた。パリー警部は街を巡回中だったし、バニスター巡査部長とツイスト巡査は刑事部屋にいて、互いのアリバイを立証している。警務部にいたピット巡査部長とリース巡査、それから待合室にいたフックワージー巡査とタプル巡査も、同様に互いのアリバイとなっている。フックワージーが待合室に来たのは、自室にいたタラール警部と別れたすぐあとだった。二階で、犯行現場から数ヤードのところにいたジェーソン警視だけ、アリバイがない。しかも、実際に、ほかの者たちが殺到したときに、戸口にいるところを見られている。ほかに可能性のある容疑者がいないなか、ジェーソンが残ることになる。X――もっとも怪しい人物に注意を傾けるべきだ。

ジェーソンを起訴に持ち込むまでには、解決しなければならない難問が山ほど残っている。ブランカシャー商会の手がかりが駄目となったら、もっとも厄介なのは動機の問題だ。ほかにどこに目を向ければよいのかわからなかった。もちろん、動機を見つけてそれを証明することは、必須ではない。だがプールは、動機がないと陪審は有罪の評決を出すのに非常に消極的になることを知っていた。それから、雨樋の問題もある。あきらかに手荒い扱いを受けた形跡が残っていた。誰かが伝って降りた――あるいは登った――ことを示す跡だと受け取れる。説明が要求されるだろう。ジェーソンが犯人だとしたら、樋を逃走に使ったのではないことは、はっきりしている。そもそも犯行に使わなければならない理由がない。疑いを自分からそらすためでないかぎり。これは、ドアの話にも言える。プールは、あの話は臆病な想像力が生んだ絵空事などではないと確信していた。誰かが本当に開けたか、ジェーソンが意図的にでっちあげたか、どちらかである。

ヴェニングとかなり気まずく別れたあと、宿に歩いて戻る途中、こうした考えがプールの頭の中をよぎっていた。ふたりは、事態についてよく考え、翌朝もう一度、話をすることになっていた。

しかし、翌朝、プールはロンドンへ向かっていた。サーストン部長から、都合がつきしだいヤードに出頭するようにと電話で伝言があったのだ。ガウワー巡査部長には、特効薬のセールスマンを捜し出して、その男が「ジョン・スミス」の手紙を書いた可能性を探るよう、出発前に指示を出しておいた。ガウワーは明確な仕事が与えられて喜んだが、ヴァーデルからそのような告白を引き出す手腕が自分にあるか、心許なかった。

本庁への到着予定時刻をあらかじめ電話で伝えておいたので、プールが取り次いでもらうのに長くはかからなかったが、サーストンの部屋ではなく、サー・レワード・マラダインの部屋に案内された。そこには、総監補とサーストンのほかに、面識のない人物がおり、ウエスティング氏と紹介された。ヤードが火器に関する専門的な証言をいつも依頼している銃器製造者である。サー・レワードの前にある書き物机には、オートマチック拳銃が一丁と、弾丸が二個、薬莢が二個、置かれていた。ブロドベリーの「証拠物件」だ。

「我々は昨夜、ウエスティング氏の報告書を受け取りました」とサーストンが総監補に説明した。「プール警部が出頭できる時間を聞くとすぐに、ウエスティング氏に来庁いただいてお話を伺う手筈を整えました」

「なるほど。教えてくれてありがとう。面白そうだな。ウエスティングさんの報告はいつ聞いても興味深い」

こうしたお世辞は総監補の仕事の一部だ――口には出さないがサーストンはそう思った。ウエスティング氏は賛辞に対して会釈で応えた。

「ウエスティング氏に鑑定の結果をご自身の言葉で説明していただいたほうが、手っ取り早いと思います。ブロドシャー警察の報告とは異なる結果が出ました」

プールは耳をそばだてたが、何も言わなかった。ウエスティング氏は拳銃を手に取った。

「これは・三八〇口径のウエスティング＝トーマスです。私の父と父が抱えていた職人、ジョゼフ・トーマスが一九〇六年に設計したものです。市場に出たのは一九〇七年です。ほかのオートマチック拳銃と同じ系統のものですが、より軽量で、群を抜いて精度が高いのが特長です。反動も少なく、比較的経験の浅い人でもしっかり構えてまっすぐ狙いをつければ、驚くほど見事な結果を出せます」

ウエスティング氏の声には控えめな誇りが感じられ、それがプールには好ましく映った。

「一般論はこのくらいにして、本題に入ります」とウエスティング氏は続けた。「問題の銃は、一九〇七年、スコール大尉にお売りしたものです。私どもが最初に販売したうちの一丁で、実を申しますと、私自身が大尉に売ったのです。スコール大尉は休暇で帰国中で、インドの警察に配属されることに決まったばかりだとおっしゃって、うちで扱っているなかでいちばん精度の高い武器をお求めになりました。そこで私はこの銃を勧めました。製造番号をご覧ください――二七とありますね。これは、もっとも初期の製品であることを意味します。あれ以来、何千丁と商ってきまして、実際、現在の製造番号は五桁に達しています。もちろん、戦争のおかげもあります。新しい軍の将校たちに人気でしたから」

サー・レワード・マラダインはうなずいた。

「よく、覚えていますよ」

ウエスティング氏は片方の銃弾を取り上げた。

「さて、『証拠物件第三号・不明』となっているこの弾ですが――『不明』とは何を指しているのか私にはわかりませんが——これはこの銃から発射されたものです。ご覧のとおり、ひどくつぶれていますが、銃身の旋条による溝を示すのに十分な程度には、基本的な部分が損われずに残っていました。もっとも十分といいましても、専門家にとってという意味で、素人目にはっきりとわかるものではありません」

プールは非常に興味を持った。ついに確実な証拠が出てきた。つぶれた方の弾から何か判明するとは予想外だった。次に何が出てくるか、待ちきれない思いだ。ウエスティング氏は、ほとんど完全なかたちを保っているもう一方の銃弾を取り上げた。

「こちらの弾、『証拠物件第二号・X』の方は——このXも何の意味なのかは知りませんが——別の銃から発射されたもので……」

プールははっと息をのんだ。

「……その銃は間違いなく新しいものだと言っていいでしょう。旋条の痕がより深く刻まれています。これももちろん、専門家の目と顕微鏡がなければわからない違いです。証拠物件第三号の痕とはまったく異なったものですね。確かにウエスティング＝トーマス・三八〇口径から発射されていますが、説明しましたように、異なる銃です」

「この点が報告書の相違点です」サーストンが小声で言った。

ウエスティング氏はふたつの薬莢を手に取った。

「薬莢も、別々の銃から落ちたものです。撃鉄による雷管のへこみの位置が、ごくわずかですが違っています。薬莢の底の跡も異なります。まともなかたちの方はこの銃から発射されたものですが、つぶれた方は違います」

「宣誓して証言することができますか」とサー・レワードが尋ねた。

「ええ、もちろんですとも。きわめて明確なことです。証拠物件第二号がつぶれた方の薬莢に入っていた弾丸かどうかは言えませんが、このふたつは同じ銃から出たものですね。かなり新しいウエスティング＝トーマス・三八〇口径です。証拠物件第三号とまともな方の薬莢は同様に、この古い大尉の銃から出ています」

ウエスティング氏が話を終えると、あたりは静まり返った。それぞれが、自分の考えに浸っている。最初に沈黙を破ったのは、サー・レワードだった。

「それで、ブロドシャーの報告では、証拠物件第二号、つまりつぶれていない方の弾は、この銃から発射されたものとしていたのかね」

「はい、そうです」とサーストンが答えた。

「誰の報告だね？　地元の銃職人か」

サーストンはプールを見た。

「いいえ、違います。現在、本部長を代行しているヴェニング警視が検査を行いました。警視は何年か前に銃器コースを修了し、それ以来、趣味として続けているそうです」

総監補は眉をひそめた。

「非常に重大なミスだ。多少の知識はあるがしかるべき経験のない者が犯す類の間違いですかな？」総監補はウエスティング氏の方を向いて、尋ねた。

氏は軽く肩をすくめた。

「他人の仕事を非難したくはないのですが、どうしたらこのような間違いが起こり得るのかわからないと言わざるをえませんな。鑑定能力のある者の仕事とは思えません。つぶれた方の弾、証拠物件第三号となると、話は別です。誰が間違えたとしても驚きません。しかし……」

「ヴェニング警視は、そちらの弾は判別不能と報告しています」とサーストンが小声で言った。

「……しかし、このまともな弾は、それ相応の知識と経験を持った者にとっては、火を見るより明らかです」

「その警視は、第一級のおっちょこちょいに違いない」とサー・レワードが声を大にして言った。「つぶれた弾とまともな弾があり、薬莢にもつぶれたものとまともなものがあったために、混乱してしまったとは考えられないかな？　つぶれた弾はつぶれた薬莢のもの、まともな方はまともな薬莢に、という結論に飛びついてしまったのでは？　ところが実際は逆だった」

ウエスティング氏は再び肩をすくめた。

「そういったふうには、鑑定では考えません。たんなる偶然ですから」

サー・レワードはプールを見た。

「その点は、どうなのかね？」

「銃弾と薬莢の位置を考えると、どの弾がどの薬莢のものなのか、疑問の余地はあまりないと思います。このまともな薬莢はスコール大尉の椅子から見て右側の床に落ちていました。殺人犯に向かって撃ったときに飛び出たものです。つぶれた弾は大尉の対面の壁から取り出したものです。つまり、犯人の後ろ、ちょうど頭の上に撃ち込まれたと思われる弾です。つぶれた薬莢は、犯人が立っていたと我々が考えている位置から机に向かって右側に、まともな弾はスコール大尉の頭部にあったものです。ヴェニング警視は弾と薬莢を混同してはいません。それは確かです。私が聞いたのは、スコール大尉の頭部から摘出した弾は、大尉本人の銃から発射されたものだということだけです。そのために警部は自殺と考えたそうです」

「そう考えただと？」とサー・レワードが言った。「サーストン君、そんな話は聞いてないぞ。それでは、ハインドはいったいどうなる？　なぜ奴を追いかけていたのかね？」

「自殺説は、追跡が行われたあとになってはじめて浮かび上がったのです。お話ししなかったのは、まずウエスティング氏の報告を入手することが先決だと考えたからです。白状いたしますと、私自身も要点がよく飲み込めていないのです」

サーストンはもの問いたげにプールを見た。プールは、まさにいたたまれない気持ちだった。上司にはヴェニングが故意に自殺説を伏せていたことを言わずにおいた。それどころか、最初の報告をしたとき、この件はすべて隠していたのだ。まずい事態になるかもしれない。だが、もともと秘密にしていたのだから、いまさら話しても何の得にもならない。

「ヴェニング警視は、どう考えてよいのか確信がもてなかったのだと思います。ハインドが犯人であることがあまりに歴然としていたので、奴を追わなければと感じたのでしょう」

幸運なことに、サーストンはそれ以上追及しなかった。今のところは。

「さてと、もうウエスティングさんには帰っていただいてもよいかな」とサー・レワードが訊いた。「ほかに質問は？」

サー・レワードはふたりの部下を見たが、どちらもかぶりを振った。

「そうそう、たいしたことではないのですが、もうひとつ言い忘れておりました」とウエスティング氏が言った。

ポケットを探って、封をした封筒を取り出した。

「銃を調べたとき、細かい粒状の物質が相当量、内部に入っていました。顕微鏡で調べたところ、砂の粒であるという結論に達しました。重要なことかどうかわかりませんが、お持ちしてサーストンさんに渡そうと考えておりました」

サー・レワードはプールの方を向いた。

「何か意味があるかね？」

プールはかぶりを振った。「そうは思いません。ですが、頭に入れておきます」

「では、ウエスティングさん、どうもご苦労さまでした。ご協力ありがとうございます」

サー・レワードは立ち上がってウエスティング氏と温かく握手をかわすと、さらにお愛想を言いながらドアまで送っていった。プールはサーストンの目がかすかに光ったのを見たが、それを受け止めないように気をつけた。総監補が椅子に戻った。

「さて、その警視をどうするかな。名前は……ヴェニングだったかね。プール、どんな男だ？」

「とてもしっかりした人物だと思います。切れ者ではないかもしれませんが、信頼できます。ブロドシャーでは非常に尊敬されています」

「うーむ。ここに呼んで、問いただしてみるか。サーストン、どう思う？　まったくゆゆしき間違いだぞ。すぐ我々に送るべきだったのだ。専門家気取りのアマチュアは、これだから困る。多少の知識というやつが、一番危険なんだがな」

ヴェニングは、その「多少の知識」を得るという明白な目的から正式な講座を受講したのだが、プールは総監補にそうは指摘しなかった。

「もちろん、こちらに管轄権はない。そうだな？」サー・レワードはサーストンを見た。

「その通りです。州の警察本部長に対する権限は、誰であろうと持っていません――この場合は本部長代理ですが。ヴェニング警視は自分のやりたいようにできますし、誰も口を挟むことはできません」

「警察委員会でさえもかね？」

「はい。運営に関することとなると違いますが、犯罪捜査では州警察本部長に一切の権限があります」

サー・レワードの目がきらりと光った。

「各州に総監補をおいたほうがいいんじゃないかね、お目付役を。やれやれ。まあ、我々にはどうすることもできんか。君はプール警部とこの銃について話し合ってくれたまえ。私は内務省まで出向かねばならん。例のウエストミンスター広場の事件のことでな。ロンドンにはお目付役がうじゃうじゃおる。たまらんよ」

ふたりのCID部員は辞去し、名目上の上司をもっと重要な任務へと解放した。サーストンは自分の執務室で、プールの方に葉巻の箱を押しやった。

「プール、目下のところ君は州警察の人間だ。だから客として扱おう」

サーストンは自分でも葉巻を取り、端を嚙み切ると、慎重に火をつけた。しばらく黙って煙草をくゆらせ、紫煙が天井へと巻き上がる様を見つめるのに心を奪われているようだった。そして、ようやく口を開いた。

「なあ、プール、ヴェニング警視の間違いと自殺説の裏には、君が話したことよりもっと何かがあるような感じがするんだが」

目は煙を見つめたままだった。プールにはそれがありがたかった。自分の顔が赤くなるのがわかったからだ。答えあぐねて、プールはぎこちなく黙り込んだ。サーストンはぱっとプールに向き直った。

「おいおい、白状しろよ。君が微妙な立場にいることはわかっている。なにしろ、ブロドシャーの連中のなかに入って、ヴェニング警視の指揮下にあるんだからな。だが、『誰もふたりの主人に兼ね仕えることはできない』（マタイによる福音書第六章第二十四節）と言うじゃないか。君の上司は私だ。ヴェニングには貸しているだけなんだよ」

プールはそれ以上、躊躇はしなかった。

「申し訳ありません。間違ったことをしたと思っています。どうすべきか確信が持てなかったのです」

彼はサーストンに、ヴェニングの自殺説と、醜聞を防ぐためにそれを伏せていたことについて、知っていることをあらいざらい話した。サーストンは口を挟まずに聞いていた。

「他人の地位を引き継いで舵取りをするというのは、厄介なもんだな」プールが話を終えると、サーストンは言った。「いま聞いた以上に裏に何もないとすれば、まったく愚かことをしてくれたものだ。我々に邪魔されたくないと思っていたのもうなずけるな。プール、すぐに話してくれるべきだったよ。しかし、それを除けば、難しい状況をなかなかうまくこなしているじゃないか」

これは、サーストンからの掛け値なしの賞賛だった。プールはまた顔がほてるのを感じた。

「君から見てどうだね。ヴェニング警視は間抜けなのか？——悪党というよりは」

答えにくい質問だった。プールは明答を避けた。

「真面目そのものといった感じですね」

サーストンは、しばらく黙って葉巻をふかしていた。

「さっきも言ったように、我々はブロドシャーに対して何の権限もない。しかし、このヴェニングのことはひっかかるな。あの弾を取り違えることはあり得ないとウエスティングは言った。必ずしも専門家の話を鵜呑みにするわけじゃないさ——いろいろ痛い目にもあってるからな。だがヴェニングは、スコール大尉本人のピストルから発射されたことにえらく自信があるようだ。君は……君は、ヴェニング自身はこの事件に関与していないと確信してるんだな？」

「ええ、それは確かです。アリバイも調べました。発砲のあったとき、犯行現場にいられたはずはありません」

「おそらくはな。だがな、いちばんもっともらしい動機があるじゃないか」

「動機、ですか？」

「死者の地位《ポスト》さ」とサーストンはシニカルに言った。プールは心底ショックを受けた。

「そんな、違います。ヴェニング警視は、そういう人物ではありません」

「そりゃ、君の方がよく知ってるだろうさ。とにかく、ヴェニングに間違いのことを伝えなければならない。君じゃ、気が重いだろ。どうかな、私があっちへ行って直接話をするというのは？　ついでに品定めもしてこようか」

プールはためらった。自分の上司と言い争う立場にはない。だが……

「それはあまり賢明とは思えません」プールはゆっくりと言った。「今、ヴェニング警視とはとてもうまくやってます。申し訳ないのですが、気まずい思いをさせたくありません。警視のおかげで本部での捜査が非常にやりやすくなっているのです。向こうに敵意があったら、かなり難しい仕事になっていたでしょうね」

サーストンは立ち上がった。

「そうか、わかった。君に任せたよ。戻って先に進めたまえ。私にもやらなきゃならん仕事があるからな」

第十七章　死者の地位《ポスト》

ガウワー巡査部長は、上司がロンドンへ向かって出発するとすぐ、「ジョン・スミス」の手紙について探りを入れるべく、ヴァーデル捜しに取り掛かった。ここ何日か、この特効薬のセールスマンを見かけていないが、初めて会った〈量は正直〉亭がお気に入りなのはわかっていた。まだ開店前の時間ではあるが、あるじからヴァーデルのねぐらを聞き出せるかもしれない。残念ながら、そのあてははずれ、小さなホテルをあらかた捜したところで、やっと捕まえた。ヴァーデルがいたのは、尋ね歩いたなかでもいちばん狭くてみすぼらしいホテルだった。彼は、ずいぶんくたびれたモーリス・カウリーのトランクにサンプル品をせっせと詰めているところだったが、晴れやかな笑顔でガウワーにあいさつをした。

「おさらばするところなんだ。ブロドシャーは昨日で店じまい、お次はシャセックスさ。楽しみだよ。ブロドベリーよりよっぽど開けた街だからね、パスローは。ガウワーさん、あんたも知ってるだろ?」

ガウワーは、用心のためブロドベリーにいる間ずっとセールスマンを騙っていたが、名前は本名を通していた。ロンドン生まれで、トゥィード川を越えてスコットランドに足を踏み入れたことは一度もないけれど、生粋の長老派信者（スコットランド教会は長老派）の血が流れていたので、仕事上どうしても必要でないかぎり真実からはずれるのは嫌だったのだ。そうでなくとも、ガウワーというのはよい名だし、誇りに思っている。それに、偽名を使うと得てして失敗に陥るものだ。

「あっちには、もう二年も行ってないな」とガウワーは言った。嘘ではない――真実の隠蔽《サプレッシオ・ヴェリ》が嘘でないとみなされるのならば。「ヴァーデルさん、あんたが他所《よそ》へ行くって聞いてね。昨夜、〈量は正直〉亭でその話が出たんだ。それで、ちょっと寄って、あいさつしようと思ってたんだ。もしそんなに急いでないんだったら、最後に一杯どうかな」

「そりゃ嬉しいな、ガウワーさん。もちろん、喜んでつきあうよ」ヴァーデルは腕時計を見た。「今から十五分後でどうかな。それだけありゃ、このオンボロ車に詰め込み終わるからさ、そいつに乗って一緒に〈量は正直〉亭に繰り出して飲もうや」

「いいけど、どこか違う店にしないか。実は、ふたりだけで話したいことがあるんだ。みんながいると、ちょっと無理だろ」

そして十二時、年代物の風格を漂わせたモーリス・カウリーが、〈陽気なたいまつ持ち〉亭の外でタイヤをきしらせて止まった。ガウワーは、この店なら静かな特別室があるとプールから聞いていた。今ではポートワインを見ただけで胸やけがするので、ダブルのスコッチ&ソーダにしようという提案を相手が受け入れてくれて、ほっとした。ヴァーデルのようなポートワイン飲みがダブルのスコッチをやると、あっと言う間に酔いが回って思慮深さなどふっ飛んでしまう。ヴァーデルは、ガウワーの目的に都合よい程度まですぐにできあがった。部屋にはほかに誰もいなかったが、ガウワーは声を落とした。

「前にこの街の腐敗のことを話してくれただろ？　警察やなんかの。ずっと気になっててさ。汚い話だよな、公僕が汚職だなんて。そいつをあばいてやらなくちゃだめだよ。世間に教えてやるんだ」

ヴァーデルは真面目くさってうなずいた。

「まったく同感だよ」

「そこでこの殺人だ」とガウワーは続けた。「あんたの考えじゃあ、犯人は警察本部長に暴露されそうになった奴だ、そうだろ」

ヴァーデルは警戒してあたりを見回した。

「まあ、そんなところだ」とささやいた。「それがどういう意味かわかるよな——そいつは警官さ！」

ガウワーはどさりと壁に背中をあずけた。

「おいおい、なんてこと言うんだ」と大声を出した。仰天したような振りをしたが、三日前にも同じ話を聞かされている。

「ここだけの話にしといてくれよ。私が警察のことをしゃべったっていうのは内緒にな。侮辱罪で引っ張られちまう」とヴァーデルは言った。名誉毀損に関して警察が特権を持っていると信じているようだ。ガウワーは憂慮の色を浮かべてみせた。

「ヴァーデルさん、あんたがそう言うなら、もちろん言いふらしはしないさ。でも、誰かの耳には入れとかなきゃ。墓まで秘密を持っていくなんてのはよくないよ」

何を言っているのか、ガウワーは自分でもよくわからなかったが、言葉の響きはよかった。考え込む振りをしてしばらく黙っていると、ヴァーデルがウィスキーグラスの底を熱心に眺めていた。ガウワーはこの仕草を目の隅で捉え、不安になった。ダブル二杯となると、正当な経費として認めてもらえるかどうか怪しいものだ――ちゃんと結果が出ないと無理だろう。ガウワーの心の声は、お代わりに自腹を切るという浪費に大声で反対していた。しばらくは注意をそらすのがいちばんだ。「スコットランド・ヤードに匿名で手紙を出すっていうのは、どうだろうか」とガウワーは用心して訊いた。

ヴァーデルは、なおもグラスをじっと見つめていた。ガウワーはしかたがないと腹をくくって、あるじを呼んだ。幸いにも、ヴァーデルはこれから運転することを考えて「シングルでいい」と注文したので、ガウワーも喜んで同じものを頼んだ。希望の品が出されると、ガウワーは誘導訊問に戻った。

「こりゃ、すごくうまい手かもしれない、なあ、ヴァーデルさん？　世の中の役に立って、しかもこっちには何の害もない」

ヴァーデルは、あまり感銘を受けた様子ではなかった。

「害はないかもしれないが、何の得があるんだね？」と軽いしゃっくりをして、尋ねた。「つまり、我々にとって、という意味だが」

これは、ガウワーが予期していたよりも見込みのある展開である。

「金一封がもらえるかもな」とガウワーは力説した。

「金一封？」ヴァーデルは少しまじめな顔つきになり、ガウワーは鼻薬を与え過ぎたかと心配になった。指三本分のスコッチウィスキーで頭がぼうっとなってしまうとは思わなかったぞ。

「ああ、情報提供に対して報償を払ってくれるだろうよ」

「何でだ？」

勘弁してくれ。本当に酔っ払っちまったのか、それとも単に鈍いのか？

「世のために、事実を知らせてくれたってことでさ。あるいは……」ガウワーは声をひそめた。

「……我々の口を塞《ふさ》ぐために！」

「何だって？」

ヴァーデルは居ずまいを正した。すこぶるしかつめらしい顔をしている。

「それじゃゆすりじゃないか」と断言した。

ドアが開き、制服警官がその小さな部屋に入ってきた。

「ゆすりとは穏やかじゃないな？　ああ、ヴァーデルさんでしたか」

警官はガウワーを見て口を開けたが、また閉じた。ヴァーデルは立ち上がった。

「そろそろ失礼するよ」とあわてて言った。「日が落ちる前にパスロー入りしたいんだ。ガウワーさん、じゃあ、これで。どうもごちそうさま」

ヴァーデルは心許なさそうに警官を見て、会釈をすると出ていった。ガウワーは、やかんが鳴り始めたというまさにその瞬間に邪魔が入ったことを呪いながら、後に続いた。ヴァーデルが車に乗ったとき、もう一度湯を沸かしてみようと試みたが、無駄だった。この小柄な男はすっかり酔いが醒めたようで、そっけない別れのあいさつをしただけで、そそくさと走り去ってしまった。背後の窓でコツコツと音がしたので振り向くと、いま後にしたばかりの部屋のなかから、さきほどの警官が手招きしている。少しも気が進まなかったが、ガウワーは戻った。

「ガウワー巡査部長、もう一杯どうだい？」

マイルド・アンド・メロウの一パイントをすでに半分空けていた新しい知人が、そう尋ねた。

「いや、結構です」とガウワーは、巡査部長が警部に対して払うべき礼義抜きで、ぶっきらぼうに答えた。「何か話でもあるんですか」

「ああ、けど、何もそんなによそよそしい態度を取らなくてもいいじゃないか。私はタラール警部だ。知ってると思うが、念のため。ガウワーというのは本名かい」

「もちろんです。どういう意味ですか」

タラール警部は笑った。

「あんた方ＣＩＤの連中っていうのは、なんとも素晴らしい性格俳優だねぇ」

ガウワーはすっかり面食らってしまった。口外しないと誓った宿屋の女主人、それにおそらくヴェニング警視以外は、誰も自分の正体を知らないものと思っていた。プール警部とは一緒の宿に泊まっているが、それは警部が部下と話し合うのを好むためであって、揃って宿を出たり、一緒にいるところを街なかで見られないよう、細心の注意を払っていた。しかし、タラールにはもう正体がばれてしまっている。これ以上秘密にしていても意味はない。ガウワーは証明書を見せ、それをポケットに戻した。

「ブロドベリーではセールスマンで通っているのです。扱ってるのは聖書です」

「ああ、聞いてるよ。我々田舎の警官は、自分の鼻先で起きてることなら、たいてい心得ているものさ」

ガウワーは顔を赤らめ、黙り込んだ。

「さあ、何か飲みたまえ。ウィスキーでいいだろ?」

「ありがとうございます。すでにだいぶ飲んでますので、警部がお飲みになっているのと同じものを少しいただければ、結構です」

「なるほど、情報を引き出そうと粘ってたんだな」

タラールがテーブルを強く叩くと、あるじが顔を出した。

「ヴォークスさん、もう二パイントもらえるかな。それから、できたらここには誰も入れないで欲しい」

ガウワーは困惑した。地元の警官と密談していたなどという話を広められたくはなかったが、今となっては逃げ道はない。タラールの合図に気づいたことを悔やんだ。

「あの老いぼれの厄介者は、またろくでもないことをしゃべってたのかい?」飲み物が運ばれてくると、タラールはそう訊いた。

ガウワーは問いかけるように相手を見た。

「いつも大ぼらを吹いてるのさ」とタラールは説明した。「街から街へと歩き回って、前の土地のことで嘘を振りまくんだ。どうして奴に近づいたんだい」

「何でもいいから街の情報を集めるようにというのが任務なのです」タラールにはおよその見当はついているはずだとわかっていながら、ガウワーは答えた。「ある晩、ヴァーデルが殺人のことをさかんに話していました。ですから、じかに話をして、想像の話以上のものがあるのか、確かめようと思ったのです」

タラールはうなずいた。

「ゆすりのことを言っていたのは？」

しかしこの質問は、ガウワーが覚悟していた範囲を越えていた。命令がないかぎりは話せない。

「ハインドがこちらの本部長を脅迫するつもりだったというのが、ヴァーデルの考えなのです」とガウワーは言った。密猟事件についてタラールが話した内容をプールから聞いていたので、これなら妥当で安全な線だろう。

「ほう」

タラールはビールを喉に流しこんだ。

「よくわからないな。もしハインドが本部長を脅迫する気でいたのなら、なぜ殺したんだ」

ガウワーは内心舌打ちをした。

「ハインドが犯人だとヴァーデルが思っているかどうかは、確信が持てません」ガウワーはそう答えた。深みからはなんとか抜け出せそうだが、どうやったらこの上官を黙らせることができるのかわからなかった。タラールがガウワーを鋭く見た。

「では誰が犯人だと思っているのかね」

ガウワーは名案を思いついた。

「警部が入ってらしたとき、まさにその話にさしかかったところだったのです。そしたらおじけづいてしまったようで、パスローへ行ってしまいました」

「残念だな。邪魔をしてすまなかった。ところで巡査部長、君の考えを教えてくれる気はないんだろうね」

ガウワーは、沈黙がこの言葉に対する同意をいちばんはっきりと示す方法だと思った。タラールはしばらく待って、それから立ち上がった。

「もう戻らなくては。ヴォークスのことは心配しなくてもいい。口は堅い」

〈陽気なたいまつ持ち〉亭を後にして、タラールは本部の方へとのんびりと歩いて戻った。途中で何人か街の住人とあいさつをかわした。なかでも職業安定所の外でぶらぶらしている連中には元気よく声をかけた。本部に着いたところ、ちょうどベンツの大型セダンが入口に横づけされた。タラールは乗っている人間をちらりと見て会釈をすると、手招きされたので車に近づいた。

「警部、おはよう。本部長代理はいるかね」

「サー・ジョージ、いるとは思いますが。訊いてまいります。外にお呼びいたしましょうか」

「いや、いるんだったらこちらから行くよ——五分か十分、時間をとってもらえんかね」

タラール警部はすぐに戻ってきて、車のドアを開けた。

「どうぞこちらへ」

その巨体を難儀そうに持ち上げて、サー・ジョージ・プレイハーストは車から出た。その後に、コードン将軍の小柄な姿が続いた。将軍は警察委員会委員長の私的な「激励役」を買って出ていた。この訪問は、将軍が根気強く訴えた結果、実現したものである。タラールはふたりのお偉方を本部長室まで連れていき、来客のために椅子を用意すると退室した。サー・ジョージ・プレイハーストがヴェニング警視に丁寧にあいさつし、コードン将軍は心のこもった言葉を口にした。

「警視、忙しいところすまんね」とサー・ジョージが言った。「なに、そんなに時間はとらせんよ。早めに話し合いを持ったほうがよいことがあったのでね。それはそうと、例のハインドについては、その後、特に進展はないのかな」

「サー・ジョージ、残念ながら、十日前から少しも状況は好転していません」

さすがに「あなた方の要望でスコットランド・ヤードに応援を頼んでから」と言うのは差し控えたが、コードン将軍の方から切り出してきた。

「CIDから来た刑事は何をしておるんだ。役に立つのかね？　もっと上の人間をよこしてくれればいいものを」

「プール警部は非常に有能だと思います」とヴェニングは答えた。「あらゆる点から事件を徹底的に調べてくれています」

コードン将軍は、上官が部下に対して誠実なのは立派だと思った。軍ではあまり見られない美徳だ。しかし、ニュースが欲しい。そこで、さらなる追及を始めようとしたところ、サー・ジョージに先を越されてしまった。

「警視、そろそろ新しい警察本部長を任命する時期だと思うのだ。誤解しないでくれるかね。何も君を信頼していないということではない。ただ警察全体として考えたとき、正式な指揮官が不在というのは、なんとも宙ぶらりんな状態なのだよ。それに、上級警官にひとり不足が生じている。君が本部長の代理をしてるということは、中央管区の警視としての仕事を、誰か代わりの人間がやっているのではないのかね」

ヴェニングはうなずいた。

「そうだと思ったよ。というわけで警視、この問題を検討するために警察委員会の特別会合を開いても、気を悪くしないで欲しい」

コードン将軍は顔をしかめた。どうして下の者の感情など気にするのだ？

「もちろんです」ヴェニングはゆっくりと答えた。「私は構いません。おっしゃるとおり、今の立場は中途半端です」

サー・ジョージの顔が晴れやかになった。彼はヴェニングを気に入っていたし、また、ヴェニングのような立場の人間にとって、「感情」というのはかなり大切なことだと心得ていた。

「言うまでもないが、希望とあらば君が名乗りを上げたっていいのだよ。いや、しごく当然のことか。もちろん、私には何の約束もできない。委員会は外部から招くという前例を尊重するかもしれんしな。だが、いずれにせよ、これだけは言える。君の立候補なら、かなり前向きに検討されることだろう」

「私は違うね。我々が欲しいのは将校だ」とコードン将軍は思った。従軍中に歩兵大隊を指揮したことのある人間ならばほとんど将校と言ってもいいのでは、という考えは、おそらく頭から抜け落ちてしまっているのだろう。

サー・ジョージ・プレイハーストは重い尻を持ち上げた。

「では、もう退散するよ。例の男を早く捕まえてくれるのを楽しみにしている。さあ、コードン、行こう」

コードン将軍も後に続いたが、すぐに部屋に戻ってきた。

「そのＣＩＤの刑事はどこかね。名前は？」

「プールです。プール警部。今日はロンドンへ行っています。ヤードで会議だそうです」

「なるほど、一度、話がしたいな。いつか晩にでも私の家へ来てもらえないだろうか。場所は知っているな。街からほんの一マイルのところだ。もしくは、こちらから出向いてもいい。そのほうが都合がよいのなら」

最後の言葉は、しぶしぶながら非軍隊的なやり方への歩み寄りを示していた。

「お伝えしておきます」

ヴェニングの声は、この譲歩に対して何の感激も示していなかったが、コードンはそれに気がつかなかった。階下で立ち止まりタラールと話しているサー・ジョージを追って、軽い足取りで階段を下りた。

「そうそう、日にちを決めるのを忘れておった」とサー・ジョージが言った。「ヴェニング警視に、さっきの件は来週の木曜でどうかと聞いてくれるかね。その日は道路委員会があるから、どうせ大勢が集まる。その前にやってしまおう——そんなに長くはかからん。そうだな、十時ではどうかと伝えてくれ。ありがとう、また上に行かずにすむよ」

タラールはすぐに戻って来て、その日時で問題のないことを伝えた。大型のダイムラーが走り去った。

ヴェニングは、呼び鈴を鳴らしてジェーソン警視を呼んだ。

「警察委員会の通知を発送するのは誰かね。君かい?」

「いえ、治安書記のジャージー氏です」

「そうか、ではジャージー氏に、来週の木曜十時に特別会合があるという通知書を発送してもらってくれないか」

「議題はどうしますか」

「議題？　どういう意味かね」

「何のための会合か知らせる必要があります」

「ああ、なるほど。警察本部長の任命だ」ヴェニングはそう言いながら、引き出しに鍵を掛けた。出かけるのだ。「一緒に昼飯をどうだい？」

「書きかけの手紙があるので」と言ってジェーソンはためらった。

「立候補するんでしょう？」

ヴェニングは口元をこわばらせたが、その質問を無視した。そしてずいぶん間をおいてから、相手をしっかりと見据えてこう言った。

「殺した人間を捕まえるまでは、故人のポストに立候補する気はない」

第十八章　ふりだしに戻る

またもやプールは、ブロドベリーへ戻るのに昼間の鈍行列車を使うはめになった。まったくうんざりする。こんなところじゃ、集中して考えることなんてできやしない。今、いちばん頭を悩ませているのは、拳銃と弾に関する報告書の誤りのことをどのようにヴェニング警視に伝えるか、という問題だった。もちろん、当座の上司とはいえ、専門家の報告を隠しておくわけにはいかない。かといって、部下という立場を考えると、警視に対して、どうしてそんな間違いを犯したのかと詰問するわけには、これまたいかない。結局、ありのままに事実を伝え、あとは成り行きに任せることにした。

その問題を除けば、今朝ヤードに行ったのは無駄足ではなかったと思った。今度の情報も消去法的なものだが、自殺という線が完全に取り除かれたのは、真相究明に向けて確実に一歩前進したことになる。プールは、被害者が信頼していた者のなかに犯人がいるということを、これまで以上に強く確信した。動機の問題は、まだはっきりしていない。それさえわかれば、もっと迅速に事件解決へと進んでいける。プールはそう思った。

駅から歩きながら、ヴェニング警視には要点をずばりと切り出して、この気まずい問題を片付けてしまおう、とプールは固く決心した。上手な言い方を頭のなかで組み立てるのに気を取られ過ぎて、大規模チェーンの店の外で車から降りようとした女性に、すんでのところでぶつかりそうになった。非礼を詫びようと立ち止まると、あやうくノックダウンするところだった相手がミス・スコールだということに気がついた。女性の方も同時にプールに気づき、にっこりして手を差し伸べた。

「刑事さんのこと、すっかり忘れてましたわ。進み具合はいかがです？」

忘れていただって！　父親を殺した犯人を見つけようとしている男を！

「ゆっくりとですが、確実に進んでいると信じてます」

プールは通行人に会話を聞かれたくなくて、声を落とした。キャサリン・スコールはその意図を理解したようだ。

「乗っていきませんか。車をお見せしたいんです」

その声には子供っぽいと言ってもいい誇らしさがあった。そういえば、この前会ったときは外出する車もなかった。プールは、新しい戦利品に目をやった。

「ヴォクスホールですか。すごくいい車ですよね」

「六気筒なの！　とっても素敵でしょ！」とミス・スコールは大きな声で言った。「十二馬力しかないけど。いくらするかなんて想像つかないでしょう？」

「ずいぶん高いんじゃないんですか」プールは正確な値段をちゃんと知っていたが、微笑んでそう言った。

「百九十五ポンドよ！　すごいでしょう。さあ、乗ってください。この車の威力をお見せするわ」

「ここから警察本部までってのは勘弁してくれ」とプールは思ったが、口から出たのは次の言葉だった。「そりゃ、嬉しいな。自分の車を持てる日がくるかどうかわかりませんが、後学のために、ぜひ、お願いしますよ」

ミス・スコールがクラッチをつなぐと、車は前に飛び出した。あやうく自転車に乗った人を轢くところだった。二速に入れると、ギアが苦しそうに悲鳴を上げた。

「ギアチェンジは静かだって言ってたのに」ミス・スコールはむっとした声で言った。

「一速や二速じゃシンクロメッシュ機構が働かないんですよ。三速、四速にすれば大丈夫」

「そう？　あら、ほんと。よくなったわ。私、まだ、運転があんまり上手じゃないの。見てのとおりよ。白状すると、ひとりで運転したのは今日で二度目なんです」

「それなのに『威力を見せたい』だなんて！」とプールは思い、口ではこう言った。「お父上は馬の方がお好きでしたよね」

「ええ」とミス・スコールはそっけなく答えた。「だから失われた時間を取り戻そうと思って。んもう、ばか、どきなさいよ！」

正しい側を走っていた罪のないオートバイの運転手は、トラックの脇を追い越そうとしたキャサリンの攻撃を、かろうじてかわした。プールは、警察本部が遠くなかった幸運に感謝した。こっそり彼女をうかがうと、その目が興奮できらきら輝いていているのを見て、賞賛と不安の入り交じった気持ちにさせられた。それから、しゃれた黒のベレー帽にダイヤのブローチが差してあるのにも気がついた。服もおそらくブロドベリーで誂《あつら》えたものではないだろう。大尉の遺族は、長年禁じられていた富や快適さを、やっと手にしたようだ。

「それに、いい仕事もだ」とプールは思った。「こんなにきれいな娘《こ》が、必要のない倹約のせいで日の目を見てこなかったとは、まったくかわいそうに」

車は、広場で交通整理中の巡査の横を華麗に走り抜けると、丘をくだり、警察本部の前で急停車した。

「急いでらっしゃるんでしょう」キャサリン・スコールはなごり惜しそうに言った。「まっすぐな道だとどんなにすごいか、お見せしたかったんですけど」

「残念ですが、今はちょっと。でも、もし本気で誘ってくださるのなら、いつか午後にでもドライブに行きましょうか」

プールは自分の無謀さに驚いた。このような乱暴運転の行き着く先は、突然の死ならまだましというところだ。しかし、プールはこの娘に興味があった——自分ではそうと意識していないが、おそらく惹かれていたのだろう。

「ええ、本気よ。あまり知り合いがいないし、知ってる人はみんな年寄りでつまらないわ。それに、私に殺されると思ってるみたいだし」

プールは笑った。

「私は、喜んで志願しますよ。じゃあ、ミス・スコール、どうもありがとう。おかげで、歩いて退屈な思いをせずにすみました」

プールは娘が走り去るのを見ていたが、やがて気持ちを残しながらも自分の務めに戻った。ヴェニング警視は自室にいるという。勇気を奮い起こして、まっすぐ二階へ行った。

「ああ、君か、お帰り」ヴェニングは声をかけた。「で、お偉方の用は何だったのかい」

「拳銃と弾に関する専門家の報告書ができていました。実は、ウエスティング氏本人を呼んでいたんです」

「ほう。ウエスティング氏はつぶれた方の弾丸の鑑定ができたのかね」

「ええ。本部長の拳銃から発射されたものでした」

「そうか。では、拳銃は一丁だけだったんだな」

「いいえ、二丁です」

「どういうことかね」

「スコール大尉の頭部から摘出された弾丸は、大尉の銃から発射されたものではありませんでした」

「本部長の銃からじゃないって……」ヴェニングはプールを凝視した。「だが、間違いなくそうだったぞ！　同じ銃から四、五発撃って、弾を比較してみたんだ。確かにおなじ旋条痕だった。そりゃ、照合用の顕微鏡は持ってないさ——知っていると思うが、照合用の接眼レンズがついた双眼のやつだ。だが、時計屋の片眼鏡を使える回転仕掛けの装置があるんだ。これで十分用は足りる。それに、粘土の上に転がす簡単な実験でも溝は判別できる。プール、まったくわけがわからないよ。見てくれ、これが比較用の弾だ」

ヴェニングは引き出しを開け、使用済みの弾丸が三つ入った小さな紙箱を取り出した。

「弾をつぶさないように、ぼろきれの詰まった袋に向けて撃ったものだ。ほら、君にも溝が見えるだろう。しかし、比べようにも、もとの弾がなければ何の意味もないな。ヤードが保管してるんだろう」

「そうです。残念ながら」

「そうなると、ここでは証明できない。さぞかし私はとんでもない能無しに見えるだろうな」とヴェニングはうなったが、なおもしつこく付け加えた。「だが、こっちが間違ってるという納得のいく説明をしてもらわないと」

プールは、ヴェニングをひとりにして、存分に不満がらせておくのがいちばん賢明だと考えた。そこで、手紙が来ていないか確認しに宿に戻らなければならないと言い訳をして本部を去った。ところが宿に着くと、実際に手紙が待っていた。しかも分厚い手紙が。開封し、送付状を添えた手書きの紙の束を取り出した。送付状はブランカシャー&サンのレターヘッドにタイプされており、次のような内容が書かれていた。

警部殿

今朝の話し合いをよく検討いたしましたが、不愉快な仕事を先延ばしにしても詮《せん》ないという結論にいたりました。そこで、従業員を一人ひとり順に呼び、年齢、家族構成、会社での職務を私の目の前で書くように申し付けました。説明を一切しなかったものですから、皆、私の頭がおかしくなったと思ったに違いありません。それはともかく、ここに手書きのサンプルを同封いたします。すべてに目を通しましたが、筆跡をごまかしたような形跡はないと存じます。

ブロドシャー州警察への制服納入契約の入札に関する疑惑についてもさらに考えましたところ、当社も含めて全入札の日付をお調べになれば、私どもの入札が競合他社に比べて後の時点で行われたかどうか、判明するのではないかと思いつきました。不正の疑いがかかるとすれば、この点のみが根拠になることと存じます。

当方の提案が、この不愉快な問題解明のお役に立つかどうか、お知らせいただければ幸いです。

敬具

一九三三年十一月二十三日

ホセア・ブランカシャー

プールは手紙を放り出すと、思わずうなった。ここに書かれていた提案は当然のことで、自分で思いつくべきであった。とにかく、誰の案にせよ、すぐに調べなければならない。プールは本部に戻り、再びヴェニング警視のところに行って何をしたいか説明した。

「我々が何を追っているか、ジェーソンに知られずに入手するのは厳しいな。構わないか？」

プールは躊躇した。

「やむを得ないでしょう。誰かほかの人では調べるのが難しいんでしょう」

「ああ、えらく面倒だ」

ヴェニングは呼び鈴を押し、ジェーソン警視が現れた。

「ジェーソン君、古い入札記録はとってあるかね。制服とかそういった類の」

「入札ですか。ええ、新しいものと比較するため、十年分は保管してあります。チェック用にですね」

「見せてもらえるかな」

「全部ですか」

「制服関係を全部だ」

「わかりました」

ジェーソンは部屋を去り、きちんと整理されたファイルを手に、すぐに戻ってきた。そして、上司の前にそのファイルを置いた。

「何か手伝いましょうか」内勤主任の声には好奇心が混じっていた。

「ありがとう、だが大丈夫だ。自分で目を通す。必要になったら、また呼ぶよ」

ジェーソンが出ていくと、ヴェニングは、自分の横に座るようプールに手で合図した。ふたりで過去五年の入札を調べ、プールが社名、金額、日付を書き留めていった。入札は毎年、七社か八社で行われており、たいていは同じ顔ぶれである。過去四年は、ずっとブランカシャーが落札していた。その前の一九二九年も、ブランカシャーより安い値をつけたのは一社だけだった。それぞれの見積りには日付が記されており、この日付に偽りがなければ、ブランカシャー商会がいちばん最後に入札したケースは一度たりともなかったことが、すぐに判明した。つまり、競合会社の見積額を事前に知ることは不可能だったのだ。従って、不法な手数料という考えは見当違いとなる。

プールは力を落とした。ヴェニングの反応は、正反対だった。

「どうだ、見たまえ」とヴェニングは大声で言った。「ブロドシャー警察の不正行為という君の素晴らしい考えがこのざまだ」

プールは顔を赤くした。ずいぶん不当な言われようである。だが、それが人の感情というものだ。

「日付は改ざんされたのかもしれませんよ」とプールはしつこく食い下がった。

「おいおい、よせよ。全部の会社のがかい？」

「いえ、ブランカシャーのものだけです。実際より前の日付を入れればいいだけですから」

「ということは、担当者、つまり、タイプした人間は、不正を知っていたということになるぞ」

「その男が『ジョン・スミス』という可能性もあります」負け戦を戦っていると知りながら、プールは答えた。

「今度は、こちら側の人間は誰も気づかなかった、とでもいうつもりかい？　内勤主任でさえ……ああ、奴が一枚嚙んでいると思っているのだな。なら、警察本部長も警察委員会のメンバーも、開札したときに誰も気づかなかったというのかね？　いつでも念入りに入札をチェックする者が必ずいるんだよ。たいていは州議会のメンバーだ。誰かが不審に思うはずさ」

確かに、プールの考えの拠り所だった不正行為が実際に行われたと考えるのは、無理のようだ。プールは、動機に結び付く可能性のあった強力な推定証拠の一片が、足元から滑り落ちていくのを感じた。「ジョン・スミス」の手紙がでっち上げなのは間違いないが、その狙いが何なのかどうしても考えつかない。スコール大尉、あるいはほかの警官を欺くためであるのは明らかだ。プリンクルの貸し住所を尋ねたことからわかるように、大尉は本気にしていた。ヴェニングが見つけた大尉のメモは手数料の概算だろう。五パーセントというのは単なる推測に過ぎないが、なかなか現実味のある数字だ。いずれにせよ、殺人の動機という点ではすっかり的はずれだったと考えざるを得ない。ほかの狙いが何であれ。そうなると、警官犯人説には動機がないことになる。残るは復讐という当初の動機だ。つまり、ハインドか。

気が滅入る考えだった。それは、ふりだしに戻ることを意味していた。プールは、落胆から、からだに冷たい震えが走るのを感じた。ハインドに殺せたはずがないことは、すっかり確信していた。警察本部内への侵入は奴には無理だ。スコール大尉の部屋を見つけることができたとは思えないし、大尉がひとりでいるときを知っていたわけがない。警戒心を抱いていた相手の目の前に、疑われずに現れるなんて不可能だ。

だが、強情を張っても仕方がない。少なくとも、捜査に取りかかったときより、わかったことが増えたのだ。スコール大尉は自殺ではなかった。水曜の夜ブロドリーの森で大尉に、木曜の朝ジャック・ウィセルに姿を見せたのは、アルバート・ハインド本人だった。ハインドは姿を消し、非常に用心深く身を隠している。こういったことが、前よりも明確になっている。殺人を犯したのは、ハインドのはずなのだ。しかし、どうやってやり遂げたのか。克服不可能に見えるこれらの困難をどのように乗り越えたのだ？

電話が鳴り、ヴェニングが受話器を取った。

「何だね？　プール警部？　ああ、ここにいるよ」ヴェニングは受話器をプールに手渡した。「スコットランド・ヤードからだ」

プールは、フールスキャップ判の用紙にメモをとりながら、注意深く聞いていた。

「わかりました。検視官の逮捕状ですね」とプールは言い、それからまたひとしきり聞いてから、「私が行ったほうがよろしいでしょうか」と尋ね、相手の答えに対してうなずいた。「了解しました。そちらから人を派遣していただけるのですね。連絡があるまで、私はここにいればよいと？」

耳を傾けていたヴェニングは、だんだん我慢できなくなっていた。一方だけの電話の会話というのはどうにもいらいらする。

プールが電話を切った。

「奴が捕まりました」とプールは静かに言った。

「捕まった？　誰のことだ」

「アルバート・ハインドです」

ヴェニングは椅子の背にもたれ、相手を凝視した。

「どこでだ？」

「ブレトスクです。バルト海の。ハインドの特徴とぴったり一致する男が、昨日、現地の病院に収容されたそうです。たった今、イギリス領事から電報が入ったということでした。ウォソン&ヴェント社所有の木材運搬船から下船したそうです。この会社は業界大手で、ロンドン埠頭の近くに営業所があります。ヤードは明日、営業所に人を遣って船に関する詳細情報を入手するとのことです」

ヴェニングは無表情のまま、何も言わずに座っていた。

第十九章　ブレトスクからの知らせ

プールは、ブレトスクへ行って手配中の男を逮捕し、連れて帰れとサーストンから命令されずにすんで、非常にほっとした。ひとつには、自分が嫌いな種類の任務だったからだ。同僚の一部が持っているような粘液体質に欠けるせいか、逮捕され、自分の犯した罪にこれから直面しなければならなくなった人間に対して、どうしても強い同情を禁じ得ないのだ。それに、船には弱い。費用のことを考えると、可能なところはすべて海上経由で行かされるはめになるだろうとわかっていた。最後の理由は、いち早く出された当地の検視陪審の評決によりハインドが逮捕されるのは当然のことなのだが、訴訟に持ち込むにはまだ膨大な下調べが必要だとわかっていたからだ。

もう何度めになるだろうか、おなじみの問題点すべてがプールの脳裏に押し寄せてきた。それとともに、信頼していた部下が拳銃を手にして立っているのを、スコール大尉が自分の机越しに凝視しているという、恐ろしい光景が鮮やかに浮かびあがった。いや、この説は打ち砕かれたのだ。そのような犯罪を行う、いかなる動機も証明されてはいないではないか。いやひょっとして……本部の人間がハインドに手を貸したとは考えられないだろうか。誰かがハインドに同情して、復讐の手伝いを買って出たとしたら？　内部に協力者がいたとすれば、事情はずいぶん変わってくる。ハインドは建物内――おそらく備品室――に潜んでいて、危険がなくなった頃合いを教えてもらったのかもしれない。ジェーソンかタラールなら簡単にできただろう。ジェーソンは脅迫を受けていた人物と二階でふたりきりだったし、タラールは生きている大尉の姿を最後に目撃したとされる人物である。下へ行くと言ってジェーソンの部屋を出たあと、廊下をそっと歩いて備品室へ行ったのかもしれない……。

しかし、その時点では、発砲までまだあと十分もある。もしタラールが合図を送ったとしたら、なぜ、ハインドはぐずぐずしていたのだろう。タラールが下へ降りてアリバイをつくれるように、時間を稼いでいたとも考えられる。タラールには鉄壁のアリバイがある。発砲時、彼は一階の自分の部屋にいた。フックワージーがタラールの部屋を退出した直後のことだ。タラールは次の瞬間には部屋から出てきている。部屋から大尉を撃つことはできただろうか。タラールの部屋は、階こそ違うがスコール大尉の部屋に面している。いや、それはあり得ない。大尉は撃たれたとき、机に向かって座っていた。しかも、撃たれたのは三、四フィートの距離からだ。だめだ、タラールが殺人犯のはずがない。だが共犯者という可能性はまだ残っている。だとしたら理由は？　プールは、タラールと最初に会ったときのことを思い出して、はっとした。〈陽気なたいまつ持ち〉亭の特別室で長いこと話をしたとき、タラールは密猟事件について説明してくれたが、明らかに有罪となった密猟者たちに同情的だった。あの同情が行き過ぎて？　まさか。それにタラールが共犯者だとしたら、プールの前で同情心をひけらかすわけがない。自ら疑いを招くようなものだ。

共犯者なら――もしいたとして――もっと違う態度を取っただろう。スコール大尉に共感を寄せ、密猟者を非難する。ジェーソンの態度はどうだったか。プールは、到着翌日、ジャック・ウィセルと会った直後に、内勤主任とかわした会話を思い返してみた。ジェーソンは、密猟事件のあった当時はまだ新米の巡査で、事件とは関わりがなかったが、公判中は巡回裁判を見たと言っていた。ハインドは凶暴な顔をしていたと口にしたほかは、事件の是非については特に意見は述べなかった。装ったのだとしたら、超然とした利口な態度だ。密猟者への非難をあからさまに見せるよりは、ずっと抜け目がない。ジェーソンとハインドにはどんなつながりがあり得ただろうか。想像するのは難しいが、見つけだすことは可能だろう。それにもちろん、ジェーソンは共犯者というだけでなく、実際の殺人犯としても、本部のなかで断然疑わしい人物である。発砲時に二階にいたのは、ジェーソンだけなのだから。そのうえ、ほかの署員が二階へ急行したとき、死者から二、三フィートの場所で、震えて極度の緊張状態にあるところを、実際に目撃されている。

ジェーソンに欠けているものがあるとすれば動機である。プールは「ジョン・スミス」の手紙に動機があると思ったが、結局、間違いだった。ジェーソンとハインドのつながりのなかに、その代わりとなる動機がある可能性はないだろうか？　プールは興奮で身体が少し震えるのを感じた。その鼻が「手がかり」を嗅ぎつけたときの癖だ。これが捜し求めていたものなのか？　ジェーソンとハインド家とのつながりは何だ？　ハインド家！　そうか、弟がいたな。それから、名前は聞いたことはないが、もうひとり。三人目の男と弟の方は五年の刑となったが、どちらも減免を受けて一九一七年に出所している。両者とも軍に入り、戦死した。プールは無情な運命の皮肉についてタラールが語っていたのを思い出した。罪の軽い方はふたりとも国に仕えて命を犠牲にし、死刑宣告を受けた主犯は国内で安全な刑務所暮らし。このふたりが生きてさえいてくれたら、問題は見事に一変するのに。ジェーソンが弟で、偽名で警察に入ったとしたら？　いや、いくらなんでもそれは不可能だ。ジェーソンは公判の時点で巡査だった——その点で嘘はつけない。それに、プール自身の経験からいって、経歴に傷がなく、身元もしっかりしていることを完璧に証明してみせないと、警察には入れない。

むろん、このふたりが本当に死んでいるのかどうかは、きちんと確認をとらなければならない。誰から聞いたんだっけ？　そうそう、タラールだ。初めて話をしたときに口にしていた。だが、もっと正式な話として聞かされたような——たぶんヴェニングかジェーソンからだろう。簡単にわかることだ。いずれにせよ、密猟者についての情報はどんなものでも、アルバート・ハインドに共犯者がいたかどうか明らかにするのに役に立つ。プールは、もっと早くこうした点を調べるべきだったと悔やんだ。警官が殺人犯だという説にこだわりすぎていたのだ……

プールの頭に次々とこうした考えが浮かんだのは、宿で夕食を取った後、パイプをふかしながらのことだった。ガウワー巡査部長は、ヴァーデルと話してみたが決定的なことは聞けなかったと報告した。ふたりの刑事は、匿名の手紙に関するヴァーデルの考えをさらにつついてみるために、つかみどころのないこの男を引き続き追う価値があるかを話し合った。プールは結局、手紙が事件に影響があるかどうかはっきりするまで、当面は放っておくことにした。

翌土曜日、プールは朝早く本部に行ったが、すでにヴェニング警視は仕事に就いていた。当座の上司は、よく眠れなかったかのように、どんよりと沈んだ目をしているふうに見えたが、あいさつにはいつもどおり親しみがこもっていた。

「それで、と」とヴェニングは笑顔で言った。「うちの連中に潔白証明書をくれるのかい？」

プールはにやりとしたが、正面切って答えはしなかった。

「例の密猟者たちのことを調べてみようかと思いまして。もっと前にやっておくべきでした。警視の話では、弟の方ともうひとりは……えーっと、名前は何でしたか」

「ポーリングだ。アルバート・ハインドにジョン・ハインド、それにフランク・ポーリング。三人の名前は忘れっこない。私が関わった最初の大事件だ。当時は巡査部長になりたてでね。アルバート・ハインドのことはよく知っているな。ジョンは十八ぐらいの無骨な若造だった。兄貴と一緒に、一、二度、海に出たことはあったが好きになれず、浜で半端仕事についていて、密猟にも少しばかり手を出していた。兄貴の手伝いをしなきゃ、悪党にならずにすんだろうに。ポーリングがいちばん年上で、やはり船乗りだったが、いつも海にいたというわけではない。あわれな連中さ。出所したと思ったらすぐに戦死してしまうなんて、まったく運が悪い」

「そのことをお伺いしたかったのです。詳しいことをご存じですか」

「いや、役には立てそうもないよ。戦争から戻ったとき、人伝てに聞いた話だから。ジェーソンならたぶん知っているだろう。あの頃、ここにいたからな」

プールは、ほんのかすかだが警視の声には軽蔑が含まれていると思った。まったく無意識のうちに出てしまったのだろう。

「聞いてみるかい?」

プールはためらった。相手に警戒心を与えたくはない。一方で、いきなり質問されたら、うっかり何かを漏らすかもしれない。どのみち、やましいところがあるのなら、すでに十分用心しているはずだ。

「ええ、お願いします」とプールは答えた。

ヴェニングは、ずんぐりした親指を呼び鈴のボタンに押し付けた。ジェーソンが現れた。プールの方を見ようとしなかったが、彼は気づかれずに相手を観察できると喜んだ。

「ジェーソン警視、弟の方のジョン・ハインドと、もうひとりの仲間のポーリングの戦死について、何か覚えているかね。詳しいことを聞いていたら教えて欲しいのだが」

内勤主任の顔には、いかなる感情もよぎらなかった。

「どちらも一九一八年に死んだとしか。ドイツ軍の猛攻撃の時分のことだと思います」

「ここの警察はそのことをどうやって知ったのだろう。書類でかね？」

「いえ、違うと思います。ペントワースから知らせが来ました。ふたりはあそこから軍隊に入ったのですが、所長は我々が知りたがるだろうと考えたのです」

「ほかには？　ただ戦死したという事実だけしか知らされなかったのかね」

「それだけです」

「プール君、何かほかに聞きたいことがあるかね」とヴェニングが尋ねた。

「近親者はどうなのでしょう？　彼らに家族がいたかどうかご存じですか」

「アルバート・ハインドには女房がいる。実際に会ったが、なかなかきちんとした女性だったよ。あんなやくざ者の女房にはとうてい見えないね。なんだか気の毒に思ったよ。ジェーソン警視、ほかに知ってるかい？」

「いえ、聞いたことはありません」

「兄弟はふたりきりですか」

「ほかにもいるとは聞いてませんね」

相変わらず、ジェーソンはプールの方に目を向けなかった。それどころか、延期になった妹の結婚式のことを訊かれてからというもの、一度もプールに話しかけようとしない。明らかにしこりが残っているのだ。

「以上で結構です。ありがとうございました」

ヴェニングがうなずき、内勤主任は部屋を出た。

「何を考えているんだ？」鋭い目でプールを睨《ね》めつけながら、ヴェニングが訊いた。

「アルバート・ハインドには協力者がいたかもしれないと考えただけです——侵入逃走やそのほかの面で」

わざと嘘をついたのは、相変わらず警察内部の線を追っていることを、ヴェニングには知られたくなかったからだ。すべては妄想かもしれないし、要らぬ悶着を引き起こしたくなかった。

「当然、その可能性はあるな」とヴェニングは言った。「ああいった常習犯は、塀のなかにいるあいだに役に立つ味方を見つけるものだ。まったくやりきれんな。たいていの連中は、多かれ少なかれ、はずみで犯罪者になってしまうもんだが、出てくるときにはありとあらゆる悪知恵を身に付けている。トラブルの半分はそのせいさ」

プールは協力に対して礼を言い、ハインドに関する記録を借りると、邪魔をされずに目を通すためタラール警部の部屋に持ち込んだ。タラールはたまたま外出していたので、部屋を独り占めできた。まず最初に、弟のジョンの風体を調べた。それは、次のように書かれていた。「年齢：一八、身長：五フィート八インチ、体重：一〇・三ストーン（約六五・四キロ）、胸囲：三〇・五インチ……。毛髪：グレイ、目：茶色、顕著な傷痕は無し、猫背、多少のども有り」。たいした手がかりにはならない。貧相な奴だ。ブロドシャー警察の誰とも似てないのは間違いない！

フランク・ポーリングはもっと想像のつきやすいタイプだった。「年齢：二七、身長：五フィート一〇インチ、体重：一三・四ストーン（約八五・一キロ）、胸囲：四〇インチ……。毛髪：黒・剛毛、口ひげ：同前・長、目：茶色、胸に入れ墨・交差した旗と女性の胸、左人差し指の第一関節欠損」。最後の特徴だけで、どこの警察でも門前払いを食うだろう。年齢もひっかかる。それに、相棒と同様、死んでいるという事実は動かしようもない。とにかく、容貌の件はこれでよしとして、次はふたりの過去だ。プールは事件初期の覚書のページを開き、読み始めた。しかし、ほどなくリース巡査が入ってきて、ヤードからまた電話がかかってきていると告げた。プールはすぐにサーストン部長と話した。

「爆弾ニュースだ。心して聞けよ」と部長の声が電話線を伝ってきた。「今朝、ペリンがウォソン＆ヴェントの営業所に行ってきた。例のハインドがブレトスクで下船したとされているティルフォード・クイーン号がロンドン港を出航したのは、十一月十日の金曜日だそうだ」

「そんなまさか《グッド・ロード》」プールは思わず叫んだ。

「同感だ。そういう罰当たりな言葉は好かんがな。つまりだ、ブレトスクの男がハインドだというのはまったくの見当違いか、十一月十三日に殺人を犯したのはハインドではなかった、そのどちらかということだ。好きなほうに賭けてみたっていいが、領事の話では、ハインド本人にまず間違いないということだ」

沈黙があり、プールはこの知らせの持つ言外の意味をよく考えてみた。事件全体が矛盾と混乱の連続のように感じられた。

「では、さらに情報が来るまでは、その男を逮捕しに誰も遣らないのですね」

「そうだ。身長体重や傷痕など、詳しい特徴を知らせるように電報で頼んである。できれば写真も送って欲しいとな。ところで、まだ言ってなかったと思うが、その男はハリスと名乗っていたそうだ。偽名なのはまず間違いない。珍しい熱病で倒れたらしいが、意識がないため訊問できないでいる。もっと情報が得られるまで、様子を見るしかあるまい」

「わかりました」

「そっちはどうだ。何か進展は？」

「何もありません。思いついたことはあるのですが、それ以上は」

「たいしたものじゃあるまい」とサーストンはにべもなく言った。事実の信奉者で、思いつきなどというものはほとんど認めていないのだ。「まあ、頑張りたまえ」

サーストンは電話を切り、プールは受話器をゆっくりと戻した。いったい、どういうことになるのだろう。頭が麻痺して働かなくなったように感じた。結局、ハインドではなかったということか。となると……。しかし、ティルフォード・クイーン号が出航したのがハインドが最後に目撃されたのとほぼ同じ頃だというのには、必ず何か意味がある。十一月十日の金曜日だって？　ジャック・ウィセルがハインドを見たのが九日の木曜日。一時間かそこら後には、ロンドン行きの列車に乗るところを見られている。きっと……

電話のベルが再び鳴った。

「プール警部ですか？」とリース巡査の声が尋ねた。「またスコットランド・ヤードからです」

カチっという音がしてサーストン部長の声が聞こえた。

「プールかね？　ブレトスクから新しく電報が来た。ハリスが意識を取り戻して、アルバート・ハインドであることを認めたそうだ。それがどんな意味を持つかは知らんが、少なくともスコールを殺したのが奴ではないことは確かだ。だが、そっちの明敏なる検視官のおかげで、とりあえず我々としては逮捕はしなければならん。今晩、奴を引き取りにペリンを送ることにする」

第二十章　ウーラムとペントワース

そうなると、アルバート・ハインドには殺人を犯せたはずがない。またひとつ、消極的な事実――消去法ではあるが、きわめて重大な事実がはっきりした。落胆しながらも、プールは、事実が確定するたびに真相解明を阻んでいた問題が、ひとつまたひとつと消えていくと思った。ハインドはスコール大尉を殺していない。よろしい。では、誰か別の人間の仕業なのだ。仕切り直しをしなくては。そのうちに障害は取り除かれ、真実が姿を現すのだ。CIDでの訓練と経験から、粘り強く消去作業を続けていけば、真実は必ず――百のうち九十九までは――現れてくることが、プールにはわかっていた。これは殺人犯は常に逮捕されて、死刑になるという意味ではない。殺人犯の正体を警察がつかめないままの事件というのは、ごくわずかしかないということだ。陪審を満足させるに十分な証拠、あるいはそれ以前に犯人を裁判にかけるに足る証拠を揃えるというのは、まったく別次元の話である。では、追跡を続けるとするか。

目下のところ、追うべき明確な路線がない。まずは、それを見つけなければ。プールは、ハインド一家の過去と昔の密猟事件にその答えを求めるつもりだった。手始めに、弟のハインドと仲間のポーリングが本当に死んでいるという確信を得たい。どうすればいいのか？　ふたりが所属していた部隊を捜すのだ。これまた、どうやって？　ペントワース刑務所の誰かが教えてくれるだろう。ジェーソンは、ふたりとも刑務所から新兵募集所へ直行したも同然だと言っていた。ひょっとして刑務所の上層部なら、どの募集所だったか知っているかもしれない。おそらくは戦時中、臨時に設けられたところだろうが、兵籍の記録を追うのが無理ということはないだろう。いざペントワースへ。

しかし、向こうへ行く前に、済ませておかなければならない仕事がある。ミセス・アルバート・ハインドに夫の逮捕を知らせなくてはならない。新聞で初めて知らされるというのでは、あんまりだ。それに、会えば何か収穫が得られるかもしれない。今は土曜の朝だ。プールは丸一日、休みをとるつもりでいた。ミセス・ハインドが住むシャセックス州ウーラムまではバスが出ていることだし、そこからロンドンまでは列車を使えばいい。今日はペントワース訪問には向いていない日だ。所長はたぶんゴルフだろう。日曜の朝の方がいい。朝の礼拝にはきっと顔を出すはずだ。それなら今日の午後は休みとするか。運がよければ明日の午後も休みにできるだろう。日曜の夜にブロドベリーに戻るか、それともロンドンに残って月曜の朝も向こうで捜査を続けるかは、成り行き次第だ。

ウーラムへの道のりは退屈だった。最近流行りの「整備された」タイプの道路で、コンクリート製の縁石に鉄柵ときている。路面は滑らかで、田舎道というよりはレース用のコースのようだ。事件をあてもなく再検討して時間をつぶしていたプールは、目的地に到着したときにはほっとした。どこに行けばミセス・ハインドに会えるかは、ヴェニングから聞いている。夫人の家は、ロンドン街道から脇に入ってすぐの、政府助成金交付の住宅が並ぶなかにあった。プールは、庭がちゃんと手入れされていて、窓のカーテンもきれいに掛かっていることに気づいた。ハインドには定期収入があったとは言えない。夫人には自分の財産があるのだろう。

ドアを開けた女性を見て、この印象が裏づけられた。ミセス・ハインドの身なりは、家同様、きちんとしたものだった。朝だし、仕事着とおぼしき服を着ているにもかかわらず、だらしないとかみっともないという感じが全然しなかった。小柄でほっそりとしており、ブロンドの髪をひたいから後ろへぴったりと梳《と》かしつけている。はつらつとしているが、顔色は青白かった。これまでの苦労を考えると、驚くほどしわが少ない。しかし、口は薄く、金縁の眼鏡の奥の目は厳しく表情に乏しかった。プールが自分が何者であるか説明すると、ミセス・ハインドは静かで穏やかな声で招き入れた。

家のインテリアを見て、庭と窓から感じた印象が確かなものとなった。立派な家具が揃い、快適な空間となっている。しかし、女性らしい華美な装飾は一切なかった。

「ミセス・ハインド、ご主人のことでお伝えすることがあってお伺いしました」とプールは言った。

落ち着き払った青い目には、相変わらずなんの感情も浮かんでいない。

「ご主人は、ブレトスクというバルト海の港で見つかりました。軽い熱病のため、向こうで入院しています」

この知らせに対してミセス・ハインドは、わずかに息をのみ、ひざの上で組んでいた痩せた手をぎゅっと握りしめただけだった。何も言わないかわりに、座ったままプールを見据えて、次の言葉を待っていた。

「告発される人物の配偶者には警告しておかなければならないのですが、話したくないことは言う必要はありません。ご存じだと思いますが、妻は夫に不利な証言を求められることはありません。また、夫と同じ警告を与えられる権利があるのです」

やっと、ミセス・ハインドが生きている人間らしい反応をした。目がきらりと光り、頰にうっすら赤みがさした。

「告発ですって?」とミセス・ハインドが叫んだ。「主人は何もしていません」

「アンソニー・スコール大尉殺害のかどで告発されます。ご主人には検視官から逮捕状が出ているのです。何もお聞きになってはいないのですか?」

「いいえ、警察から話だけは。でも、てっきり……。どうして告発が可能なのでしょうか。主人はあそこにはいなかったのに」

プールは問いかけるように相手を見た。質問をしたいのはやまやまだが、認められていない。けれども、表情だけで十分であった。

「主人は現場にはいなかったんです。あの男が殺されたときには、国内にすらいなかったのです!」

怒りのせいでからだを震わせ、ミセス・ハインドは、しばし、自分を制しきれなくなった。

「どうしてそれを知っているのですか」とプールも自制心を忘れて大声を出した。「あ、いや、答えなくて結構です。質問すべきではありませんでした」

相手は唇を嚙んだ。押し黙ったまま、憤慨してプールを見ている。

「この話は、今のところ他言しないようにお願いします」とプールは続けた。「今後もご主人のことでは、逐次、ご連絡します。何の病気かは現在まだわかっておりません。ブレトスクの領事からは、ただ熱病とだけしか聞いていないもので。入院したときは意識がありませんでしたが、今は戻って、本人であることを認めたそうです。ハリスという名前で雇われていました」

「ハリス?」

この名前を聞いて、ミセス・ハインドははっと驚いたようだ。プールは不審そうに見たが、ミセス・ハインドはそれっきり何も言わなかった。

「領事から知らされた名前ですが、さっきも申しましたように、ご主人は自分の身元を認めています。検視陪審がご主人に対して殺人の評決を下したので、検視官には逮捕状を出す義務がありました し、我々もそれを執行するよう求められているのです。移動に耐えられるまでに回復したら、イギリスへ送還されることになっています。その後、ブロドベリーで司法の手に引き渡されます。もし裁判所がご主人を有罪とする明白な論拠を立証できないと考えた場合は、もちろん、裁判所の裁量でご主人は釈放されますが」

たいていの女性なら、犯罪発生時に国外にいたとわかっていながら、その人物を殺人のかどで告発できる仕組みについて、噛みついてくるだろう。文句を言いたい気持ちを抑えられる者は皆無に近いとプールは思っていた。だがミセス・ハインドの見せた反応は、薄い唇をさらにぎゅっと結んだだけだった。一度だけ自制心を失い、言うべきではないことを口走ってしまったが、同じ過ちを二度と犯すつもりはないようだ。プールは、非常にしっかりした気性の女性と対峙していることを実感しつつあり、そのことに興味をおぼえた。けれどもそれ以上に興味をそそられるのは、先ほど彼女が口を滑らせた言葉だ。殺人が起こったときに夫が国外にいたと、どうやって知ったのか。いやそれより、そうと知りながら、なぜ隠していたのか。打ち明けていれば、今、夫にかけられている忌まわしい嫌疑を晴らすことができたのに。

　告発される人物への詰問を禁じているイギリスの「裁判官の規制」は、容疑者の妻——あるいは夫——にも適用される。だから、ミセス・ハインドには先ほどの発言を説明するよう要求はできない。だが、プールはこのことを重要な事実として心に刻み込み、何らかの方法で必ずや解明してみせると誓った。ともかく、ハインド家の全員について知り得ることをすべて調べ上げるというプールの決意は、この一件によって強まった。ハインドの関係書類の読み込みは、スコットランド・ヤードからの電話で中断されたままである。まだ、裁判の速記記録すら読んでいない。ブロドベリーに戻ったらすぐに済ませてしまおう。今のところは、ヴェニング警視とタラール警部の話だけだ。それと、ジェーソン警視からも少々。後に起きた出来事を鑑みながら事件の記録を詳しく読んだら、皆が気にも留めなかったようなことが浮かび上がってくるかもしれない。

　ミセス・ハインドに別れを告げると、プールは駅まで歩いて行き、各駅停車の鈍行列車をつかまえた。鈍行に乗るのが、この事件での宿命らしい。ロンドンに着いたらトウィッケナム（ロンドン南西部にあるラグビーの聖地）に直行できるように、サンドイッチとりんごを買い求め、往きの列車のなかで食べた。向こうで、古巣のハーレクインズが、強力なライバル、ブラックヒースと今年度の初試合を行うのを見るつもりだった。首都警察に入ったとき、昔の生活、昔の仲間とは縁を切ろうと決心したプールは、有名クラブを辞め、ラクビーをやる時間のあるときはいつでも首都警察のチームでプレーしている。しかし、今でも第一級の試合を見るのは大好きで、「ぶちかませ！　クインズ」というおなじみの叫びを聞くとわくわくした。学部生の頃は、この叫びで幾度となく超人的な力を駆り立てられ、タッチラインぎわを駆けぬけたことか。広大なスタンドの隅に押し込まれた彼は、昔の友人を大勢見かけたが、そこに加わろうとは思わなかった。だが、プールの仕事を知っている何人かの人間が彼を見つけて、忘れてはいないということを態度で示した。

こうした友人のうちふたりが、車でロンドンへ送ってくれた。友情からのたっての誘いを断りきれず、プールはバターシーにある下宿へ戻って、防虫剤の臭いがすっかり染み付いて抜けなくなってしまったタキシードに着替えると、ショーやナイトクラブをはしごして、楽しい一夜を過ごした。一軒のナイトクラブで、わざわざ自ら災難を招くようなまねをしているお堅い同僚を見かけた。ふたりの刑事は互いに気づいた素振りは見せなかったが、プールは今の自分の社会的立場を思い出させるこの男を見て、少し酔いが醒めた。それからすぐ後に、招待してくれた仲間に感謝の気持ちを込めて別れを告げ、孤独だがすっきりした気分で、床に就いた。

心身両面で切り替えを図ったのは、プールにとってよい効果をもたらした。日曜（十一月二十六日）の朝は、熱意を取り戻してペントワース刑務所へと向かった。所長のプレンダトン少佐は、姿勢のよい痩軀の男性で、髪と口ひげには白いものがまじっていた。歓迎するというよりは許可を与えるといった態度で、プールを受け入れた。副所長に礼拝を任せてサニングデールで日がな一日過ごすつもりでいたのだが、プールから昨晩入った電話の伝言を聞いたため、朝のラウンドを取りやめ、かわりに教戒師とスコットランド・ヤードの話につきあうことにしたのである。

「あの事件のことはよく覚えている。ポーリングはこれといって特徴のない、頭の鈍い男だったが、弟の方のハインドには見込みがあった。ここへ来たときはまだほんのひよっ子で、愛想がなくむっつりとして、どちらかというと脅えていたな。うちの職員にヘイリングというのがいるんだが、こいつがハインドに関心を持ってね。まあ、いわゆる父親がわりになって、かなり気骨のある若者に育てたんだ。あの子は運動をやって――ここはわりと模範的な刑務所だからね――逞しくなり、社会の一員としてやっていける理性的な青年に変わったのだ。私も、役に立てばと思って本を貸したことがある。出所したら技師の仕事に就きたいと言っていたのでね。うちの教戒師もいろいろと話をしていたが、失望していたようだな。あの子には堅い殻があって、入り込めないと嘆いていた。まったく教戒師ってのは、感じやすくて優しい気持ちさえあれば、まっすぐ天国へ行けると考えてるんだからね。でも、ヘイリングと私はあの子を気に入っていた。戦死の知らせを聞いたときは、ふたりともがっかりしたよ」

「お聞きしたかったことのひとつは、それなんです。戦死の知らせは、公式な通知でしたか。それとも個人的に聞いたんですか。あるいは書類で？　どうやってお知りになったか、教えていただけませんか」

プレンダトン少佐は椅子の背にもたれかかり、眉をひそめて考えた。

「はっきりとは覚えてないな」所長はようやく口を開いた。「ヘイリングなら、たぶん覚えているだろう」

プレンダトン少佐が所内電話の受話器を取って必要な指示を与えると、五分もしないうちに、看守の地味な制服を着た、いかつい身体つきの人物が現れた。

「おはよう、ヘイリング。こちらはＣＩＤのプール警部だ。ハインドのことで聞きたいことがあるそうだ。我々が目をかけていた、あの青年だよ。戦争が始まったころのことだ。開戦直前に来たんじゃなかったかね？　ああ、そうだと思ったよ。それで出所したらすぐに戦争へ行ってしまった。あの子を覚えているかね」

「そりゃもう何もかも。あいつは見込みのある若者でした。あのままいけば、立派な軍人になっていたでしょう。ドイツ軍にやられなければ……。技師になりたがってましたが、軍こそ奴にふさわしい場所だと、私は常々思っていました。戦時だろうと、平時だろうと関係なく。ハインドに必要なのは規律でした。自分で考えたり行動したりする機会を、あまり与えないことが肝心だったのです。悪い仲間のせいでつまずいたわけですが、どうせまた同じことを繰り返したでしょう。社会に対する不満がどうのこうのと言って。連中は何かというとすぐそれですから。兄貴の方は死刑宣告を受けて、その後、終身刑に変わったんです。そういえば、この間、出所したっていう……」

ヘイリングは言葉を切り、プールを見た。

「その件でいらしたんですか。思い出しましたよ。あの男が、またやらかしたんでしたね。確か、ブロドシャーの州警察本部長の一件じゃありませんでしたか」

「その容疑がかけられています。実際、検視官から逮捕状も出ています。おっしゃる通り、弟についてお訊きしているのは、その事件に関係してのことです」

ヘイリングは興味のまなざしでプールを見たが、もちろん、上司の手前、好奇心を抑えるように気をつけていた。

「プール警部は、ハインドが死んだという知らせが、どうやって来たか知りたいそうだ」とプレンダトン少佐が言った。「公式な通知だったかね。それとも個人的に？」

「それ以前のことからお聞かせ願えませんか」プールは話をさえぎった。「ハインドとポーリングの入っていた連隊をヘイリングさんがご存じなら、連隊記録局を当たって、ふたりに起こったことを突き止められるかもしれません」

「何でも聞いてください。私があいつらを軍に入れたようなものですから。ふたりは同じ日に出所しました。あれは見物《みもの》でしたよね、所長」ヘイリングは、今度は所長の方を向いた。「年下のハインドが、ポーリングを引っ張って行くような格好でした。出所するなら一緒に、と決めていたようでしたよ。ポーリングのほうはしょっちゅう面倒を起こしていました。意図してやったというより、怠け心からつい、という感じで。いつもハインドのいうことを聞いて反省しているみたいでした。こっちも奴がハインドに感化されつつあると気づいてからは、ハインドに任せるようにしました。もちろん、なかには厳密に言うと規則どおりじゃないこともありましたが……。その、おわかりでしょう、ときには知らぬふりをするのも効果がありますから」

プレンダトン少佐はうなずいた。

「ハインドが騒ぎを起こしたのは、たった一度、ポーリングが一週間の減免を得られなかった後のことです。それでハインドの方もだめになりました。相棒と一緒に残るためにわざとやったんじゃないかと、今でも思っています。とにかく、一時が万事、そんな調子でしたよ。ふたりは一緒に出所して、私がそのまま新兵募集所へ連れていき、宣誓入隊するのを見届けました。そのときですら、私はハインドを全面的には信用していませんでした。そりゃ、いったん任務に就けば、優れた軍人になれるのはわかっていました。戦時中なら特に。生きて帰ってきたら軍に残って欲しいと思っていました。でも私が入隊を見届けなかったら、こっそり逃げだして、良心的兵役忌避者ってのになっていたでしょう。もっとひどい人間になったかもしれません。たんに『社会』に仕返しするというだけのことでね。あいつの性格にはどこかねじくれたところがありました。素晴らしく優秀な兵士になれると見込んだのも、そのためです」

「それで、ハインドが入ったのはどの連隊か、覚えてらっしゃいますか」とプールは尋ねた。

「ええ、もちろん。ロンドン・フュージリア連隊ですよ。この辺りの連中はみんなそこに入ったものです。大柄な男たちのなかには、近衛師団入りを夢見ていた者もおりましたがね。フュージリア連隊は自前の募集所を、このペントワースに構えていました。そこで、私はあのふたりをまっすぐそこへ連れていったのです。近衛歩兵連隊にはふさわしくないと思ったもので——身体の大きさには問題なかったんですけどね」ヘイリングはにやりとして付け加えた。

「身体の大きさですって？　ブロドシャーの記録によると、ジョン・ハインドは五フィート八インチしかありませんが」

ヘイリングはしばらく考えた。

「あの戦争で近衛師団の身長制限がどうだったか、正確な数字はちょっと……。なにしろ、一九一七年にソンムとイープルでズタズタにやられたものだから、それ以降は、少し下げたんじゃないでしょうか。それはともかくとして、ハインドの身長ということでしたら、五フィート八インチよりは高かったですよ。警部さんの数字は間違ってますね」

プールは手帳を取り出し、ページをめくった。

「ああ、ちょっと待ってください」とヘイリングが言った。「そちらの記録は、逮捕されたときに計ったものでしたか。でしたら、当時はほんのひよっ子でしたよ。あいつが来たときのことを覚えていますが、ひょろっとして、まだ成長の途中でした。四年の間にいろいろやらせて、一人前の男に仕立ててあげたんです」

年老いた看守の声には、まぎれもなく誇りと喜びの気持ちが滲み出ていた。それは、患者を語る医者、生徒を語る校長のようであった。

「身長など、出所時の記録はあるんですか」プールが尋ねた。

「もちろんです」

ヘイリングは指示を仰ぐように、上司を見た。

「ああ、取ってきてくれ。ふたつの数字を比べてみたら面白いだろう」

ヘイリングは十五分近く席をはずした。その間、プールはプレンダトン少佐に事件の詳細を話し、自分が現在、追っている線を説明した。今のところ、自分の狙いが所長からほかに漏れては困るので、ヘイリングが戻ってきたのを機に話を切り上げた。

「これです。『ジョン・ハインド――一九一七年十一月五日出所。減免は一週間未満……。年齢：二二歳七ヶ月、身長：五フィート一〇インチ、体重：一二・四ストーン（約七八・七キロ）、胸囲：三六インチ、毛髪：褐色、姿勢よし、左手首の内側に顕著な傷痕あり』」

ヘイリングから手渡された書類を見て、プールは徐々に興奮してきた。そこに書かれていたのは、一九一三年に逮捕されたジョン・ハインドとはまるっきり別人の記録だった。プールは自分の手帳を開くと、ブロドシャーの関係書類から書き留めた数字と、刑務所での記録を比べた。

「まず、身長が二インチ伸びています。もちろん、ことさら驚くことではありません。ブロドシャーで計ったときは、まだ十八でしたからね。胸囲が五インチ半増えている。これは、ちょっとしたものですね。それから、どもりがなくなって、猫背も解消されている。髪の色も変わって、濃くなっている。まあ、よくあることですが」

「おっしゃる通りです。もっと濃くなったでしょう」とヘイリングが言った。「もし生きていれば、今ごろはほとんど黒かもしれません」

プールはうなずいた。

「顕著な傷痕は無し——さて、ここが違ってますね。今のはブロドシャーの記録ですが、そちらの記録では左手首に傷があるとなっている」

プールが教えて欲しいという顔でヘイリングを見ると、相手は思案中といった様子で頭を掻いていたが、やがて晴れやかな顔になった。

「ああ、思い出しました。ここに来る途中でつけた傷です。ある事情があって手錠を片方外したんですが、看守がまたはめようとしたときにハインドが暴れましてね。奴が脱走するつもりだと思った看守は手錠を激しく打ちつけ、肉をはさんでしまった。で、ひどい話ですが、肉がちょっとえぐれてしまったんです。そういえば、しばらく手首に包帯をまいてましたよ。傷痕は消えませんでした」

プールは考え込みながら、うなずいた。もし弟が生きていたとしたら、今聞いた特徴からずいぶんまた変わっていたに違いない。傷の件は、正体を突き止める上で大事な手がかりになっただろうに。そのほかは、役に立たない特徴だ。どこの警察でも、半数の人間が当てはまるだろう。ブロドシャー州警察だけを考えても、タラール警部しかり、パリー警部しかり、バニスター巡査部長しかり。みんな褐色の髪で、姿勢がよく、年齢も背格好も似たようなものだ。十六年も経っているのだから、どんな姿になっていたとしても驚くにあたらない。戦争や激務がもたらした変化は言うに及ばずだ。しかし、ジョン・ハインドは死亡したのだ——少なくともそう言われている。この話が真実かどうかを明らかにするのが、プールの目下の仕事だ。

第二十一章　老兵は語る

「そして、その後、戦死したのですね？」

「そう聞いている」とペントワースの刑務所長は言った。「ヘイリング、そのへんはどうなのかね。どのように知らせを受けとったのだ？」

「公式通知が来ました。あのふたりの若者は……いや、ポーリングはもう若者という年じゃなかったですね。確か、三十を越えてましたから。でも、ハインドはまだ若かった……。おっと、横道にそれてしまいました。さっき言いかけたのは、ふたりは偽名で入隊したということです。新兵募集所に行く道すがら、ふたりでそのことをじっくり話し合っていました。私は思い止まらせようとしましたよ。入隊というのは誇るべき行為で、刑務所にいたという汚点を晴らして名前をきれいにしてくれるのだと言ったのですが、ハインドは聞く耳を持ちませんでした。想像ですが、心の奥に何か企んでいることがあったのでしょう。そういうときの奴は、愚かしいほどに頑固でした。ポーリングはピーターズと名乗り、ハインドはハリスにしました」

「えっ？　いや、失礼しました。例の男が船に雇われたときに使った名前と同じだったものですから。家族の者はその偽名を間違いなく知っていたようですね。偶然とは考えにくい」

　プレンダトン少佐はうなずいた。ヘイリングは煙にまかれたような顔をしたが、プールは説明しなかった。

「すみません、ヘイリングさん、話の腰を折ってしまって」

「募集所にふたりを連れていった、というところまではお話ししましたよね」わずかにむっとした口調で、ヘイリングは続けた。「ロンドン・フュージリア連隊に志願し、宣誓入隊を済ませると、そのまま新兵訓練へ行ってしまいました。会いたい友人も身内もいないことだし、すぐに仕事につきたいと言って。私はふたりに別れを告げ、幸運を祈る言葉を贈り、忠告を二、三、与えました。あいつら、そんな忠告はこれっぽっちも聞く気などなかったと思いますがね。大陸遠征軍《オールド・コンテンプチブル》が一四年に新しく陸軍大臣となったキッチナー卿を歯牙にもかけなかったようにね。それから一度も会わないうちに、一八年の春、三月か四月に、ふたりとも戦死したという手紙が陸軍省から来たのです。所長、ウォーカー氏が見せてくれたんです。私がハインドを気にかけていたことをご存じでしたから」

　所長がうなずき、ヘイリングは話を続けた。

「陸軍省によると、ふたりが届け出ていた近親者の住所を調べたところ、どちらも存在しなかったという話でした。そのため、この刑務所から来たということで、こちらに知らせたそうです」

「それからブロドシャーに回したんだったな。思い出したよ」とプレンダトン少佐が言った。「ということで、警部、知らせは公式のものだった。これで質問に答えたことになるかな」

　そう思われたが、プールはすんなりと納得するつもりはなかった。

「陸軍省にも、一応、当たったほうがよさそうですね。あちらでの情報源等をきちんと確認しておきたいので」

「なるほど。念には念をというわけか。さすがだな。しかしそれなら、連隊記録局に直接、行ったほうがいい。あそこは今、細かい事柄まですべて集めてるところだ。陸軍省じゃどれも厚いほこりをかぶったままになっているのがおちだ」

「どうもありがとうございます。そうしてみます」

プールは暇を告げようと立ち上がった。

「ちょっとよろしいでしょうか」とヘイリングが言った。「一七年にロンドン・フュージリア連隊の徴募官をしていた男を知っているんですが、警部さんのお役に立てるかもしれません。古い友人です。私が自分であのふたりを連れて行ったのには、それもあったんです。ここにいたことで問題が起きないようにしたかったもので。そいつはちゃんと将校に説明してくれました。ふたりがどこから来たのか書きとめたに違いありません。だから陸軍省はここに知らせをよこしたのです。友人は、ここからそう遠くないところに住んでいます。ペキントン通りで大衆食堂をやってるんです。どうでしょうか、所長、食事に出ても構わなければ、礼拝の後に警部さんをお連れしてボウルズにご紹介しますが」

「ぜひ、そうしたまえ。さて、プール君、そろそろ礼拝なので失礼するよ。無事、事件が解決することを願っている。結果は教えてもらえるね」

プールは所長に礼を言って、辞去した。ヘイリングのはからいで刑務所の礼拝に列席した彼は、参加者たちのタイプや表情を興味をもって眺めた。礼拝に出るのは自由意志なのだが、囚人の半数近くが出席していた。もちろん、暇つぶしに来た連中もいるだろうが、表情から察すると、心から喜んで参加している者もいるようだ。プールにとって、自分の仕事の終着点をこうして目にするのは初めてだった。それは、哀しくもあり、興味深くもあった。活気の失せたあきらめ顔がほとんどだったが、なかには、出所したら新しい人生が待っているという希望を抱いているように見える受刑者もいた。

礼拝が終わるとすぐ、ヘイリングは平服に着替えに自分の部屋へ行った。その間プールは、ヘイリングの同僚の何人かと言葉を交わした。古参の職員はハインドのことを覚えていたが、ヘイリングがすでに話してくれた以上のことは、何も知らなかった。ヘイリングが戻ったので、ふたりでペキントン通りへ向かった。

元中隊付き曹長、フレッド・ボウルズの大衆食堂は、こぢんまりとしているが居心地のよい店で、にぎやかな大通りに面していた。大理石の天板のテーブルが六脚、一方の壁に寄せて置かれてあり、それより小振りのテーブルが二、三脚、その合間に配されている。カウンターは巨額の富を生み出す源には見えなかったけれど、陽気なボウルズ氏は羽振りがよさそうだった。早めに昼食をとる者たちが入ってきたが、ボウルズ氏はあと十五分ぐらいは店をふたりの娘――どちらも黒い目をした美人で、目当ての客もずいぶんいるに違いない――に任せても大丈夫だと思い、古くからの友人のジョー・ヘイリングとその若い友人の話に、個室でしばしつきあうことにした。

ヘイリングは、客に声の届かないところに来るまで、若い友人の職務上の身分を明かさなかった。それを聞かされたとき、ボウルズはしかるべき感銘を受け、興味を示した。ヘイリングにちょいと記憶をつつかれて、かつての徴募官は一九一七年に来たふたりの元囚人の件を、なんとか思い出すことができた。それから記憶をたぐる作業に熱が入って、ふたりの入隊とその後の出来事について徐々に思い出し、見事な記憶力を披露してくれた。

「もうすっかり思い出したよ」ボウルズは怪しげなシェリー酒をすすりながら言い、客にも試飲を迫った。「ジョー、おまえさんの頼みじゃなかったら、あんなにすんなりと連中を入れてやったかどうだか。うちの連隊はよりすぐりで、名を汚すようなまねはできなかったからな。ひょこり現れたならず者をみんな採ってたわけじゃない。そうだ、ふたりとも、なかなかでかかったな。それにしても、あんたのために近衛歩兵第二連隊に回しときゃよかったよ。そうすりゃ、あちらさんも大喜びしただろうに」

「なに言ってるんだ」その高名な連隊に兄弟がいるヘイリングは、くっくっと笑った。昔っからこいつは悪ふざけが好きなんだから。「それからどうした。ふたりを採ったことで点数稼ぎができて嬉しかったろ」

「点数稼ぎだと！　まったく、なんにもわかっちゃいないんだから。まあその年じゃ、何を教わったっていまさらだけどな。で、あいつらのことだが、思い出したよ。特にピーターズ、つまり、ポーリングの方を。ジョー、俺が一八年の初めにあの徴募の仕事から訓練所に移ったのを覚えてるかい。ドイツ軍の攻撃に備えて採っていた新入り全員を仕込む手助けに行ったんだ。もちろん、奴らが攻めてくるのはわかってた。俺とロバートソン参謀総長にはな。あの頃は経験を積んだ下士官が不足していた。負傷した連中のほとんどはフランスに戻らなくちゃならなかったしな。だから俺のような古株が訓練を引き受けたっていうんで、ありがたがられたよ。ドイツ軍が攻撃を仕掛けてくると、戦力不足を補うためにでかい分遣隊が送りこまれたんだが、俺もみんなと一緒だった。味方が窮地に陥っているとヘイグ元帥がおっしゃるからには、このフレッド・ボウルズを止めることはできない。元帥の助太刀に、馳せ参じたってわけさ」

「ああ、フレッド、そうだったな。忘れかけてた」

「そりゃ、忘れるだろうよ。五・九インチ砲の飛んで来ない壁のなかで、楽ちんな仕事をして、いまいましい兵役忌避者どもをもてなしてたんだからな」

ボウルズの声には皮肉っぽい響きがあった。元軍人のなかには、警察と刑務所の兵役免除の問題に対して、快く思っていない者もいる。

「若いもんはかわいそうだったよ」長くは愚痴をこぼしていられない性質《たち》のボウルズは続けた。「訓練もそこそこにフランスに送り込まれてね。ほとんどの連中が小銃を撃ったこともなかった。大半がまだ子供か、さもなきゃ、家に妻子を残してきた年寄りだった。行進のときに連中を見るのは辛かったよ。もちろん、おまえさんの言ったふたりは大丈夫だったがね。年も問題なかったし、家族も友達もいなかった――少なくともあいつらの話ではな。忙しく身体を動かしたくてうずうずしていた。まあ、到着する何時間も前から、もうてんやわんやだったがな。ベースキャンプは烏合の衆だった。男どもがうじゃうじゃいて、士官や下士官はほとんどいなかった。分遣隊を前線に送り込むために、鉄道が総動員されてたが、たいていの連中は行き先すら聞かされてなかったと思う。俺は運がよかったよ。わが第十五歩兵大隊は、アルベールの手前で百名あまりの分遣隊と合流できたからな。ちょうどドイツ野郎の大攻撃に間にあったってわけさ。がんがんぶっ放してやったよ。一ヤードたりとも塹壕を譲らなかった。右手にいた連中が撤退したんで、こっちもそうせざるを得なかったが、それまでずっと粘ったんだ。中隊長の言葉を思い出すなぁ……ソロモン大尉か……立派なお方だった。まあ、女房は大勢いたかもしれんが……あの話は……」

ボウルズが戦時中の追憶にうっとり浸ってしまったのを見て、プールは役に立つ情報を聞きだせないまま仕事に戻られてしまうかもしれないと心配になった。

「お話し中すみません。ふたりは、その、ハインドとポーリングは、そのとき一緒でしたか」

ボウルズは若い刑事を見つめた。話の腰を折られて、不機嫌になっている。

「これからその話になるところだ」ボウルズはけんか腰で言った。「まずは背景を説明せんとな。ポーリングとは一緒だった。俺は初め小隊の軍曹だった。それから中隊付き曹長が地雷で吹っ飛ばされちまったんで、空いたところに昇進したってわけだ。それ以来、地雷が爆発するたびに、自信めいたものを感じたよ。同じ戦場で、しかも同じ中隊の曹長が、ふたりとも地雷でバラバラに吹き飛ばされるなんて、自然の摂理に反する、確率からいったって起こるわきゃないと自分に言い聞かせていたからさ。そういえば……。ああ、そうだった、ピーターズ——ポーリング——のことだったな。うむ、奴はすぐにやられちまった。こっちがアルベールの後方にいて、ドイツ野郎がまた仕掛けてきたときのことだ。奴らはソンムの戦場の先に大量の物資を送ることができなかった。バポームを抜ける道は一本しかなかったが、そいつはこっちの空軍が完全に掌握していたからな。だが連中ときたら、あのいまいましい軽量迫撃砲をしこたま持ってきやがった。それに、そいつを使うのも滅法うまくてな。信じられないだろうが、あわれなピーターズに番が来て射撃台へ昇ったとき、連中は奴の上に一発ぶちこんだんだ」

元中隊付き曹長は、まるでそれが狙いすました一撃であるかのように話した。塹壕戦ということなら、もちろんそうだったのだろう。

「俺はそのとき、たまたま隣の壕にいてね。『ピーターズがやられた』って知らされたんで見にいったら、血まみれでぐちゃぐちゃになったあいつがいたよ。残った身体を担架に載っけて、載せられそうもない部分は砂袋に入れ、日が落ちて戻れるようになるまで奴を脇に除けといた。もちろん、あのころはまだ連絡壕はなかった。ああ、あんたら、どっちも連絡壕なんて知らんだろう。見たって、そうとはわかるまい。こちらさんは若すぎるし、そっちは年を取り過ぎてる」

ヘイリングは顔を赤くした。戦争の話となると、こいつは本当にしゃくにさわる奴になる。なんといっても、刑務所から経験者をすっかりなくしてしまうわけにはいかなかったのだ。誰かが残らなければならなかった。

「ハインドはどうしましたか。つまりハリスの方です」

「ハリスは一緒じゃなかった。壊滅状態の他の部隊へ送られる途中の四、五十人の大きな分遣隊とすれ違ったんだが、ハリスはそいつらに加わったんだ。それが奴を見た最後だ。ハリスだけじゃなくほかの連中ともそれっきりさ。ソンムのどこかで全滅しちまった。一ヶ月ぐらいしてから、俺たちがアラスの北にあった戦線の後方で立て直しを図っていると、連中のうち六人ほどが姿を現した。そのころになると、事態を収拾して兵士たちを本来の部隊へ送り返す余裕ができていた。俺たちのところにも、タモシャンターをかぶった連中がひと組戻ってきた。ほら、例の小さなベレー帽だよ。スコットランドの連隊で、ときどきかぶっているのがいただろう。ロンドンの連中がからかうと怒ってたな。とにかく、俺が言おうとしてたのは……。ああ、何だね？」

ドアが開き、黒い目の娘のひとりが顔をのぞかせた。

「パパ、またヒンクスの奴が来てるの。相手しなくちゃいけない？　もう二回もつけをためてるんだから。あんな奴にこれ以上、掛け売り《クレジット》を許しちゃだめよ」

「クレジットじゃなくてティックだ。家では学校の言葉を使うんじゃない。ヒンクスは追っ払いなさい。俺が出ていくと言えばいい。それでも動じないようなら、ここに警官がいると言いなさい。有無を言わさずペントワースにぶちこんでやることもできるんだとね」

娘はうなずき、プールをちらりと見て出て行った。

「さっきも言ったようにハリスとはそれっきりだったが、奴の仲間の話じゃ、ものすごい活躍をしたそうだ。機関銃を使ってひとりでドイツ野郎を皆殺しにしたらしい。部隊長は勲章か何かを申請するつもりだと言っていた。ところが、そのすぐ後に連中自身もやられちまったのさ。ドイツ野郎に取り囲まれて、ほんのわずかしか逃げられなかった。ハリスは殺され、大勢が捕虜になった」

「ハリスが殺されたというのは確かですか。捕虜になったのかもしれませんよね」

「そりゃそうだが、警部さん、実際は違ったんだよ。連中は一、二週間後に反撃をしかけて村を奪回したんだが、そこでまだ埋められていない仲間を見つけた。ドイツ野郎のものもたくさんあった。敵も浮かれてばかりいたわけじゃなかったんだな」

「それで、遺体の身元確認はできたのですか」

「あんたたちが言ってる身元確認とは、おそらく違うが。なにしろハエやネズミがたかってたんでね。でも、認識票や給与支払簿があったんで、誰かということはなんとかわかった。遺体は決まりどおり埋めたよ。ハリスもそのなかにいた。なんで知ってるかって？　そりゃ当然さ、関心があったからな。あのふたりの若者のことは残念だったな、ジョー。おまえさん、仲がよかったんだろ」

元中隊付き曹長ボウルズ氏から聞けることは、これで全部だったが、プールが期待していたよりずっと実りのある会話だった。もちろん、確実な話ではない。生存者が人違いされるということはあり得るし、ボウルズの記憶も想像で膨らんでいるかもしれない。なにしろ十五年も前のことだ。公式記録も当たったほうがいいが、日曜日には無理だ。プールにとって都合のよいことに、ロンドンにもう一泊する立派な口実ができた。プールは心からの感謝を込めてヘイリングと元中隊付き曹長ボウルズ氏に別れを告げると、宿に戻って着古した服に着替え、残りの昼間をリッチモンド・パークで過ごした。その後、セント・マーティン・イン・ザ・フィールズ教会で夕方の礼拝に顔を出した。

翌朝、トラファルガー広場の裏にあるロンドン・フュージリア連隊の記録局まで足を運んだ。有能な准尉がハリスとピーターズの記録をすぐに捜しだしてくれ、プールはすでに聞いていたことの確証を得た。ハリスの場合、最初の報告書には「行方不明。死亡したと思われる」と書かれていた。しかし、遺体の回収にともない「死亡」に変更されていた。どちらの場合も近親者に通知が行ったが、両方とも戻ってきている。名前も住所もでたらめだったのだ。ふたりはペントワースから来たことになっていたため、通知はそちらの上層部に届いた。

プールはおおむね納得して、記録局を出た。だが、完全に、ではなかった。どちらの場合も、わずかに疑わしい部分が残っている。ポーリングは吹き飛ばされてばらばらになった。しかし、途方もない考えだが、人違いということもあり得なくはない。ハインドの場合は、奴だと推定された遺体が発見されたが、実際に目視で確認されたわけではない。悲惨な状態だったのでそれは無理であった。ハインドは、通常行われていた方法、つまり認識票と給与支払簿で、身元が確認された。ほかに身元不明の遺体はないし、ハインドあるいはハリスもその後見つかっていないから、というわけである。

第二十二章　ウーラム再訪

ジョン・ハインドの入隊と死の物語を聞くうち、とりわけ意味深いこととしてプールの注意を引いたのは、ハリスという偽名が、十六年後に兄がティルフォード・クイーン号に雇われたときに使った偽名と同じものである、という事実であった。ハリスはごくありふれた名前である。しかし、兄弟が同じ名を選んだのには、偶然以上の何かがあるはずだ。アルバート・ハインドは想像力に乏しいタイプの人間だ。名前をでっちあげることになったときに、ほかの名は即座に思いつかなかったのだろう。自分の弟が使っていた偽名だということすら、忘れてしまっていたのかもしれない。無意識のうちに浮かんだということも考えられる。いずれにせよ、アルバート・ハインドは、そしておそらくその妻も、ジョンが入隊のときに使った名前を知っていたということになりそうだ。いつ、どうやってその死を聞いたのかを探ってみる価値はある。この質問は、アルバート・ハインドの罪の決定には関係ないことだから、ミセス・ハインドに訊いても差し支えないだろう。

月曜の午前中の残りは、スコットランド・ヤードでサーストン部長と事件の検討に費やし、プールがウーラムに到着したときは、午後もかなりおそい時間になっていた。ミセス・ハインドは驚きや警戒をとくに見せることなく彼を迎え入れたが、プールは夫の病状について彼女が尋ねようともしないことに気づいた。相変わらず口はしっかり閉ざしたままである。

「今日は、ご主人とは直接関係のないことを伺いにまいりました。ご主人には、当時一緒に有罪となったジョン・ハインドという弟がいますが、もちろん、ご存じですね」

「ええ」ミセス・ハインドは穏やかに答えた。話題が変わっても気は休まらないとばかりに、その態度にさらなる緊張が加わった、とプールは思った。

「ペントワースを出所したときに軍隊に入り、戦争に行ったこともご存じですね」

ミセス・ハインドは返事をしなかったが、プールをしっかりと見据えていた。

「それから、戦死したことも？」

プールは言葉を切った。相手が返答を待っているのを見て、ミセス・ハインドはさきほどと同じようにそっけなく答えた。

「ええ」

「どうやって知りましたか？」

「普通にですわ——身内を亡くしたほかの人たちと同じです」

「なるほど、陸軍省から通知が来たのですね」

「ええ」

「宛先はあなたでしたか？　それともご主人？」

「私宛です。主人は刑務所にいましたから」

「すると、義理の弟さんはあなたを近親者として届け出ていたんですね」

ミセス・ハインドは、一瞬、答えに詰まった。

「そのはずだと思います。とにかく、手紙が来たのです」

面白い。やはり記録局が間違えたのかもしれない。

「宛名はどうなっていましたか?」

即座に、狼狽の色が目に現れた。その表情から、プールはかなりのことを読み取った。ミセス・ハインドを不安にさせる何かがこの点にあるのだ。そしてまた、実に鋭い知性を持つ女性と対峙していることもわかった。狼狽の色は、プールが質問をしたその瞬間に、ぱっと目に浮かんだ。

「宛名ですか? もちろん、私の名前です」

「義理の姉として、ということですか」

「質問の意味がわかりませんが」

「ミセス・ハインド、あなたが義理の姉として連絡を受けるというのは妙じゃありませんか。なにしろ弟さんの名は……ところで、弟さんはなんと呼ばれていましたか?」

もはや、その顔に浮かんだ表情はとり違えようがない。ミセス・ハインドは恐れていた。彼女は当惑したようにしばし黙り込んだ。沈黙が続き、気まずい雰囲気になりかけたところで、ミセス・ハインドはなんとか自制心を取り戻した。そして心を決めた。

「そういうことですか。ジョンは入隊したときに偽名を使いました。軍で問題にされることを心配していたのです。ハリスという名前でした」

「ティルフォード・クイーン号で働くに当たって、ご主人が使った名前と同じですね」

「ええ」ミセス・ハインドは低い声で言った。

「そして、陸軍省からジョン・ハリスの死亡通知を受け取ったと？」

「ええ」

プールは興味を持ってミセス・ハインドを観察しながら、しばらく黙っていた。見かけどおり、これは明らかな嘘なのか？　それともどこかに落とし穴があるのか？

「なぜこのような質問をしたかと申しますと、ジョン・ハリスが届け出ていた近親者は、名前も住所も架空のものであったと陸軍省で言われたからなのです。通知が戻ってきてしまったそうです」

もう間違いない。この意志の強い女性は、恐れているのだ。相変わらず身動きひとつしていない。口も手も抑えている。しかし、目に宿った恐怖の色を隠すことはできなかった。

ただ、何を恐れているのか、それがプールにはわからなかった。ミセス・ハインドは、嘘を見破られたことを知っている。しかし、その嘘でなぜ恐慌をきたしているのかは、不明だ。脅威を感じているのは、嘘そのものというより、嘘をついていると見破られたことにあるのかもしれない。それは、彼女が何かを隠していることを示している。少なくとも、プールにはそう思えた。そして、ハインド家の過去を断固、徹底的に洗いだしてやるという思いを強くした。嘘ということでは、ミセス・ハインドがジョン・ハリスの死を知ったのは、陸軍省経由でないことは明白だ。では、誰から聞いたのか？　明らかにペントワース刑務所ではない。そうであれば、昨日、教えてくれたはずだ。警察かもしれない。ブロドシャーかシャセックスのどちらかの。しかし、とてもあり得ないことに思われた。戦争の犠牲者を知らせるのは警察の仕事ではない。あとで確認してみるが、さしあたって警察でないと仮定すると、ほかに誰が考えられるだろう？　歩兵大隊にいた士官か？　戦友か？　だがどちらも考えにくい。ハインドがハリスという名を使って正体を隠し通す気でいたのは間違いないからだ。

ほかにもうひとつだけ可能性がある。ハインドが死亡したこと――というか死亡が推定されたこと――を知らせたのは、本人ではないのか。知り得た事実から判断すると、ジョン・ハインドが死者と身元をすり替えたというのは、十分考えられる。どうやってやりおおせたかは見当もつかないが、ハリスの遺体の身元確認は、顔ではなく認識票と給与支払簿で行われている。死とそれにともなう惨禍により変わり果ててしまった顔は、十日もたった後では判別できなかったのだ。だが、もしハインドがすり替えに成功したとして、その後はどうなったのだろう？　そして今の姿は？　興味をそそられる難問だ。ほとんど根拠がないといっていい。だが、この線には追うだけの価値のある可能性が、十分にある。

こうした考えが、ミセス・ハインドと別れた後、プールの心に浮かんでは消えた。ミセス・ハインドは、通知に関する謎を説明してはくれなかった。プールの最後の質問への反応は、最初は口を閉ざしたままだったが、やがて、答えたくなければ質問に答える必要はないとプールが前に言ったではないかと、不機嫌そうに言い放った。そして、プールが自分をどんな窮地に追い込もうとしているかわからない、誰かに助言をもらうまではこれ以上何も言う気はないと宣言した。賢明なプールは、そのくらいにしておこうと考えた。自分の立場がどうなのか、ミセス・ハインドへの追及はどの程度まで許されるのか、確信が持てなかった。プールの質問はジョン・ハインドに関するものだったが、どんな答えでも兄のアルバートに関係がある可能性が考えられる。当のアルバートは殺人の罪で告発される寸前であり、その妻に夫の有罪につながるようなことは強要できない。今はこのまま彼女を放っておいたほうがよい。今回会ったことで、重要なことがひとつわかったのだ――

ミセス・ハインドは何かを隠しており、恐れているということを。

ミセス・ハインドは何を恐れているのだろう。それに対して、どんな手を打つのだろうか。恐れを抱いている者の反応というのは、刑事の仕事のうちでもっとも有益な情報源のひとつである。平常心を取り戻すまでの間に——その長さには個人差があるが——どのような行動をとるか。ひどく恐れている相手を、できるならば相手に知られないかたちで観察するというのは、常套手段である。ミセス・ハインドをそのままにしておいたのには、そうした狙いもあった。平静さを取り戻す前に行動を起こさせようというわけだ。

プールはハインドの家を出て、町に向かって歩いていった。すでに日が暮れかけている。それほど進まないうちに道の反対側の角に暗がりを見つけた。そこからならミセス・ハインドの家を、まず見つかることなく監視できる。長くは待たされなかった。プールが去ってから十分とたたないうちに、女性の姿が家の裏手から現れた。裏口から出てきたらしい。向きを変え、プールと同じように町へと歩き出した。襟の立ったコートを羽織り、顔がほとんど隠れるほど帽子を目深に被っていたが、薄闇のなかでもプールには、その女性が間違いなくミセス・アルバート・ハインドであるとわかった。どこに行くつもりだろうか。たんなる買い物か、友達とお茶でも飲むのかもしれない。一瞬、プールは留守を利用して家を調べたい誘惑に駆られた。しかし、令状なしに踏み込むのは違法行為だ。万が一、見つかったら面倒な事態に追い込まれる。それに、いまだ恐怖に駆られて行動していると思われるミセス・ハインドを追うほうが、真に有益な情報が得られる可能性が高い。

後をつけるのは、たいして難しくなかった。相手は駅に向かっており、一度も後ろを振り向かなかった。たとえ尾行を疑っていたとしても、ミセス・ハインドは神経質に振り返ることで本心を明かすようなタイプの女性ではないとプールは思った。そうではなく、違う目的に見せかけようとするだろう。ミセス・ハインドは駅に着くと、「上り」ホームへと続く地下道にまっすぐ入った。これは困ったことになりそうだ。後について地下道に飛び込めば、ミセス・ハインドが角を曲がったところで何気なく時刻表を見ているかもしれない。そうなったら見つかってしまう。プールは地下道をあきらめ、「下り」ホームに行って新聞を買い、地下道から「上り」ホームに出る階段の最上部が見える位置のベンチに座った。

数分が過ぎたが、ミセス・ハインドは姿を見せなかった。プールはポーターを呼び、次の「上り」列車の時間を尋ねた。

「五時二十七分になりますね。四時五十分発がついさきほど出たところですから」

プールは時計をちらりと見た。五時五分前である。ミセス・ハインドが四時五十分発に乗るつもりだったはずはないだろう。少しも急いでいる様子ではなかった。

「あの地下道は上りホーム以外にもどこかに通じているのかい?」

「ええ、そうです。まっすぐ抜けられます。ロンドン街道から来た人は、町への近道としてよく利用してますよ」

プールは賢く立ち回ろうと考えすぎた自分を呪った。今や、ミセス・ハインドを見失ってしまった。この五分は取り返しがつかない。どこへ行ってしまったとしても不思議ではない。チャンスがひとつだけ残っていた。町の地理にあまり詳しくないプールは、再びポーターに助けを求めた。

「あの地下道を行けば、ブロドベリー行きのバスが出ているところへ抜けられるかい?」

「その通りです。ブルー・ラインのバスがケンジントン広場から出ています。五分で行けますよ」

プールはバスでブロドベリーへ戻るつもりだった。ポケットに入れておいた時刻表で、ウーラムを五時五分に出発するバスがあることは確かめてある。ミセス・ハインドも同じバスを目指している可能性はあるだろうか。プールが車で来たと考えているかもしれない。最近では警察は皆そうしていると思われている。人に見られたくないのであればバスに乗るのは危険な行為だが、あまりに動転して危険を冒すところまで追いつめられているかもしれない。プールは慎重にケンジントン広場に近づくことにした。もし、彼女がそのバスに乗るつもりでいるのなら、見つかりたくはない。

地下道を使ってバス停まで行く道は、狭い路地の連続だった。すでに街路灯がともっている広場にぶつかる直前に、プールは足を止め、とある家の角から目を凝らした。芝居の探偵にでもなった気分だ。ブルー・ラインのバスがすでに停留していた。広場にも、ほとんど人の乗っていないバスの中にも、ミセス・ハインドの影はない。時が過ぎ、運転手が腕時計に目をやった。あのバスに乗るつもりなら、隠れている場所からもう出なければならない。プールがまさしくそうしかけたとき、監視に利用していた家から、ひとりの女性が道を渡ってバスへ駆け寄り、乗り込んだ。ミセス・ハインドだった。運転手がベルを押し、バスはゆっくりと出発した。

プールはバスが行ってしまうのを見ていた。徐々に興奮が高まっていく。どこへ行くのだろう？ブロドベリーか？　もしそうなら、ミセス・ハインド自身またはその家族が、プールの捜査している犯罪と関係があるという証明になるはずだ。向こうで誰に会うつもりなのか。それさえわかれば、すべてが明らかになるかもしれない。そう難しいことではない。ブロドシャー警察本部に電話してバスをつかまえさせ、ミセス・ハインドを尾行させればよい。だが果たしてそうしてよいものだろうか。電話に出たまさにその相手が、ミセス・ハインドが会いに行こうとしている共犯者でないと言い切れるのか？　ヴェニング警視と話したとしても――どんなに想像を逞しくしても、警視が蘇ったジョン・ハインドというのは考えられない――内線で会話を盗み聞きされないという保証はない。自分でやったほうが安全だ。車が手に入れば、ブルー・ラインのバスに追いついて後をつけることができる。あるいは、追い越して停留所ごとに見張ってもいい。

プールは警察署を急いで探し出して、自分の部屋にいた管区警視を運よく捕まえることができた。手短に自分の望みを説明し、警察の車を貸してもらえないかと頼んだ。金を払って業者から借りるとなると、運転手に何を追っているかきちんと説明しなければならず、そうなると言いたくない話も出てくる。メーソン警視は事件のことをすでによく知っていた。今月初めに、アルバート・ハインドが姿を消したときに住所変更届を出さなかったことを知らせた、当の本人だったのだ。スコール大尉が殺害された後、最初にミセス・ハインドを尋問したのも、彼だった。メーソン警視は、プールが自由に使えるよう、自分の車を快く貸してくれた。仕事が手一杯で追跡に同行できないのをひたすら残念がっていたが、とにかく今後もミセス・ハインドの動きをひそかに監視し続けると約束した。

「あの女性はちょっと謎めいているね」とメーソンが言った。「ずいぶんちゃんとしたご婦人だし、誰もあの人のことは悪く言わない。もちろん、人づきあいは避けている。事情を考えれば、自然なことだ。だが、どういうわけか、どこか自然じゃないという印象を抱いてしまうんだ。なあ警部、あんなふうにもの静かで上品でかよわい女性が殺人なんかに関係があるはずない、と普通なら言うところだろうが、なぜだか、そうだと聞いてもちっとも驚かないね。少なくとも私は。何かわかったら知らせてくれ。楽しみにしているよ」

プールは何かつかんだらどんなものでも報告すると約束し、協力の礼を言うと、ブロドベリーに向かって車で走り去った。運転は、ソープという名の若くて聡明そうな巡査がやってくれた。彼はバスの路線と停留所を知っており、ふたつめの停留所のテクスボロでバスに追いつくことができると考えていた。もしバスが止まっているときに追い越せれば、ミセス・ハインドが中に乗っているか、プールが確認するのはそんなに難しいことではない。窓の位置が高すぎるとなったら、車から降りて反対側の歩道から偵察しなければならないが、幸い、そうする必要は起きなかった。ミセス・ハインドは右側の窓際に座っていた。自分の方は見られなかったと確信したプールは、ソープに走り続けるよう指示することができた。十マイル先のマスリングで車を横道に入れ、バスが通り過ぎるまで待った。それから道に戻ってゆるゆると後をつけ、停留所ですぐ脇を通って再び追い越した。ミセス・ハインドはまだ乗っている。

ブロドベリーの三マイル手前にある大きな村、ディトリングでも、同じ方法を繰り返した。彼女はまだ座っていて、まっすぐ前方を見据えている。村はずれにさしかかったとき、プールは車を止めるように言った。ミセス・ハインドの行き先がブロドベリーの郊外である場合に備えて、先に行ってバスを待つより後をつけたほうが安全だと、ふと思いついたのだ。いずれにせよ、ミセス・ハインドは見られることを恐れて、広場にある停留所で降りることはないだろう。すぐに、バスがまた通り過ぎた。十分遠くまで離れたところで、プールたちは車を出し、赤いテールランプを見失わないように、かつ近づき過ぎて見つからないようにして、後をつけた。

バスは、ブロドベリーの郊外でも町なかでも止まらずに、市場の広場にある正規の停留所に着いた。プールは百ヤード手前で車を止め、ソープに待っているよう命じると、車を降りた。夕方の買い物客でごったがえすなかに分け入り、車掌が最初の乗客が降りるのに手を貸しているところが見える距離まですばやく近づいた。四人降りたが、どれもミセス・ハインドではなかった。プールはバスの右側にそっと回り込んだ。ミセス・ハインドは席にいない。プールは運転手に待つよう合図して、横にある昇降口の踏み段に昇り、注意深く中を覗いた。ミセス・ハインドは消えていた。

「警察だ」とプールはつぶやいた。「車掌に話がある。まだ出さないでくれ」

車掌はドアのところにいて、遅れの原因を聞こうと待っていた。プールは手招きして車掌を歩道まで呼び寄せ、身分証明書を見せた。

「立て襟の黒っぽいコートを着て、額が隠れるほど帽子を深くかぶった女性が乗ってただろう。乗ったのはウーラムで、ディトリングまではバスのなかにいた。どこで降りたのかね」

「そうですね、おっしゃる通りの人がいましたよ。降りたのはディトリングです。切符はブロドベリーまでだったんですが、ディトリングを出る間際に降りたんです。気が変わったって言ってました」

プールは小声でばちあたりな言葉を口にした。あんなに注意したのに、ミセス・ハインドは停留所に来るたびに車が通り過ぎるのに気づき、怪しむようになったに違いない。警察の規則どおりこうこうと照らされていたナンバーにも、気づいたのだろう。

「どっちの方へ行ったか見なかったかい」

車掌はかぶりを振った。

「そうか。もう車を出してもいいよ。引き止めて悪かったね」

プールは車に戻り、ソープに何が起こったか話した。若い巡査は、プールと同じようにひどく悔しがった。

「ディトリングに戻ったほうがいいですね。聞き込みをしましょう。当然、歩いて行ったんでしょうから」

それよりほかに手はなかった。だがプールはまず車で宿に戻った。運のいいことにガウワー巡査部長に出くわしたので、警察本部を見張るよう命じた。ミセス・ハインドがそこに現れないとも限らない。ジェーソン警視を見張っているＣＩＤの刑事にも、同じようなメッセージを伝えたかったが、相手を捜す時間が惜しかった。

ディトリングに戻る途中、プールとソープは徒歩の通行人と、ミセス・ハインドが別のバスに乗った可能性も考えて、路上に注意を怠らなかったが、どちらも通らなかった。ディトリングでは地元の巡査を見つけ出し、協力をあおいで大急ぎで聞き込みをしたが、ミセス・ハインドの特徴に合う人物の情報はひとつも得られなかった。そこでの捜索の続きはハイジャー巡査に任せ、ふたりはハイジャーのアドバイスに従って、少しの遠回りでブロドベリーへ行ける脇道を調べた。等級番号のついていないような往来の少ない道で、農道のほかは枝道もなく、ミセス・ハインドにふたりの接近を悟られないようにするには、ヘッドライトはもちろん、サイドライトも消して走らなければならなかった。狭いカーブを曲がったところでは自転車とぶつかりそうになり、乗っていた人間から警察に訴えるぞと罵声を浴びせられた。しかし、ミセス・ハインドの姿は見つからないまま、すぐにブロドベリーに戻ってきてしまった。さらに一時間、ふたりは一縷《いちる》の望みを抱いて通りを巡視した。それからプールは、ソープの協力に対して心からの礼を言い、メーソン警視に連絡するという約束の言伝てを頼んで、巡査を帰した。プールは、この事件に関わって以来いちばん価値のある手掛かりを見つけ、そして失ってしまったと思いながら、宿に戻った。裏をかかれたのだ。それも女性に。だが、裏をかくという行為そのものが、やはりハインド家が問題の鍵であるという疑念を、確信により一層近づけてくれた――プールはそう思った。

第二十三章　ハリスと呼ばれた男

プールは、さらに何か行動を起こす前に、この最新の進展を鑑みて事件をじっくり考える時間を持つことが必要だと感じた。それがすむまでは、ヴェニング警視にさえ秘密を打ち明けないつもりだった。ブロドベリーには当てにできる人間がふたりいる——ガウワー巡査部長と、サーストン部長が送り込んだＣＩＤの刑事、マッソンである。ガウワーにはすでに任務を与えてある。いよいよマッソンと連絡を取るときが来たとプールは決心した。そして、事態がどういう状況にあるか説明するのだ。サーストン部長は、マッソンと絶対に接触しないようにと、プールに念を押していた。だが、緊急に必要となった場合には、マッソンの泊まっている宿に伝言を送って、事前に打ち合わせた場所——ロンドン北東鉄道の上りホーム——で会うようにと、取り決めておいてくれた。プールは伝言を送った。その三十分後、遠くの明かりで新聞を読みながら立っていると、機械工の格好をした男がプールにぶらぶらと近づいてきた。

「だんな、マッチを一本、恵んでくれませんかね。マッチ箱を家に忘れてきたもんで」

プールはマッチ箱を手渡し、男がパイプに火をつけている間に、ミセス・ハインドの風体を説明し、ジェーソンに接触しようとするかもしれないので警戒するようマッソンに命じた。すでにジェーソンの家にたどり着いたかもしれない。見張りは、ウーラム行きの最終列車と最終バスが出るまで続け、翌日の早朝にもふたたび行う。尾行の必要はない。プールが知りたいのは、ジェーソンとつながりがあるという事実だけだ。

手筈は整った。プールは歩いて宿に戻り、腰を据えて思案した。ハインド家が殺人に関わっていることはもう疑いの余地がない。それと同時に、内部の協力者なしには、外部の人間が警察本部に侵入してスコール大尉を殺害し、見つからずに脱出できたはずがない、ということもいまだ確信していた。つまりプールは、ふたつのことを固く信じていたのだ――(a)ハインドの罪と(b)警官の罪、である。(a)に関して、アルバート・ハインドが殺人を犯したのでないことは、今や確かである。銃が発射されたときは、ティルフォード・クイーン号に乗って北海にいたのだ。けれども、スコール大尉を待ち伏せしたり脅迫状を送ったりという大袈裟な行動は、みな念入りに練られた計画の一部に違いない。警察は、すでに陸地から離れて安全なところにいた幻を追いかけさせられたようなものだ。時間と労力を何週間も浪費した末に捕まえたと思ったら、その幻には動かしがたいアリバイがあるという寸法だ。それなら、元囚人が自分の存在と敵意をおおっぴらに訴えるという愚行を働いた説明もつく。法廷に持ち込んだところで、一連の脅迫は起訴に価する性質のものではないと判断されてしまうのがおちだ。もしこの午後のミセス・ハインドの態度や行動がなかったら、プールもハインド家の関与を疑問視したことだろう。

では、関与は確かだとして、それはいったいどんなかたちでだろう。アルバート・ハインドは手を下していない。ミセス・ハインドか？　あるいは、あり得ないことに思われるが、ジョン・ハインドが？　それとも、ミセス・ハインドが殺人を計画し、夫を隠れみのにして実際の犯行は警察内部の人間にやらせたのか？

ここで、（b）となる。まず第一に、警察とこの殺人との関わりはどのようなものなのか。そしてハインド家とのつながりは？　警官が殺しをやったのか？　あるいはやったのはハインド家の人間で、警官はただ手を貸しただけなのか？　そいつはハインド家の友人か仲間ということか？　それともジョン・ハインド本人なのか？　ここが問題の要だ。最後の説はずいぶん途方もない考えである。と同時に、万一、本当だとしたら、すべての難題に片がつく。プールは可能性の薄いほうからまず当たってみることに決めた。

ジョン・ハインドの死を確証する、あるいは反証するという点では、すでに入手した情報より確実なものを見つけることはおそらく無理だろう。そうなると次の手としては、警察本部の誰かが、すなわち、本部かそれに隣接するブロドベリー署の警官の誰かがジョン・ハインドである可能性を探ることだ。ジョン・ハインドが軍人で、フランスで兵役についていたのは間違いない。ということは、国内に残って警察にいたジェーソン警視は除外される。年齢からいって、平巡査の連中も違う。みんな若すぎる。ヴェニング警視も年をとりすぎていて駄目だ。残るは、本部のほうでタラール警部とピット巡査部長、ブロドベリー署ではパリー警部にバニスター巡査部長だ。このなかで、ピットは若すぎるだろうが、ほかの三人は年齢的にだいたい同じで、ほぼジョン・ハインドの年齢だ。体格も、十六年間鍛えた後のジョン・ハインドのサイズを想定すると、おそらくぴったりだろう。それに、全員、戦争に行っている。

フランスで死んだことになっている元囚人が、どうやって何の問題もなく州警察に入れたのか、プールには見当もつかなかった。自身の経験から、すべての志願者は性格と身元を厳密に調査されることはわかっていた。出生証明書の提出が必要だし、志願者と個人的に面識のある、社会的な評判の高い人物、最低ふたりに信用照会が行く。しかも、照会を引き受けてくれる人に、警察本部長から直々に書面が送られるのだ。だから照会先の捏造は問題外である。そのうえ、いつも志願者の数が募集枠をはるかに上回るので、最高の資格を持つ人間しか受け入れてもらえない。よく考えてみると、ジョン・ハインドが警官であるという仮説はますます現実離れして見える。このへんであきらめざるを得ないか。だが、容疑者の可能性がある連中の経歴を調べてみたところで害はなかろう。

別の角度から攻めてみよう。ハインド家の人間ではないが、何らかのかたちでハインド家とつながりのある警官がいるという見方だ。ハインド家はその警官に対して支配力があると想定される。脅迫か血縁か。ふと、ある考えがひらめいた。ミセス・ハインドの素性は？　警官の誰かと兄妹なのかもしれない。うっかり見落としていた。犯罪がらみの関係ということすら考えられる。ミセス・ハインドが実行犯である可能性が、プールの心に蘇った。建物の中に隠れていた彼女を、何くわぬ顔の部下がスコール大尉に紹介する——内々に大尉に会いたがっている妹とか友人とか言って。妹？　プールの頭に、すぐにジェーソンの妹のことが浮かんだ。病気のとき兄が付き添うことを認めてくれたことに対して、スコール大尉に礼を言いに来たというのはどうだ？　まったく驚異的な回復だ。なにしろ、ジェーソンはその朝戻ってきたばかりなのだから。

それとも、タラールか？　ミセス・ハインドを紹介し、大尉とふたりきりにして下へ降り、そしてアリバイをつくったのか？　あの廊下に、彼はひとりきりだった。知られているかぎりでは、彼は大尉と最後に会った人間だ。そしてジェーソンのところに行って、大尉の署名が必要な手紙がもうないことを確認している。つまり、ジェーソンがもう大尉の部屋には行かないことを確かめたのだ！

あるいは……このシナリオにあてはまる人物はほかにいないだろうか。よく考えてみると、この疑惑の対象として考えられる相手は広範囲におよぶことにプールは気がついた。あまりに広いので、警察本部の誰にも自分の考えをほのめかすことすらできない。そうなると、先ほど考えていたように、ジョン・ハインドである可能性を持つ警官の経歴を見せてもらうことを、むやみに頼むわけにはいかない。では、誰に聞けばよいのだろうか。

プールは頭の中で、州議会のメンバーを次々と思い浮かべてみた。治安書記も兼任している州の書記官は、警察委員会の書記でもある。彼なら警察の総務関係はすべて把握してはいるだろう。だが、個々人の経歴にまで関心を持っているとは思えない。同様に、主計官も財政事情には精通しているだろうが、人事とは何の関係もないだろう。どちらにしろ、あの主計官に会ったときのことを思い浮かべると、州庁に協力を求めに行くのは気が進まない。もっと有望な情報源は、警察委員会の委員長である。ヴェニング警視がサー・ジョージ・プレイハーストのことを話していたな。警視の非常に尊敬する人物だそうだ。この老人なら、上級警官の過去を、とりわけ戦争での経歴について何か知っているかもしれない。プールは、次の日の朝一番で、サー・ジョージに会いに行くことにした。

夜になって上級警官たちが警察本部を出ていくとともに、ガウワー巡査部長はプールの命令どおり任務を切り上げた。宿に戻るとその足で報告に行き、本部には女性はひとりも入らなかったし、まわりをうろついてもいなかった、ヴェニング警視とジェーソン警視とタラール警部が帰るのを見て、タラールを家までつけてみたが何の収穫もなかったと告げた。プールはガウワーに、夕飯をすませたらまた出かけて、タラールの家を監視するように指示した。監視時間はマッソンに命じたのと同じ要領だ。プール自身は見張りにはつかなかった。今ではよく顔を知られてしまっているので、どうしても人の目に留まらずにはいられないからだ。プールが何をしているのか、ブロドシャー州警察の人間に当分は悟られないよう、特に気をつけなければならない。

翌日、火曜の朝、ガウワーとマッソンから進展なしの報告を受けたあと、プールはオートバイを借り、サー・ジョージ・プレイハーストの住むカルトン荘へ向かった。三十マイルという長距離である。プールが頼めば警察の車を自由に使わせてくれただろうが、前述の理由から、それはやめておいた。

サー・ジョージには出発前に電話をかけ、約束を取り付けておいた。その日は、じめじめと霧雨が降っているうえに、路上には落ち葉があるため、滑りやすく、とてもではないが楽しい運転ではなかった。カルトン荘はパラディオ様式の大きな邸宅で、樹木の生い茂った庭園に囲まれていた。庭も家自体も手入れが行き届いた様子で、あたかも十分な人を雇っているかに見える。ところがまっすぐ家の中に入ってみると、プールはそのさびれた雰囲気に驚かされた。最初は理由がわからなかった。花はあふれていたが、きれいに整えられているだけで個性は感じられない。まるで、花いじりにはあまり興味のない庭師が活けたかのようだ。家具は立派で、チンツ地にもしみひとつなかったが、プールは最近の本や雑誌が一切ないことに気づいた。居心地のよい雑然さもなければ、編物、刺しゅうの類もない。若者と女性の影がまったくないのだ。中に入ったときに受けたさびれた印象のわけが理解できた。

執事に案内されてまっすぐホールを抜け、書斎に行くと、サー・ジョージは大きなマホガニーの机に座って書き物をしていた。准男爵のサー・ジョージは立ち上がり、礼儀正しく客人と握手をした。

「警部、噂はかねがね聞いておったよ。ぜひ一度、会いたいと思っていたところだ。まあ、かけたまえ。何か私に聞きたいことがあるとか?」

プールはたばこも勧められなければ、飲み物も聞かれなかったことに気づいた。近頃の家庭だとなかなかこうはいかない。プールには古いやり方のほうがずっと好ましかった。いずれにせよ、もてなしより公務優先だ。

「ええ、そうです。実は捜査のほうがかなり厄介な局面に陥ってしまいまして、閣下のお知恵とお力を拝借できたらと思ったのです」

「できることなら喜んで協力するが、警察仕事の細かい専門的なことはさっぱりわからんのだよ。それでもよければ」

「専門的な話でもなんでもありません。お伺いしたいのは、ここの警察の上級警官の方々の経歴です。特に戦争での軍務についてお聞かせ願えればと思います」

サー・ジョージは椅子のなかでその巨体を起こした。

「それはまた、変わった質問だな。それにしても、どうしてヴェニング警視かジェーソン警視に聞いてみないのかね。あのふたりならなんでも知ってるだろうに」

「ご説明したほうがよろしいですね。大変申し上げにくいことなのですが、残念ながら私は、今回の殺人と関わりのある人間が警察内部にいるという結論に達しました。主犯か共犯です。おそらく上級警官のうちの誰かだと考えています」

「なんとまあ」とサー・ジョージは大きな声を出した。「ずいぶん途方もない話だ！　そう考えた根拠は何だね」

プールは、上級警官のひとりがジョン・ハインドかもしれないということまでは触れずに、できるだけ簡潔に説明した。サー・ジョージは両目を手でこすった。

「言ってることがよくわからんな。わしの理解の範疇を越えとる。まったく、もう年だよ。今の話はかなりこたえた。それで、戦争でどんな軍務についていたか知りたいのだね。ジェーソン警視を除いて、上級警官は全員、戦争経験があるはずだ。ジェーソン君は気の毒だったが、皆が行くというわけにはいかなかったからな。わしの知る限り、前からほかの連隊にいた者以外は、みんな州の連隊に入っとる。ヴェニング警視はかつて近衛兵だった。歩兵第一連隊だったと思う。彼はそこに戻って、その後、将校になった――もちろん、別の連隊でだが。最後は、歩兵大隊を率いていた。キッチナー元帥の下にあった大隊のひとつじゃなかったかな。立派な経歴だ」

「たいしたものですね。歩兵大隊を指揮してらしたのは知ってましたが、警察に入る前に近衛兵だったとは初耳です。タラール警部かパリー警部のことはご存じですか」

「ふたりとも州の連隊のブロドシャー軽歩兵隊にいたと思う。だが確かとは言いきれん。コードン将軍なら知っとるだろう。戦争の後半、この州の歩兵大隊を指揮していたからな。その後で旅団に戻ったのだ。将軍は警察委員会のメンバーだから、遠慮は無用だ」

プールはサー・ジョージに礼を言った。コードン将軍の住所を教えてもらい、プールの仮説を裏づけるにせよ覆すにせよ、確固たる証拠を見つけたらすぐに知らせることを約束した。サー・ジョージはゆっくりと立ち上がると客人を玄関まで送り、オートバイを目にしてプールを見た。

「あれで来たんでは、大変だっただろう。服も普通の格好じゃないか。風邪など引かなければよいのだが。ウィスキー・ソーダを飲むかね？ 寒さを追い払うのに効くもんだよ」

プールは微笑んだ。

「お気づかいありがとうございます。でも大丈夫です。このレインコートは結構ちゃんとした風よけになるんです。それに道路が滑りやすいので、ゆっくり行きますから」

「なぜ、車を使わなかったのかね。ヴェニング君ならきっと貸してくれただろうに」

プールはためらった。

「ここに来ることを誰にも知られたくなかったのです」老人を傷つけるのを心苦しく思いながら、そう答えた。

「なんとも嫌な話だ。まったく気に入らんよ。ヴェニング君はまっすぐな男だ。それを疑うことなど、私にはできん」

「いえ、私だって警視を疑ってはいません。ただ、できるだけ慎重にことを運びたいのです。今のところ、この考えを誰にも知られたくありません。ヴェニング警視にしても、私の疑念を知りながら彼らと一緒に働くとなったら、非常にやりづらいことでしょう。コードン将軍にお会いすれば、きっとすぐに問題が解決すると思います」

「だといいがな。ヴェニング君のことは君の判断が正しいのかもしれん。そういう見方は思いつかなかったよ」

プールは手袋をはめた。

「素敵な庭ですね」重苦しい空気を絶ち切ろうとして、プールは言った。「シカはいますか?」

「昔はダマジカの群れを飼っておったよ。妻と息子が毎日えさをやっていたんだが、十二年前、交通事故でふたりとも亡くしてしまった。生きていれば息子は今、十八歳。陸軍士官学校へ行く年頃だ。えさを待っているシカの姿を見るに忍びなくてな。つらい記憶を思い出させられる。だから飼うのをやめたのだ」

老人の声は震えており、二度と癒されることのない傷だということが、プールにもわかった。彼は帽子を脱ぐと急いで階段を降り、オートバイにまたがって走り去った。

ブロドベリーのはずれにあるコードン将軍の家は、カルトン荘とはおよそ対照的だった。モダンな赤煉瓦の屋敷で、きれいに刈り込まれた幾何学式庭園と、わずかこの二十年の間に植えられた木々に囲まれている。将軍は厩舎だと教えられたプールがそこへ回って行くと、仕切りのひとつに将軍がいた。狩猟用の服を着て、厩番と一緒に馬を調べていた。

「私を捕まえるとは運がいいな」プールが名乗ると、コードン准将は言った。「馬が最初の柵越えのときに後脚で前脚のかかとを蹴ってしまったので、飛んで帰ってきたんだ。まったくついてない。せいぜい週に二日しか乗れないのに、これで最低二週間は動けなくなってしまった。ジョーンズ、ライソルでよく消毒してから包帯をまいておけ。私はまたすぐに出かける」

コードン将軍の案内で家へ入った。書斎はこぢんまりしているが居心地はよい。大きな肘掛け椅子が二脚あり、壁はスナッフルズとライオネル・エドワーズ(両者とも馬を題材にした絵を多く描いた)の絵の複製で埋め尽くされていた。

「警部、会うのを楽しみにしておったよ。ヴェニング君には、いつかひとりで君をよこすように言っておいたんだが。何か飲むかね。そうか、私がやっても構わんかな。まったく、馬のけがのことで気が滅入ってしまって」

デキャンターとサイフォンがすでに机の上に置かれており、コードン将軍はたっぷり注ぐとひと口であおった。

「それで、事件の進み具合はどうかね。例のハインドを見つけるのに、ずいぶんと時間がかかっておるようだが」

「奴は見つけました」プールは静かに応じた。

「ほう？　そりゃ、すごいじゃないか。どうして私のところに知らせが来てないのかね」

「まだ公表していないのです。ですから、今しばらく他言しないでいただけると助かります。ハインドはバルト海にあるブレトスクの病院にいるのですが、移動が可能なまでに回復し次第、当方に引き渡されることになっています。ヴェニング警視はご存じですし、サー・ジョージ・プレイハーストには、今朝お話ししました。ミセス・ハインドも知っていますが、当面は黙っているように警告を受けています」

コードン将軍は肩をすくめた。

「何もそこまで秘密めいたやり方をしなくてもと思うが。まあ、スコットランド・ヤードには独自の方法があるのだろうな。とにかく、よくやってくれた。吊るすのが早いに越したことはない」

「こちらへお邪魔したのは、サー・ジョージ・プレイハーストに教えていただいたからなのです。将軍なら、上級警官の軍歴をご存じだろうとのことでした。州の連隊の歩兵大隊を指揮していたと伺いましたが」

コードン将軍は目を見開いた。

「そのとおりだが、いったいそれが事件と何の関係があるのかね？」

プールは絶対必要でないかぎり、自分の仮説をこれ以上、広めるつもりはなかった。これまでコードン将軍から受けた印象はあまり好ましいものではない。

「戦死したハインドの弟についてちょっと調べているのです。たんに起訴の準備のためですが、検察側の弁護士は事件の全容を知りたがるでしょう。こちらの警官のなかに、ハインドの弟に会ったことのある人がいるのではと考えたのですが、今のところ、やたらに質問してまわりたくはないのです。誰に聞いたらよいのかさえわかれば……。ブロドシャー連隊に所属していた人はいますか？」

「警察にかね？　もちろん大勢いる。名前までは全員を把握しておるわけではないが、連隊仲間の晩餐会に来ているからな」

「タラール警部もそのひとりですか」

コードン将軍は首を振った。

「いや。戦争へは行ったが、ブロドシャー連隊ではなかった」

「パリー警部とバニスター巡査部長はどうです？」

「パリーはそうだ。バニスターか……中央管区にいる頭のよさそうな男のことかね」

「ええ。それがバニスター巡査部長です」

「そういえばこの前の晩餐会で顔を見かけたな。フランスでは私の下にいなかったが。パリーもフランスでは違ったよ」

コードン将軍は、一旦、言葉を切ってから言い添えた。

「妙な話だが、私の指揮下にいたことがあるのに、ブロドシャー連隊ではなかった者がひとりだけいるのだ。さっき君が言った男だよ」

プールは相手を見た。

「内勤主任の部屋にいた警部——タラールだったな。紹介されたとき、顔に見覚えがあると思ったので、私の指揮下にいたことがあるかと聞いたのだ。そうだと答えたが、ブロドシャー連隊ではないということだった。三月の撤退のとき、一時的に私の大隊に配属されたそうだ。よその部隊から来た大勢の連中と一緒にな。私の隊がサンカンタンの後方で惨敗したとき、補強のため、いろんな部隊の兵士で構成された分遣隊が、ベースキャンプから大急ぎで送られてきたのだ。そんな状況でタラールを覚えていたとは不思議じゃないか。で、特に勇敢な働きをしてくれたので私が勲章を申請した男だと思ったのだが、人違いだと言われたよ。後になって、私が頭に浮かべていた男はその直後に戦死したことを思い出した。こちらが反撃に出たとき、遺体を見つけたのだ。ハリスという名の男だった」

第二十四章　第三ラウンド

プールは、興奮を押し隠そうと精一杯の努力をしながら、身動きせずに座っていた。これは、思いもかけない大きな収穫だった。ハインドの弟とタラール警部が同一人物であるというのも同然である。もっとも、陪審の前に持ち出すにはあまりにも間接的な証拠だが、こうなれば、もっと直接的な証拠を手に入れるのは、そう難しいことではないはずだ。ハリスという男について、コードン将軍にさらに踏み込んで訊きたかったが、質問の本当の目的を明かさずには無理だし、今のところそれは望ましくない。もし必要なら、また戻ってくればよい。プールはコードン将軍に協力の礼を述べ、辞去した。

ジョン・ハインド、つまり「ハリス」が別の人間と――おそらく本物のタラールと――すり替わったのは疑う余地はない。偽の身分証明で警察に入れたとは、まったく驚きである。次にすべきは、本物のタラールの身に何が起こったかを突き止めることだ。なぜ、タラールが消えたことを誰も知らないのか。そして、どうやってハインドはタラールに成りすますことができたのか。まずは、ブロドシャー警察の本部にあるタラールの雇用記録を調べる必要がある。それを見れば、保証人は誰で、どんな経緯で警察に入ったのかがわかるだろう。そして、どの時点でジョン・ハインドが他人に成り替わったのか、見つけ出すことができるはずだ。

プールが戻ったのは昼時だった。パンにチーズという軽い食事をすませると、すぐに歩いて警察本部まで行ったが、あいにくヴェニング警視は午後遅くまで外出しているとのことだった。ヴェニングの留守中に、求める情報を見せてもらうよう頼みたくはなかった。そこで宿に戻り、この二、三日の詳しい報告書を作成した。書き進めるうちに、ハインド側に注目して事件を考えるようになってから、事態が急展開していることに気がついた。それ以前は、警察の汚職という自説をあれこれいじくりまわしたあげく、何の進展もなかった。あんなにも時間を無駄にしたのは、「ジョン・スミス」の手紙のせいである。プールは、それこそがあの手紙が書かれた真の狙いではないかと思った。そうでないとしても、実際にプールはひっかかってしまった。時間稼ぎをして本当の狐の臭いを薄れさせるために、わざと燻製ニシンを引きずって猟犬の前を横切ったのだ。だが今や、自分が正しい道にいるのは間違いない。狙った狐のすぐ後ろに迫っている。

プールは四時半に再び警察本部に行き、自室にいたヴェニングを捕まえた。元気な笑顔であいさつが返ってきた。ひと頃より、だいぶ機嫌がよさそうだ。

「やあ、プール。ずいぶんと長い週末だったな」

プールは、土曜の朝からヴェニングと会っていなかったことに気づいて、少々驚いた。実際は、意図的に避けていたのであって、ここ数日の進展についても何も話していない。しかし、ヴェニングは答えを期待していたわけではなかった。

「たった今、ヤードから電話があったよ。ハインドの奴は死んだそうだ」

「死んだ？」

「ああ、向こうじゃハリスと呼んでるが、ブレトスクの領事から、そいつが急死したと報告があったそうだ。まあ、裁判に戻ってくる手間が省けたってもんさ。哀れな奴だ」

プールは、この話が事件にどう影響してくるか思いを巡らせ、黙りこんだ。

「どうやらこれで事件は落着、ということになるな」とヴェニングが続けた。「まあ、奴を法廷にひっぱりだせなくなったと聞いても、それほどがっかりはしていない。裁判となれば、昔のことをあれこれひっくりかえさなきゃならないからな」

プールは目を見開いた。それから、急に思い出した。サーストン部長と二度目に電話で話した後、そのまま土曜の朝に出かけてしまい、アルバート・ハインドを乗せたティルフォード・クイーン号が出航したのは、殺人が起きる前だったことを、ヴェニングにまだ伝えていなかったのだ。なんという手落ちだ。責められても仕方がない。プールは深く恥じた。こうなったら、知らせを伝えなければならない。アルバート・ハインドが真の殺人犯ではないことだけでなく、犯罪に深く関与している人間がブロドシャー警察の上層部にいることをも。

「申し上げにくいのですが、悪い知らせがあります。事件はまだ終わっていないのです。実は新たな展開があったのですが、警視にとってはずいぶんつらい話になると思います」

こんどはヴェニングが目を剝く番だった。プールは続けた。

「ブレトスクの男、つまりアルバート・ハインドは、ロンドン港から十一月十日に出航したのです。殺人の起こる三日前のことです」

ヴェニングは息を呑んだ。プールは相手に口を開く暇を与えないよう、急いで先を進めた。

「もうひとりのハインドについて、私が質問したことを覚えてらっしゃいますか。フランスで死亡したと報告されているジョン・ハインドのことです。私はその線をずっと追っていました。そして、弟は死んでなどおらず、この事件に関係しているという結論に達しました。そう考える根拠をつかんだのです」

ヴェニングは、目を見開いてプールをみつめながら、黙って座っている。

「それだけではありません。ジョン・ハインドは、うまくここの警察に入り込んだと思われます。もちろん、偽名を使ってですが。その……」プールはためらった。嫌な役回りだ。「残念ですが、タラール警部がそうだと思います」

「タラール？」

その言葉は、ささやき程度の声にしかならなかった。ヴェニングの顔からは血の気が引いていた。唇が動いたが、しばらくは何の音も出てこない。そして、しゃがれ声で言った。

「タラールだと！　ジョン・ハインドが？　あり得ない！　ジョン・ハインドはひょろひょろで、どもりがあった。それに……それに……」ヴェニングの声は次第に弱くなり、最後には消えてしまった。

「それは二十年も前のことです。奴の入っていたペントワースで話を聞いたところ、立派な若者に成長したそうです。ジョンに目をかけていたヘイリングという看守に会ってきました。一九一七年に出所したとき、ロンドン・フュージリア連隊に奴を入れた当人です。ポーリングも一緒でした。ご承知のように、奴は、つまりハインドは、一八年の初めに戦死したことになっていますが、自分の認識票を誰か別の人間の死体に置いて、なんとか逃げおおせたのだと思います。どうやってここに潜り込んだかは、わかりません。警視、タラール警部の雇用記録と照会書類を見せていただけないでしょうか」

「照会書類？」

心ここにあらずといった様子で、ヴェニングはうわごとのように言った。

「警察に入ったときの詳しい資料です。出身はどこで、誰の推薦で、といった類の」

「ああ、それか。ジェーソンのところだろう。あいつに知られても構わないだろ？」

「取越し苦労かもしれませんが、まだこちらの狙いを知られないほうがいいと思います。私がいなければ、よくある用事に見せかけて書類を取ってこられるのではありませんか。異動の問い合わせとか昇進とかそのようなことで」

ヴェニングはうなずいた。ようやく気を取り直したようだ。

「ああ、わけないさ。プール、そのな、私は……いや、今はいい。三十分したら戻ってきてくれ」

ゆっくりと三十分が過ぎた。戻ってみると、ヴェニングはしっかりと自分を取り戻していた。

「目を通してみたが、君の勘違いじゃないのか。タラールの父親は、昔のブロドシャーの軽歩兵隊にいて、本部長のところの中隊付き曹長だった。終戦直後、タラールを警察に入れたのは、本部長本人だ。父親は一七年に亡くなっているが、タラールは本部長が父親宛に書いた手紙を持っていた。これだ。雇用記録に添付されていた。それから、クラパムの教区牧師と校長からの手紙もあった。クラパムは彼が子供の頃、父親が退役した後に住んでいたところだ。出生証明書の写しだってある。プール、これをみんな偽造できたはずがない。何かの間違いだよ」

「調べてみなければなりません。いちばんいいのは、ヤードにやらせることです。向こうに書類を送ってもよろしいですか」

ヴェニングは拒否したそうな様子だったが、少したためらったあと、何も言わずにファイルを手渡した。ヴェニングに疎《うと》まれていることを悟ったプールは、その場を立ち去った。宿に戻るとガウワー巡査部長をつかまえ、タラールの書類を持たせてロンドンへ送り出した。ヤードに直行し、やって欲しいことを向こうに説明したら戻ってくるように、指示しておいた。

プールのほうは、次にどんな手を打つべきか、落ち着いてじっくり練ることにした。ヤードがタラールの照会書類は本物だと報告してきたら、どの段階で入れ替わりが行われたかを探り出す必要がある――そして証明もしなければならない。タラールがロンドン・フュージリア連隊にいたことはわかっている。ふたりがフランスのどこかで一緒だったのは、まず間違いない。おそらく、一九一八年にドイツ軍の攻撃を受けたときの、あのひどい混乱のさなかでだろう。瀕死の状態にあった部隊に援兵が急いで送られたが、連隊の名簿に名前を記す暇もなく、その援兵たちもみんなやられてしまった。プールは、元中隊付き曹長のボウルズとコードン将軍から聞いた、ロンドン・フュージリア連隊からの小規模な援軍のことを再び考えた。ソンムでブロドシャー隊に合流し、その二、三日後に壊滅してしまった部隊だ。反撃のことも思い浮かべた。そのとき遺体がいくつか発見され、埋葬された。なかのひとりがジョン・ハリスの認識票と給与支払簿を身につけていた。その遺体が本物のウィリアム・タラールだというのが、プールの推測である。

「ハリス」はそのあとどうなったのか。プールの推測が正しいとすれば、タラールに戦後の経歴を尋ねさえすればわかることだ。もちろん、そんなことをするつもりはない。タラールを警戒させてしまう。真実を突き止める方法がほかにあるはずだ。本当に重要なのは、タラールの正体がジョン・ハインドであると立証することだ。それには、ペントワース刑務所のヘイリングにタラールの面通しをしてもらうのが、いちばん確実な方法だ。だがそうする前に、自分が正しい方を向いているという確信を得るため、もうひと押ししておきたかった。どうすれば今晩それを確認できるか、プールには心当たりがあった。

帽子とコートを身につけ、プールは職業訓練所に歩いて向かった。ガウワーの話によると、そこはブロドベリーの失業者に対してレクリエーション・センターとして開放されているということだ。プールが入ったとき、大きなホールにはさまざまな年齢層の人間が、六、七十人ほどいた。一角に大工仕事用の長い作業台が備え付けてあり、六人の男がプロの大工の指導のもとで作業をしている。別の一角ではまた違う仕事が手ほどきされている。中央に、フランネルのズボンをはき、厚手の白いセーターを着たタラール警部がいた。三十人からなる若者のチームに体操を指導中だ。それぞれの動きをどうやるべきか、生徒に手本を見せている。そのまっすぐだがしなやかな身体を目にして、プールは気がとがめて心が痛んだ。実に見事に均整のとれた身体つき、優雅な身のこなしであった。自分が懸命に取り組んでいる仕事でそれが失われるかもしれないと思うと、なんとも気が滅入る。それに、タラールは人のために立派な仕事をしているのだ。その罪が何であれ、素晴らしい資質が備わっており、彼を失うことは世の中にとって何らかの損失となるだろう。

休憩のため一時中断となったので、プールはタラールに近づいた。

「ここで教えていると聞いていたものでね。ちょっと寄って見てみようと思ったんですよ」

タラールはにやりとした。

「手を貸してもらえると、もっとありがたい。ちょうどこれから少しボクシングをやるところなんです。ひと勝負、いかがです?」

プールは、自分のこざっぱりしたダーク・ブルーのスーツを見下ろし、

「このズボンじゃ勘弁してくださいよ」と笑って言った。

「更衣室にきれいなフランネルのやつと袖なしシャツが置いてあります」とタラールが応じた。

「さあ、オックスフォード仕込みをあいつらに見せてやってくださいよ」

プールは躊躇した。狙いとはまったく違う展開だったが、逃げるのも癪《しゃく》だった。

「生徒たちが喜びますよ。みんなあなたの正体を知ってますからね」

「まさか!」

「甘いですね。しかもあんまり評判は芳しくありませんよ。仕事じゃ何の成果もあげていないし、CIDの頭脳も怪しいもんだ——そんなふうに見られていますから」

プールは内心げんなりした。何の成果もないとは! 目の前の相手を、今にも法の裁きのもとへ引きずりだそうとしているというのに。

「わかりました。僕はボクサーじゃないが、打ち合いに応じてみせましょう」

五分後、プールは借り物のボクシング用具を身につけ、十歳は若返ったような気分で、意気込みは満々だが初心者同然の若い職人と、元気一杯の殴り合いに臨むところだった。自分では「ボクサーじゃない」と話したけれど、厳密に言うとそれは本当ではない。大学では一度も選手になったことはないが、カレッジでもパブリック・スクールでも、代表で試合に出ていたのだ。プールは若い相手の攻撃を難なくかわし、自分からも一、二度、鮮やかに攻撃を仕掛け、パンチを繰り出した。少し休憩してから、今度は年齢的にも重量的にも上の男の相手をした。彼のパンチは強かったが、

おおむね楽な試合だった。グローブをはめるのは久しぶりだったので、二試合目が終わってそろそろ自分の服に着替えようと考えていると、タラールが寄ってきた。

「あいつら、僕たちの試合が見たいんだそうです。ロンドン対ブロドシャー戦ってわけらしい。三ラウンド勝負でどうでしょう」

「勘弁して欲しいなあ。ぼこぼこにされて、無給休暇を取るはめになるのがおちですよ」

「何言ってるんですか。さっき、腕前を見させてもらったが、おたくなら大丈夫。いいじゃないですか。なに、ただの親善試合ですよ。さあ、あいつらを喜ばせると思って、ね？」

「親善試合」を見物しに、ホールにいた全員が周りに集まってきた。セコンドには、プールの相手をした連中がついてくれた。最初のラウンドを始めてまもなく、プールは、タラールにかかっては自分は赤子も同然だということに気づいた。タラールはいつでも好きなときにプールをノックアウトできた。だが、戦いはあくまで「親善試合」の域を出ず、プールは「観衆」の声援のなかで軽いブローの応酬を心から楽しんでいた。第三ラウンドになって、タラールが胸元へ軽くパンチを繰り出し、左ブローでフェイントをかけ、あご先に右フックを打ち込んだ。プールは頭をのけぞらせた。目の前には星が浮かんでいる。ひざががくっと折れたところで、タラールが腕を回し、半ば抱きかかえるようにしてプールを椅子まで引いていった。

「申し訳ない、ついちょっと力が入ってしまいました。身体を後ろにそらせて」

プールは言われたとおりにした。タラールがプロ用のタオルであおいでくれ、プールは顔と胸に勢いよく風が当たるのを感じた。

「さあ、これを飲んで。もう降参するなら勘弁してあげますよ」

プールは目を開け、口の近くにある透明な水の入ったコップを見た。それから、コップを持っている手と腕に目をやった。手首の内側には、ほとんど見えないくらいのかすかな傷があった。

第二十五章　最終ラウンド

プールは歩いて宿に戻った。胸がむかつき、惨めな気分だった。あごに一発くらったことによる肉体的なむかつきは、別に初めてではない。だが、ひどく惨めに感じるのは、精神的なむかつきのせいである。ユダになった気分だ。タラールは彼に対してよきサマリア人のようにふるまった。そして彼の唇に水のコップを当ててくれたその手に、プールは探り出そうとしていたものを見てとった。ジョン・ハインドを絞首台送りにする傷痕だ。絞首台送りという点では、プールは露ほどの疑いも抱いていなかった。もちろん、タラールに銃が撃てたはずがない。盤石のアリバイがある。しかし共犯であることは間違いない。

では、誰が銃を撃ったのか。ジョン・ハインドではない。アルバート・ハインドでもない。ミセス・ハインドはどうだ。あの冷静で鉄の意志を持つ女性から受けた印象では、それができる人物に思われた。あの日曜の晩、ジョン・ハインド、つまりタラールが手引きしてミセス・ハインドを警察本部に引き入れ、備品室もしくは屋根に潜ませたのか。そして月曜の昼過ぎに、邪魔者がいなくなったと合図を送った？　あり得ないことではない。それどころか、可能性は十分ある。タラールがじかにスコール大尉に紹介したのでないとしても、この物静かでおとなしそうに見える女性が部屋に入ってくるのを目にして、驚きのあまり、机に向かってまっすぐ歩いてくる時間を相手に与えてしまったとしても無理はない。そして二発の銃弾が発射された。そうなると、脱出方法は？　樋を使って降りた？　女性にはまず無理だ。それともタラールが思いもよらない方法でうまく義姉を匿《かくま》ったのか。備品室と廊下を調べたのはタラールである。横手の入口に鍵がかかっていると報告したのも奴だ。だが、どうやってジェーソン警視の目を盗んで逃げ出せたのかがわからない。

　プールは床に就いたが、なかなか眠れなかった。何時間も横たわったまま右へ左へと寝返りを打ち、あのふたりの冷酷な悪魔が、長い間温めてきた復讐をいかにして実行したかという難題を、頭の中であれこれ検討してみた。やっと眠りに落ちたかと思うと、表情のない青白い顔が自分をじっと見つめているのを夢に見た。金縁の眼鏡越しの、憎しみに燃えた冷淡な碧眼。そして今度は、体育指導員のときの彫刻のような美しい肉体が現れた。身体を曲げたりひねったり、スウェーデン体操の優雅な動きを見せたかと思うと、絞首刑の縄の先で悶え苦しみ、ひきつる姿に変わった。

　少しも休んだ気になれず、ぐったりした気持ちで、プールは朝早く目を覚した。気分をすっきりさせようと、とりあえず水風呂を浴び、早歩きをした。朝食を流し込むと、警察本部に立ち寄り、ヴェニング警視に、タラール警部の正体がジョン・ハインドであると個人的には確信しているが、確実な証拠を得るため、ペントワースの看守にここへ来てもらって、昔世話した囚人の面通しをさせたい、と話した。スコットランド・ヤードに電話して、ヘイリングをよこしてもらうよう依頼すればいい。それとは別に、タラール警部の仕事部屋も調べたいので、自由に捜索できるよう、警部に何か任務を与えて遠ざけてくれるとありがたいと要請した。冷たい怒りを込めて、ヴェニングはこれに同意した。三十分後、上司がでっちあげた臨時の検査業務のために、タラールが警察の車を運転して走り去るのを、プールは見た。

部屋で何か見つかるとは、ほとんど期待していなかった。きわめて念入りに練りあげ、実行された計画である。犯罪を示唆するような手がかりが処分されずに残っている見込みはまずない。それでも、捜査の常道だ。やらねばならぬ。そこは広い部屋で、比較的低い地位の警官がひとりで使うにはもったいないほどだった。壁一面に記録簿を収納するための棚やキャビネットが並んでいる。プールはそうした書類を注意深く調べてみたが、すべて仕事関係のものだった。書き物机には、引き出しがふたつと備品の文房具とファイルが数冊あるだけだ。ファイルの中身は、パトロール車のスケジュールや外国人登録といった、タラールの特別任務に関する書類である。個人的な書状は一通も見当たらなかった。武器も、弾薬も、部屋の持ち主と犯罪を結びつけるものは一切ない。

プールは部屋を横切って窓辺へ行き、外をのぞいた。真向かいは、中央管区を管掌する警視の執務室である。つまり、ヴェニングが以前使っていた部屋だ。その上には本部長の部屋の窓がある。殺人犯が立っていたに違いない場所は、その窓の前だ。そしてスコール大尉がその上の壁に例の弾を撃った。プールが立っているところからでは、部屋の中は天井と奥の壁が少し見えるだけである。数フィートの距離から撃たれたと聞いていなくても、ここからスコール大尉を撃つことはどうやっても無理だとわかる。どんな離れ業をもってしても、フックワージー巡査がタラールを残してこの部屋を出てから、銃声がして彼自身が待合室へと飛び出すまでの数秒の間に、タラールがここからあの上の部屋まで行き、戻ってくるのは不可能だ。違う。タラールが罪を犯しているのは間違いないが、上司を実際に殺したのは奴ではない。共犯者がいたはずだ。

目を右上に向けると、廊下の窓が見える。窓は開いていた。それを見て、犯行時も窓が開いていたことを――そして開けた人間は目撃されていないことを――思い出した。当時はそれが殺人と関係があると思われていたが、プールが再構成した犯行にはあてはまる場所がない。ジェーソンのドアと同様、説明がつかないままだ。一方は、おそらく偶然、もう一方は、少々信じがたいが、錯覚ということか。

プールは室内に向き直り、最後に何も見逃していないか見回した。窓の横の壁にぶら下がっているふたつの消火用バケツに目が止まった。椅子に乗って、中を覗いてみる。片方には水が、もう片方には砂が入っていた。窓からの光のもとでよく調べようと、ふたつとも降ろしてみたが、水のバケツには水しか入っていなかった。細かいほこりが一面に浮いており、マッチも浮かんでいる。マッチというのは、いつでもこうした居場所を自ら見出しているようだ。砂の方に手を突っ込んで中を探ってみたが、何も隠されてはいなかった。さきほど戸棚の中にあるのを見かけた記録簿から大判の茶色の紙を一枚取ってきて、その上に砂を空け、注意深く広げた。中にあった唯一の異物は、茶色い物体の破片だった。ふちは黒く、焦げているようだ。プールはその破片を拾い上げ、よく見てみた。革らしい。小型レンズで調べると、実際に焦げていた。鼻先にもってきて匂いをかぐと、すぐに間違いようのない火薬のつんとくる臭いがした。

興奮で脈が速くなるのを感じながら、プールはタラールの椅子に座り、この発見の意味するところを考えてみた。小さな革の切れ端。ふちは黒く焦げ、火薬の臭いがする。いったいどんな説明がつけられるのか。革自体に意味はない。黒焦げもたいしたことではない。こうした切れ端が砂に入ってしまった経緯なら、それこそごまんと考えられるだろう。だが、火薬となると話はまったく違ってくる。筋書きのほかの部分とこの部屋の主が、間違いなく関わりのあることを考えると、この切れ端と事件との間に何のつながりもないとは信じられない。火薬で焦げた革の切れ端……砂のバケツに……

突如として、プールの頭に砂についての別の話が浮かんだ。銃器の専門家のウエスティングは、スコール大尉の机で発見された銃の内部に砂の粒があったと報告していたではないか。あの銃とこのバケツに関連のある可能性はないだろうか。そして、焦げた革の役割は？　焦げているということは、この革を通して銃を撃ったという意味に違いない。なぜそんなことを？　銃声を消すためか？　だが、発砲音は聞かれている。それに革ではどのみち銃を発射するときのすさまじい音を消す効果はない……ただし……

プールの頭の中では答えを求めて、さまざまな考えがめまぐるしく飛びかった。

革では銃声を消せない。しかしほかのものなら――消音器《サイレンサー》か！　だが、銃声は聞こえたのだ。二発ともはっきりと。「ものすごい音」とフックワージーが言っている。それでもなお、消音器という考えがプールの頭の中を飛びまわっていた。どこかにうまくあてはまらないか？　あの轟音は銃声とはまったく違うものか、犯行時刻を欺くための発砲では？　本当は、もっと早い時間に消音器つきの銃で撃ったのではないだろうか。いや、それは不可能だ。スコール大尉の銃声を消すことはできない。だが、そもそも大尉は銃を撃ったのか？　どちらの弾も犯人の銃から発射されたものでは？　だめだ。ウエスティングは別の銃から発射されたと言っていた。となると、大尉の死後に、撃たれたものかもしれない。消音器つきの銃で大尉の頭に一発撃ち込んだ後、消音器を大尉の銃に付け替えて窓の上の壁を撃った。大尉がアルバート・ハインドに向けて発砲したような印象を与えるために。どちらの銃も同じ型で、口径も一緒だ。ちょっと調整するだけで消音器はすぐ銃身にぴったりとはまったはずだ。

しかし、なぜ消音器を使ってそんなことを？　大きな銃声と焦げた革のことはどうする？　あの銃声は、大尉の部屋ではなく、どこか別の場所からのものなのか？　階段を昇り切った二階の廊下で撃ったのだろうか？　それは絶対に無理だ。待合室では階段のたもとにふたりの巡査が立っていた。ふたりは違いに気づいたはずだ。

プールは窓に近寄り、右手にある廊下の窓を見上げた。窓は開いている。殺人のあった夜も、なぜか開いていた。なぜだ？　プールはいきなり窓の敷居に乗った。上げ下げ窓は上側がおりている。手を外に突き出してみたが、遠くまでは届かない。一度下に降りて本や書類を敷居に積み上げ、その上によじ登った。今度は、頭と全部の腕が窓から出た。腕を突き出せば、角のあたりまで十分に手が届く。二階の廊下の開いている窓まであと少しだ。これに違いない。あの二発のすさまじい銃声は、大尉の部屋からではなく、こうやって撃たれた銃の音だったのだ。タラールは遠くにある廊下の窓に手を伸ばした。おそらくは窓枠に直接、乗ってやったのだろう。奴は体操家だ！　そして開いた窓は……殺人犯自身が入るためでなく、二階の廊下で銃の音を響かせるために開けられていたのだ。

それから革。その役割は何なのか？　音を消すためではない。欲しかったのは音なのだ。そうではなく、あの窓はもちろん、どこからも見られないように、銃の閃光を隠すためだ。

プールは堅い椅子の背にもたれかかって高鳴る心臓を静めようとした。これで焦げた革と銃の内部にあった砂の説明がつく。プールはそう確信した。撃った後、タラールはすばやく下に降りると銃と革の覆いを砂のバケツに突っ込んだ。それから待合室へ飛び出す。銃声の数秒後のことだ。待合室で階段のたもとにいたふたりの巡査には、タラールの部屋の窓と閉じたドアを通した音よりも、廊下の窓を通った音の方が、よりはっきりと聞こえたことだろう。

では、スコール大尉を死に至らしめた一発と、窓の上に撃ち込まれた一発が、実際に発射されたのはいつか？　こうなると、もう共犯者を捜す必要がないことは明らかである。大尉の部屋で車のパトロールのスケジュールを打ち合わせている最中に、消音器を使ってタラール自身が撃ったのだ。その直後に、あるいはすこし後にジェーソンの部屋に行き、上司が大尉の部屋へはもう行かないことを確認した。つまり、一階で確実なアリバイをつくり、殺人の行われた時刻をごまかすために、消音器をはずして銃を二発撃つ準備をする前に、死体が発見される恐れのないことを確かめたのだ。

まだ解明しなければならない細かい点や、整理が必要な断片が残っているが、今やプールは、自分が間違いなく実際に起きたことを把握し、それを陪審に証明できると確信を持っていた。ヘイリングが来たら、タラールをジョン・ハインドと認めるはずだ。そうすれば逮捕に踏み切れる。

＊

プールとヴェニング警視との話し合いは、双方にとってひどくつらいものになった。ヴェニングはプールが主張する論拠を頑なに受け入れようとしなかった。いちいち食ってかかり、推論には片っ端から難癖をつけ、どんな根拠にも異を唱えた。しかし、ゆっくりではあるが確実に屈せざるを得なくなった。椅子に身体を沈めると警視は、プールが言ったことは議論の余地のないほど明白であり、その要求を聞かなければならないことを、とうとう認めた。ヘイリングによって決定的な身元確認が行われるまでは、誰にも何も言わないことを取り決めた。それが済むまでヴェニングは、すべては仮定をもとにした話であり、個々の偶然には説明がつけられ、自分の警察にのしかかるこの悪夢もやがては追い払われるという、最後のかすかな望みにしがみついていた。

電話では盗み聞きされる危険があるため、プールは自らロンドンに赴いてサーストン部長に報告をし、明朝一番でヘイリングにブロドベリーへ来てもらう手筈を整えることにした。どのみち、クラパムからの予備報告が上がってくるには、それくらいの時間的余裕をみておくべきであろう。いずれにせよ、逮捕に持ち込めるだけの十分な材料があるかどうか、上司の意見も聞いておきたかった。さらに、ミセス・アルバート・ハインドを従犯として逮捕すべきかということも、検討しなければならない。これはヴェニングの裁量だが、プールの助言に大きく左右されることだろう。

プールは夕方になる前にスコットランド・ヤードに着き、部長に自分の考えを告げた。サーストンは、刑務所の看守によってジョン・ハインドに間違いないと確認がとれ次第、タラールを逮捕すべきであると同意したが、ミセス・ハインドについては、逮捕するにはまだ根拠不十分だと考えた。それもおそらく時間の問題だろう。とにかく、監視は必要である。シャセックス州警察が受け持つことになった。そのほかの点では、サーストンはプールの成し遂げたことを手放しで褒め、その仕事ぶりにたいそう満足していることを隠そうとはしなかった。

立ち去る前に、プールはクラパムからの知らせを聞いた。地元の警部がタラール青年の身元照会に応じた校長、ワイルド氏に会ってきたところ、すでに引退していたワイルド氏はタラールのことをよく覚えていた。一九一八年に彼が出征する前に会ったそうである。それ以来、ブロドシャー州警察への応募に際して間接的に連絡があったときを除いて、音沙汰はなかったらしい。警察本部長から送られてきた書類に喜んで署名をし、もっとも優秀で信頼できる生徒のひとりとしてタラールを強く推している。ワイルド氏は、確かにタラールの父親は一九一七年に死亡しており、この老人のために家事を切り盛りしていた叔母も、すぐ後に亡くなったと教えてくれた。ウィリアム・タラールは孤児となったわけで、二度とクラパムに戻ってこなかったのも、おそらくそのせいであろう。もうひとりの推薦者、教区牧師のダンス氏は一九二三年にこの世を去っている。クラパムからの知らせはたいして事件進展の役に立たなかったが、妨げにもならなかった。プールはブロドベリーに戻り、翌日に待ち構えている気の重い仕事の準備にかかった。

木曜（十一月三十日）の朝、プールが取った最初の行動は、ふたりの部下、ガウワー巡査部長とマッソン巡査に任務を与えることだった。逮捕はブロドシャー州警察の仕事だが、プールはどんな手違いも許すつもりはなかった。ガウワーは警察本部の正面を、マッソンは裏手を見張り、特にタラールの部屋の窓が面している小さな中庭と横手入口に通じる通路は、ふたりして表と裏から注意して見るよう、細かく指示を出した。ガウワーもマッソンもタラールの顔は知っていた。ふたりは、タラールがひとりで建物を出ることがあったら、どんな状況であろうと後をつけ、奴が逮捕されるか、プールからさらなる指示があるまでは目を離さぬようにと命じられた。

プールは手配が済むと鉄道の駅へ歩いて行き、ヘイリングを出迎えた。ふたりはタクシーに乗り、本部の裏側にあるブロドベリー署の入口に車を着け、待合室を通って二階の本部長室へ行った。偶然、鉢合わせするといけないので、万一タラールが現れたら、ヘイリングは大判のハンカチで顔を隠し、鼻をかむことになっていたが、ふたりは誰にも会わなかった。プールはヘイリングを無事、ヴェニング警視に紹介した。

その会見は、気詰まりなものだった。どんよりと老け込んだ感じのヴェニング警視は、意を決してつらい任務を遂行するつもりでいたが、部屋には重苦しい雰囲気が漂い、それが三人全員の気持ちにのしかかっていた。ヘイリングは一枚の集合写真を見せられたが、かつての囚人をはっきりと判別することはできなかった。それでも、似ている人物ということでタラールを指差した。裏づけをとるためには、面通しするよりほかない。それから、即刻逮捕だ。タラールが武器を携帯している可能性は十分考えられるが、それは覚悟しなければならないリスクだった。

「プール、直接、君が逮捕するつもりはないんだろう」とヴェニングが尋ねた。

「ええ。ですが、その場に居合わせたほうがよいと思います」

ヴェニングはうなずいた。

「タラールをここに呼んで、ヘイリングさんが彼を確認したらすぐにパリー警部が逮捕する。本部長代理として私がやる仕事ではないと思う。巡査もふたり、部屋に配置したほうがいいな」

ヴェニングはため息をつき、両目を手でこすった。それから姿勢を正した。

「先に、ジェーソン警視に話しておいたほうがよさそうだ。タラールは彼の部下だからな」

ヴェニングは呼び鈴を押し、内勤主任を呼び出した。しばし沈黙が流れた。それから廊下を渡ってくる足音がしてドアが開いた。タラール警部が部屋に入ってきて、後ろ手でドアを閉めた。

「ジェーソン警視は具合が悪いそうです。今朝、連絡がありました。今、私が業務を代行していますす」

タラールは即座には看守に気づかなかった。しかしすぐに何かがおかしいと感じ取ったようだ。ヴェニングはまるで幽霊を見たかのように、彼を凝視している。タラールはプールに目をやり、それからヘイリングを見た。ふたりの男は互いを見つめあい、やがて、相手を認めたという表情が双方の目に浮かんだ。それを見たプールは、何が起こるかを見越して、タラールの肩にすり寄った。問題が生じる前に手を打たなければならない。

「ジョン・ハインド。おまえを逮捕する……」

その瞬間、タラールはくるりと振り向き、右の拳でプールのあごに強烈なフックを見舞った。プールの身体が浮き上がり、床に落ちる。次に、右足で書き物机を力一杯蹴ってヴェニングに叩きつけた。ヴェニングはよろよろと後ろに下がり、身体を支えようとあたりのものをわしづかみにし、ポケットから呼子をとりだそうと懸命にもがいた。年老いた看守は勇ましくも近寄ろうとしたが、みぞおちに強烈な一撃をくらって、あえぎながら身体を折った。

「あなたが教えてくれた技ですよ」タラールがうなるように言った。そして尻ポケットから銃をさっと取り出した。不格好な付属品がつけられた銃身が、ヴェニングの腹をまっすぐ狙っている。

「ヴェニング警視、あんたの番だ」目を凶暴そうにぎらつかせて、タラールがどなった。

くぐもった咳に似た音とともに、銃身から小さな炎がほとばしった。ヴェニング警視は身体をしっかりと抱きかかえながら、ゆっくりとひざをつき、そして床に崩れ落ちた。

プールの言葉でタラールが行動を起こしてから、十秒と経っていなかった。しかし、ひとりは死んだか死にかけており、ひとりはぜいぜい言いながら身体を折り曲げ、そして三人目のプールは、くらくらするようなひどい吐き気に襲われながらも、意志の力でそれと格闘し、床の上で痙攣《けいれん》している。いつもどおりの冷静さを取り戻したタラールは、油断なくさっとあたりを見回した。部屋にいる者は誰も自分を止めることはできない。外からの音もない。足音や倒れる音は大きかったが、何の注意もひかなかったようだ。

廊下を出て階段を降りるか、それとも窓から出るか。タラールの思考は、ひとつの策から別の策へとめまぐるしく動いた。ぐずぐずしている暇はない。プールは今にも回復するかもしれない。看守が叫び声をあげるかもしれない。建物内にいる者からはこの窓は見えない。縦樋をつたって降り、ここを離れたほうがいい。タラールはさっと身を躍らせ窓の敷居に乗ると、上側の窓を引き下ろした。彼がそうしている間に、プールは恐るべき努力でどうにかひざで立ち、しばらくその場でふらついたあと、逃げようとする男に鉛と化した身体をぶつけた。強烈な蹴りが頭をかすめたにもかかわらず、プールはやみくもながら本能的に男の片脚をつかみ、引っ張り、しがみついた。銃をポケットにしまっていたタラールは、窓をつかんでいる手を離さないかぎり、それを取り出すことができない。今や、プールの意識は急速に戻りつつあった。もうひと頑張りして、反対の脚もつかんだ。タラールは片手を思いきり振り降ろしたが、効果はなかった。元ラグビー選手のニー・タックルにしがみつかれ、締めつけられ、タラールは激しい音をたてて床に落ちた。

両足を使うことができないタラールは、両の拳でプールの頭を何度も殴った。だがプールは、顔を相手の腿に強く押しつけて隠し、脳天を攻撃されて意識が朦朧《もうろう》としながらも、しがみつき続けた。タラールは片方の手で尻ポケットから銃を引っ張り出そうとしたが、プールの腕がしがみついているせいで服地が強く引っ張られ、取り出せなかった。そこで、椅子に手を届かせようと転がった。その椅子で相手の頭を叩きつぶそうと考えたのだ。転がったことでふたりはヴェニングの身体に近づいた。プールは顔から数インチのところに、ヴェニングが撃たれる前に遮二無二ポケットから取り出そうとした呼子があるのに気がついた。彼は片手を離し、呼子をつかんで口に突っ込むと吹き鳴らした。幾度も幾度も。その音は、建物中に鋭く響き渡った。椅子を頭に叩きつけられたプールは、意識が遠のきつつも、ばたばたと足音がしてドアが開き、青い姿が部屋に押し寄せるのを、おぼろげながら目にした。それから、すべてが真っ暗になり、意識不明の渦へと落ちていった。

第二十六章　告　白

意識を取り戻したときプールが最初に尋ねたのは、ヴェニング警視のことだった。彼を任かされているらしいバニスター巡査部長が「警視は大丈夫です」と答えたが、その表情から、プールにはそれが自分を元気づけるための言葉だとわかった。そう言うように命じられていたのだろう。それ以上追及するのはやめにした。少しすると、ピュー医師がせかせかと入ってきた。

「よかった、警部。意識が回復したか」ピュー医師はひざまずいて鞄を床に置きながら言った。プールは、自分が「配給品」の毛布を掛けられてマットレスに寝ていることに気がついた。医師の診察はすぐに終わった。

「監禁された『血まみれの伊達男』ってところだな。目にはあざ、はれ上がったあご、頭が割れそうに痛いだろう。なに、たいして心配はない。何があったかよくわからんが、あんたが奴の脚にしがみついてるのをみんなが見つけたそうだ。そっちまで撃たれなくて運がよかったな」

「ヴェニング警視の具合はどうなんですか」プールは心配そうに尋ねた。

警察医の陽気な顔が曇った。

「残念だが、非常に危険な状態だ。腹部の傷がひどい。助かる見込みは千にひとつと言わねばならんが、警視の体力と意志の力に賭けよう。あんたは、あと一、二時間は寝てなきゃいかん。何か眠れる薬をやろう。目が覚めたときにはすっかり良くなっているよ。今、起き上がったりしたら、一週間かそこらはふらふらして何もできなくなる。脳炎なんぞにやられてしまっても知らんぞ」

プールは起き上がる気にはなれなかったし、その力もなかった。ところが五時間も寝たら、すっかり生き返った気分になった。まだ頭痛が残ってはいたものの、めまいや吐き気はもう消えていた。宿に歩いて帰り、風呂を浴びて胃に少しものを入れ、それから警察本部へ戻った。

肉体的には回復したが、精神的にはみじめで意気消沈していた。まったく筋の通らないことだが、プールはヴェニング警視が撃たれたことで、自分を責めていた。二十年前の密猟事件のことをきちんと読んでさえいれば、スコール大尉の宣誓証言を支持した若い巡査部長がヴェニングで、それがアルバート・ハインドの有罪判決に大きな影響を与えたことがわかったはずなのに。事件の記録を読み始めたところへ、サーストン部長から電話があって中断され、電話を切った後も、それをそのままにしていたのだ。そもそもの初めから、ハインド一家のことをすべて把握しておかなかった自分の落ち度を痛感した。もしそうしていたら、ヴェニングの命もまた危険にさらされていることがわかったはずだ。誰も教えてくれなかったのは妙だが、きっと皆、プールが知っていると思ったのだろう。

悲劇の知らせはどうやらジェーソン警視にも伝えられたようだ。青ざめた顔をして震えながら執務室に戻っていたが、重いインフルエンザのためにひどくつらそうにしている。どう見ても寝ていたほうがよさそうだが、本部長代理が死にかけており、本部の内勤警部が逮捕されたとあっては、誰かが仕事を進めなければならない。南東管区のラジャー警視が来て、指揮を引き受けてくれてはいたが、内部の事情に明るい上級警官の助けが必要だった。

ジェーソン警視はプールから事件の詳細を聞いたあと、タラールが彼に会いたいと言っていることを告げた。警視はそれ以上、何も言わなかった。プールはラジャー警視の許可を得て、タラールが勾留されている留置所へと降りていった。タラールは手錠を掛けられており、ふたりの巡査がプールとともに留置所のなかに残った。逮捕に抵抗してタラールがふるった暴力を目の当たりにした警察は、これ以上どんな危険も冒すつもりはなかった。プールのつぶれた顔を目にして、タラールは残忍な笑いを浮かべた。

「すまんな。今度はちょっとばかり強く殴っちまった。こっちが銃に手が届かなくて、命拾いしたな。あんたを叩きのめしておくべきだった」

プールはこの冷酷だが紛れもなく勇敢な相手に、ひそかな賞賛の念を禁じえなかった。しかし、個人的な感情は交えずに、あくまで警官としての態度を貫く気でいた。

「警告はもう受けたと思うが、供述するつもりがないのなら、何も言わないほうがいい。そうする必要はないんだ」

「まったくその通りだ」とタラールは冷静に言った。「だからあんたに会いたかったんだ。昨日、兄貴が死んだと聞いたんだが、それは本当か」

「ああ、残念ながら」

「事実として知っているのか」

「昨日、ヤードにいるときに、ブレトスクのイギリス領事から送られてきた電報を見たよ。月曜に急死した」

タラールはゆっくりとうなずいた。しばらく、黙ったまま座っていた。険しい目つきで、口もとはこわばっている。それから、心を決めたとでもいうように、肩をすくめた。

「なら、供述を拒む理由はない。本部から巡査をよこしてくれ。フックワージーがいちばんいいな……そうしたら話をする」

「時間をかけてよく考えたほうがいいぞ」とプールが言った。「とにかく二十四時間、待ってみろ」

タラールはかぶりを振った。

「もう意味がない。兄貴は死んだんだ。黙ってる必要はなくなった。むしろ話したいんだ。こうなったら、必要以上の厄介事は起こしたくない。有罪を申し立てる」

「それはだめだ。殺人事件ではできない」

「そりゃ、正式には無理だろうが、とにかく話をするよ。そうすりゃ、あんたも手間が省ける。紙を持ってきな」

「ジェーソン警視に話してくる。調書を取りたがるだろう」

タラールは顔をしかめた。

「あんたがやるんだ。でなきゃ、誰にも言わん。ジェーソンとは何年も一緒にやってきたんだ。情《なさけ》ってもんがあるだろ」

「わかった。代理の本部長に異存がないかどうか聞いてみる」

「誰がやってる？　ラジャー警視か？」

プールはうなずいて、留置場を去った。十分して、フックワージー巡査とともに、フールスキャップ判の用紙の束を手に戻ってきた。プールとフックワージーは小さな木製の机に向かって座った。タラールは近くに二名の巡査を付き添わせて、相変わらずベッドに腰掛けたままだ。

「密猟のことはすっかり知ってるな」とタラールは始めた。「ここに来た最初の晩に教えてやったからな。ばかなことをしたのかもしれん。だが、どうしても話しておきたかった。こっちのほうが一枚上手だ、少しぐらいひけらかしたって構わないと思っていたのさ。それに、スコールは当然の報いを受けただけだと、皆にわからせたかった。ヴェニングが若い巡査部長で、奴の証言を裏づけたことは黙っていた。あのときは奴も殺《や》るかどうか、はっきり決めてなかったんだ。ヴェニングが自分からそのことを言うはずはないから、役に立つこの情報をあんたが見落とすかもしれないという期待もあった。探り当てたかどうかは知らないが、当然、わかってたんだろうな」

プールは顔を赤くしたが、何も言わなかった。

「俺たちにはわかっていたんだ」とタラールが続けた。「兄貴とフランク・ポーリングと俺は、スコールが機会さえあれば俺たちを吊るす気でいたことを知っていた。判事が兄貴に死刑を宣告し、俺は五年で出られると聞いたとき、出てきたら、すぐにスコールを殺《や》ってやると心に誓った。あの頃はまだほんのひよっ子で、実行に移すにはあまりにひ弱だったが、ペントワースの看守が俺を立派な男に仕立て上げてくれたよ。こっちの目論見に手を貸してくれてるんだと考えて、陰でよく笑ったもんさ。警察に入るというアイデアも、その頃すでに思いついていた。もっとも、どうすりゃそんなことができるかはわからなかったが。フランクをまともにさせておこうとも努力した。何か一緒にやれることがあるかもしれないと考えてね。だけどあいつはあんまり利口じゃなかった。吹っ飛ばされたときは、ひとりでやったほうがうまくいくなと思ったよ。プール、あんたがどこまでつかんでいるか知らんが、もしわかりにくかったら言ってくれ」

「質問はできない。知ってるだろ」

「そりゃ、正式にはそうだが、自由に質問してくれと俺の方が頼んだと供述書に書いて署名すれば、大丈夫さ」

プールは疑わしげな顔をした。

「とにかく、先を続けてくれ。ここまではまったく問題ない」

「そうか。俺たちは出所して、ふたりともロンドン・フュージリア連隊に入隊した。一九一七年の十一月のことだ。ウォーリーで訓練を受け、そこでタラールに出会った。奴は警官になるつもりだと言って、ブロドシャー州警察の名を教えてくれた。もちろん、こっちの正体は明かさなかった。ところで、俺はハリスという名で入隊してたんだ。で、タラールは、自分のおやじがスコール大尉の中隊付き曹長で、戦争から無事帰還したら息子を警官に採用して欲しいと、死ぬ直前にスコールに手紙を書いたことを話した。スコールは承知したと返事をよこした。タラールがその手紙を見せてくれたよ。紙入れに挟んで持ち歩いていたんだ——お守りだと言ってね。ドイツ軍が一八年の三月に攻撃をしかけてきて、ロンドンの連中の大規模な分遣隊があっという間にやられた。ベースキャンプには何千という兵士がいたんだが、俺たちはいきなり前線に押しやられちまった。列車もかくやというスピードだ。どの部隊に行くかなんてことはたいして問題じゃなかった。タラールと俺は、五十人ぐらいの連中と一緒にブロドシャーの歩兵大隊に合流するはめになった。第七大隊だ。タラールはそりゃもう大喜びだったが、こっちは、元警官がいて気づかれでもしないかと、ひやひやだったよ。だが、いいかい、俺は法廷にいたときとはちっとばかり変わっていたんだ」

タラール――ジョン・ハインド――は、自分の厚い胸板をちらりと見下ろした。二十年前、五年の禁固刑を宣告された痩せっぽちの青年のものとは、ずいぶん違う。

「フランク・ポーリングは俺たちと一緒じゃなかった。で、あそこで起きてた混乱を利用すれば、こっちの狙いを実行に移すチャンスがあるかもしれないと、ひらめいたんだ。どう考えても中隊の名簿に俺たちの名前が載ることはなかったからな。どのみち、そうなる前にほとんど死んでしまった。すぐに戦場に送られてね。大隊はボーシャン＝シュル＝ソンムという名の村を押さえていた。ドイツ野郎はこっちが大隊に追いついたその晩に攻撃を仕掛けてきたが、俺たちは奴らを撃退した。俺は運よく――それとも運悪く、かな、そうだとしても驚きはしないが――部隊長、つまり今のコードン将軍の目に留まった。もっとも、当時はコードンの名前すら知らなかったと思う。コードンは俺のために勲章を申請すると言っていたが、もちろん、そんなことはしなかった。ところが、二、三週間前にここで会ったとき、こっちの顔を思い出しやがった。もちろん誓って人違いだと言ったが、まったく冷や汗もんだったよ」

プールはうなずいた。

「ああ、君にとってはついてなかった。だが、ことを早めたというだけだ。我々はすでに君に狙いをつけていた」

「あんたが、だろ。こっちの話が終わったら、どうして俺だとわかったのか聞かせてくれよ。その気があればの話だが。とにかく、あのときはすべて完璧にことが運んだ。一日か二日後にドイツ兵どもがこっちの側面を突いて、また攻撃してきた。俺とタラールとあと六人ばかりで村はずれの民家にいたんだが、そこへドイツ野郎がやってきた。生き残ったのは、俺だけ。それこそまさに千載一週のチャンスだった。ブーツから何から、タラールが身に付けているものを全部脱がせた。連隊の番号がついていたからな。それから奴の服にからだを押し込んだ。服はそんなに傷んではいなかったが、なにしろ窮屈だったよ。それから、タラールにこっちの服を着せ、認識票や給与支払簿を取り替えた。奴にはちょびひげが生えていたのでそれを剃り落とし、家の材木を使って顔を叩き潰した。時間はたっぷりあった。ドイツ軍は二十分間というもの、いろんな大きさの迫撃砲をがんがんぶっぱなしてたからな。奴らが突撃してきたとき、なんとか見つからずに三、四人を狙撃すると、それから死んでいるほかの連中の合間に横たわって、ドイツ野郎が意識のない俺を見つけるように仕向けた。とにかく泥と血にまみれていたから、後衛の味方でも俺とはわからなかっただろう。まあ、捕虜収容所には同じ分遣隊の人間はひとりもいなかったし、ドイツの収容所でも、知っている顔には一度も会わなかった」

「警部、ちょっと速すぎます」とフックワージーが言った。刑事被告人と上司とを別個には考えられないようだ。

「すまん。もっとゆっくり話そう。もちろん、俺はタラールの名を騙った。捕虜として国にも通知されてたと思うが、タラールには、軍隊に入る前に父親も叔母も死んで、ほかに身寄りはいないと聞かされていた。戦争が終わると、ほかの連中と同じような段取りで祖国に戻り、パーフリートで除隊した。もちろん、タラールとしてだ。当然、復員兵は大勢いたから、誰も特定の人間のことなんか気に留めやしなかった。俺は口ひげをはやし、できるだけタラールに似るようにつくろったが、あれがいちばん危ない橋だったな。うまくいったよ。ひとり、ふたり、知ってる奴を見かけたが、顔を合わせないように気をつけた。民間人の生活に戻るとすぐここに飛んで来て、手紙を見せた。

スコールがタラールの父親に書いた手紙だよ。フランクスという名だったな。「正体を疑われるいわれは何もなかった。クラパムの教区牧師と校長にお決まりの書類を送ってくれたよ。その名前は、ふたりで故郷やなんかのくだらない話をしてたときに、タラールから聞き出してあった。牧師と校長はタラールをよく知っていると返事を寄越した。身元確認のために出向く必要はなかったし、もちろん、タラールの出生証明の写しを手に入れるのはごく簡単だった。あとは手首の傷だ。刑務所の記録にあるのは知っていたから、警察の記録に残したくなかった。それで、検査の前に書類ばさみでこすったら、新しくできた傷にしか見えなくなった。爪でひっかいたと言うと、無視してくれたよ。これっぽちも疑われずに、たいした問題もなく警察に入り、タラール巡査として収まったというわけだ」

「もし誰かに訊かれたら、そんなことはあり得ない、と答えるだろうな」とプールが言った。話に引き込まれて、あくまで職務上の態度を取るという決意を忘れてしまった。「君の言うとおり、簡単そうだな」

「実際、そうだったんだ」とハインドが応じた。「だが、こんなことは百年に一回きりしか起こらないことだろう。全能の神の思し召しさ」

タラールは、歩きながら話すという癖から、立ち上がった。たちまちふたりの巡査がすり寄った。タラールは短く笑って腰を降ろした。

「わかったよ。もうやることはやったんだ。今は、ハエ一匹傷つけたりしない。どこまで話したっけ？ いいか、プール、俺はドイツの収容所にいた八ヶ月間、考え抜いた。あそこで、たくさんある問題のうち、いちばん厄介な点を解決するのに力を貸してくれた男に出会った。向こうはそうとは気づかなかったがね。アイルランド人で名前は……まあ、奴の名前を教えることもないか……仮にマーフィーとしておこう。反体制派で、ＩＲＡの戦士になる奴を捜していた。俺が反逆者タイプだと見抜いたんだと思う。しきりに持ち上げてきたんで、おもしろ半分にしゃべらせておいた。そのうち、こいつは利用できると思ったね。俺の計画のうち、消音器の入手がいちばん難しい部分だということは、あんたにもわかるだろ。マーフィーのことを心に留めておいて、ここで本部勤務になるとすぐに、その件に取り組んだ。もちろん、本部長の使っている銃が何か突き止めるのは簡単だった。警務部に登録証が保管されてるからな。それに、引き出しにあるのを見たこともある。自分で同じ型のものを手に入れることは不可能ではないが……簡単というわけでもない。消音器となると実に厄介だ。そこでマーフィーの出番さ。フックワージー、速すぎないか？」

「もう大丈夫です」

「休暇が近づいたとき、マーフィーに手紙を出した。イングランドにはもううんざりだ、幻滅もいいところだ、とかいったことを書いて、そっちに加わりたい、必要ならばどんな汚い仕事もいとわない、と申し出てやった。奴の住所は聞いていたし、こっちはロンドンにある貸し住所を使ったよ。刑務所にいるときに教わった場所だ。どうだい、素敵だろ、あそこじゃ役に立つ知識がいろいろ手に入るんだ」

プールは質問をしたくてたまらなかったが、それは規則に反していた。

「もちろん、警官だってことは伏せておいた。俺はひとつ条件を出した。消音器つきの・三八〇口径ウエスティング＝トーマスじゃなきゃやらない、しかもずっと持っていることを許可してくれと言った。あんたたちのためにひと仕事したら、こっちにもやることがあるとね。もちろん、奴らはあらゆる形、種類の銃をごまんと持っている。向こうは承知してくれたよ。休暇が来ると、はるばるアイルランドまでこっそり行った。マーフィーのためにひと仕事して……」

「何だって」プールは大声を出した。「まさか……？」

ハインドはうなずいた。

「そうさ。やったよ。やらなきゃならない仕事があるときには、覚悟を決めなきゃしようがない。代償を払って銃と消音器を手に入れ、ここに戻ってきた——すべて三週間のうちにすませた。見事な手際だろう。自分でも褒めてやりたいよ。これでこっちの仕事の準備は整った。だが、むざむざと捕まる気はなかった。兄貴が生きていたら話せなかったのは、ここのところだ。兄貴に罪を負わせることはできない。だが、先に逝っちまった。もう傷つくこともない。フィールドハーストにいる兄貴とはずっと連絡を取っていた。どうやったか知りたいだろうが、教えるつもりはない。これもペントワースで教わった手口だ。プール、俺は頭の先から爪先までどっぷり前科者だ。警官は仮の姿さ」

プールは相手の目がぎらりと光るのを見た。この目つきは前にも見た。最初に会ったときのことだが、その意味を理解できなかった。フロイトならわかっただろうに。

「兄貴はいつも問題ばかり起こして、あまり減刑してもらえなかった。だからこんなに長く待たなきゃならなかったのさ。でも、出所したらすぐにこっそり会いに行って、兄貴の役割を取り決めた。兄貴はおとりだった。これは話す必要はないな。わかってるはずだ。ここに姿を見せて、脅し文句を口にする。本気じゃない——それで起訴されることはない。そうしたら気づかれないようにロンドンへ行き、できるだけ早い船で出国する段取りになっていた。どうやって逃げたかは知ってのとおりだ。何年も前に自転車を手に入れて、使うときが来るまで隠しておいた。あの晩、もしスコールが兄貴に呼び止められたことを通報していたら、俺はそれを耳にしたはずで、そしたら兄貴に連絡して、兄貴は手紙をジャック・ウィセルに手渡す代わりに投函し、すぐさまロンドンへ向かうことになっていた。どうやってティルフォード・クイーン号に雇われたかも知っているな。偽名を使うことになっていた。兄貴がなんでハリスの名にしたのかは、見当もつかない。あんまり想像力があるほうじゃなかったからな。いざとなって、俺が使っていた名前しか思いつかなかったんだろう。それが手がかりになったんじゃないか」

「少しはな」とプールが言った。

「とにかく、兄貴はことが終わる前に、無事、国を抜け出した。いつでも鉄壁のアリバイを申し立てられるってわけさ。同じように、俺の方も用心のため、兄貴が本部長とウィセルぼうやの前に姿を見せた時間のアリバイを完璧にしておいた。変装じゃないかと考える奴がいた場合に備えてね。そうそう、ジャック・ウィセルが毎朝、自転車でブロドベリーに来ることはよく知っていたんだ。ほかの人間に見られることなくウィセルを呼び止められる場所の心当たりもあった。兄貴の役目はそれで終わりだ」

プールは、この部分ではかなり話が省略されていると感じた。ミセス・アルバート・ハインドのことが一言も触れられていない。すべての計画を考え、けしかけたのが、実際にはミセス・ハインドでないとすると、彼女の役割は兄弟の間のやりとりを取り持つことにあったはずだ。プールはそう確信していた。

「些細なことだが」とハインドが続けた。「脅迫の日どりはジェーソンの妹の結婚式の日に合わせた。結婚式のことは前から知っていて、ジェーソンが休みをとるとわかっていたからな。どうしてもというわけじゃなかったが、兄貴が無事逃げおおせるにはずいぶんと役に立った。ほら、坊主が例の手紙を持ってきたとき、俺は内勤主任を代行していたから、兄貴のためにうまいこと細工ができたのさ。急いでいるふりをして、ヴェニングに兄貴がいない道へパトロールの車を出させ、ラジャーには兄貴が使わない駅に人を遣らせた。グレイマスに電話をして、街の捜索と船の監視をするようせっついた。だが、グレイシャー警察への電話は、ずいぶんと時間がたってからにしたんだ。その結果、向こうの内勤主任はこっちの話をあまりまともに受け取らなかった。そう仕向けたんだ。グレイシャーが手配したころには、兄貴はコーシントンを離れて、ロンドンまであと半分のところというわけさ。もちろん、乗る列車も事前に決めておいた。同じようにヤードへの連絡も引き伸ばして、キングズ・クロス駅を捜しても手遅れになるよう仕組んだ。その後は、兄貴はまったく安全だった」

プールは、相手がこの命懸けのゲームで見せた巧妙さに、つい感心してしまった。このような頭脳と度胸があれば、ジョン・ハインドは何をやっても成功したことだろう。

「こうして月曜の午後に決行することになった」とハインドが言った。「絶対にその日でなければ駄目だということでもなかった。いったん兄貴が国外へ逃げてしまえば、あとは機会が来しだい実行するだけだった。だが、月曜がいちばん都合がよかった。というのも、いつもパトロール車のスケジュールを本部長に持っていくのが月曜なんでね。二階へ行ったときには、ヴェニングはすでに本部長に会ったあとで、ジェーソンも手紙に署名をもらっていたことを知っていた。こっちにはやることが山ほどあった。だからそのまま部屋に入り、本部長の前に書類を置いて正面に立ち、奴が書類を見ている隙に消音器つきの銃を抜いた。それからこう言ってやった。『俺はジョン・ハインドだ』。奴は顔を上げ、まっすぐ銃を見たよ。その目に死への恐怖が浮かんだのを見て、すぐに額に一発ぶち込んでやった。ほとんど音はしなかった」

　プールは、哀れなヴェニングを襲ったくぐもった咳の音を思い出して、ぞっとした。

「奴の銃を見つけるのに、たいして時間はかからなかった」とハインドが続けた。「机の上の書類の下にあった。不審な人間が入ってきたら、すぐ手にとれただろうに。もちろん俺は、身内の人間を奴が疑うはずがないと踏んでいた。それから、消音器をはずして奴の銃につけ替え、窓の上の壁めがけて一発撃った。もちろんこれは、本部長が撃った相手は奴が信用していなかった人間、つまり俺の兄貴だと皆に思い込ませるためだ。兄貴は安全だった。国外にいてアリバイがある。だから、そう思わせても大丈夫だった。二発目は最初のより大きな音がしたように思えて、少しあせった。消音器付きの銃をポケットにすべり込ませ、もう一方の銃を本部長の手の下に置いた。もし誰かがやって来たとしても、壁の痕に気づかれる前に、自殺ということでなんとか切り抜けられると考えたんだ。誰も来やしなかったが、俺はミスを犯してしまった。奴の手に違う銃を持たせてしまったんだ——俺の銃をね。奴の銃は消音器がついたまま、こっちのポケットにあった。そのことに気づいたのは下に降りてからで、もう手遅れだった」

　弾丸に関するヴェニングの間違いがなぜ起きたのか、プールにもわかりかけてきた。

「ここからが計画全体でいちばん厄介な部分だ。廊下を横切ってジェーソンの部屋のドアをそっと開け、また閉めた。よそ者が建物に入り込んだと見せかけようとたくらんだのさ。殺人の前の出来事としてね。特別な意味はない。たんなる攪乱作戦だ。それから、廊下の窓を開けた。その理由はすぐに教えてやるよ。その何日か前の晩に縦樋をよじ登っておいた。誰かが屋根に上がっていったという痕跡を残すためさ。いったん屋根に登ってから、落とし戸を通って備品室に降りたという筋書きに見せるつもりだったが、あんたたちは廊下の窓が何らかの役割を果たしていると考えたようだ。それは計算に入っていなかったから、ここにいるフックワージーが窓に目をつけたときは、戸惑ったよ」

走り書きをしていた巡査は、誇らしさと決まり悪さがないまぜになって、顔をほてらせた。

「それから五分待って、もう一度、廊下を横切り、まっすぐジェーソンの部屋に入った。本部長の署名が要る手紙がまだ残っているかどうか訊くためだ。十中八九、ないと踏んでいたが、下に降りて銃を撃つ前に、ジェーソンが向かいの部屋に行って死体を発見しないことを、なにがなんでも確認する必要があった。もしあると言われ、それを阻止できなかったら、ジェーソンを殺して第二の犠牲者と思わせなければならなかった。奴のことは好きになれなかったけれど、そこまでしたくはなかった。だが、大丈夫だった。下に降りてフックワージーを使ってアリバイをつくり、こいつが部屋を出るとすぐに窓の敷居に飛び乗り、それから窓枠の上に乗った。そうすれば、窓から身体がほとんど外に出る。消音器はすでに銃からはずしておいた。銃を持って、自分でつくった革の袋で手をすっぽり包んだ。閃光が見つからないようにするためでもあったが、それより薬莢を落とさないようにしたかった。説明のつかない薬莢が中庭で見つかったらまずいからな」

「そいつは思いつかなかった」とプールが打ち明けた。

「ということは、ほかはわかっていたんだな。とにかく、廊下の窓に届くまで手を十分、上に伸ばした。これが窓を開けておいた理由だ。二階の廊下で音をさせたかったんだ。二度、撃ってから飛び降り、銃や袋をすべて消火用の砂バケツに突っ込んで待合室に飛び出し、『上だ』と言った。ほかの連中は俺について来た。何を発見したかは知ってるだろ。銃を間違えたこと以外は、すべて完璧にことが運んだ。けど、銃のことはまずい失敗だった。どうやって挽回すればいいかわからなかったよ。ヴェニングはあの部屋を一度も出なかったから、銃をすり替える機会はなかった。本部長の手にあったのが本人の銃ではないとばれたら最後、計画はすべてぶちこわしになっちまう。救いの神は、コードン将軍だった。次の日の朝にやって来て、ヴェニングに会いたいと言った。むりやり俺の部屋に通して、ヴェニングが降りて来てそこで将軍に会い、俺を部屋に見張りとして残すように仕向けた。奴は銃も弾も持っていて、すべてを机の上に置いていた。もちろん、銃をすり替えるのは造作なかった」

「そうか!」とプールが叫んだ。「それでわかった。ヴェニング警視は君の銃を調べて、スコール大尉の頭部にあった弾がその銃から発射されたものだと判断した。その後で、つまり、君が銃をすり替えた後でヤードの専門家が調べたら、まったく逆の答えが出たんだ」

ハインドは目を見開き、それから噴き出した。

「かわいそうなおっさんだ。ちょっとした問題になったに違いない」

失言を後悔したプールは、黙ったままでいた。そして、ハインドは話を続けた。

「『ジョン・スミス』のサインが入った手紙を見つけたかい」とハインドが尋ね、プールはうなずいた。「あれは、兄貴が捕まった場合に備えて用意した、第二のまき餌だ。あの線を追っても兄貴とはつながらないからね。警察内部の漠然とした汚職のようなものと恐喝のいざこざを臭わせるつもりでやった。そもそもでっちあげだから、探っても何も出てくるわけがない。マーフィーとの連絡に使ったのと同じ住所で手紙を書いた。もちろん、俺は内勤だから、制服の契約のことも、ブランカシャー商会のことも心得ていた。あのうすのろのヴァーデルと話をして、同じ線で餌をまいておいた。もちろん、奴には面と向かっては何も言わなかったが、ひとつ、ふたつ、ヒントを漏らしてやったら、それを拾ってそこからゴシップをつくりあげてくれたよ。ヴァーデルは、どんな噂話でも耳に挟んだら放っておけないタイプだ。ガウワー巡査部長が奴と話しているのを見つけて、ちょっと肝を冷やしたよ。汚職の考えがどこから出て来たのか、探り当てるんじゃないかと心配だった。わかったのかね」

プールは首を横に振った。

「ふーん、じゃあ、どうやって俺にたどり着いたのか、いつかきっと教えてくれよ。話はこれでおしまいだ」

プールは、この計画とミセス・アルバート・ハインドとの関わりを見つけ出したかったが、刑事被告人の供述に質問をするのは規則に反する。ハインドはプールの考えを読んだようだ。

「いいか」とハインドはとげとげしく言い放った。「アニー——兄貴の女房はこれには関係ない。プール、彼女には手を出すな。さもないと、また面倒を起こしてやるぞ。アニーは何も知らないんだ」

「質問はいけないのだが」とプールは言った。「ハインド、彼女を放っておくには、私は知り過ぎてしまっている。たとえば、何の用で月曜にここに来たのかを聞かなくてはならない」

「ああ、そうだった、あんたはそのことを知っていたっけ。アニーはあんたの車がバスを尾行しているのを見つけて、うまくまいたんだよな」ジョン・ハインドはしのび笑いを漏らした。「アニーは見つからないようにディトリングから原っぱをずっと横切って、〈陽気なたいまつ持ち〉亭にいた俺を見つけたんだ。あそこが俺のお気に入りだと知っていたのさ。店を出た後はロンドン街道まで歩いていき、ロンドン行きのバスに乗って、またウーラムへ戻った。うまくあんたをまいたもんだよ。だが、たんにあんたがジョン・ハインドとハリスのことを詮索していると教えに来ただけだ。殺人のことは何も知らない」

子供だってそんな話を鵜呑みにはすまい。しかし、今はこれ以上の追及は無理だ。次に、供述書を読むという単調で退屈な作業になり、ハインドは自分の意志で行ったという宣誓のサインをした。プールとフックワージーは、殺人犯と見張りだけを残して立ち去った。

上の執務室で、ラジャー警視とジェーソン警視とともに事件の検討を始めたところに、ヴェニングの意識が戻り、至急プールに会いたがっていると病院から連絡が入った。プールが急いで病院へ行くと、出迎えた婦長からできるだけ手短に切り上げるように言われた。たとえ誰であれ面会は厳禁なのだが、患者にはひどく気がかりなことがあるらしく、どうしてもプールに会いたいそうだ。それに、どのみち……もういまさらたいした違いはあるまい。

プールは足音をさせないようにそっと個室に入るとすぐに、自分の上司の変わりようにひどいショックを受けた。ヴェニングの大きな身体はまるで縮んでしまったようだ。顔の皮膚は灰色にたるみ、眼窩は落ちくぼんでいる。ミセス・ヴェニングが傍らに座り、夫の手を握っていた。顔は青ざめていたが、目に涙はなかった。ヴェニングは、乾いた唇からとぎれとぎれに何かをささやいている。プールは反対側の椅子に座り、ほとんど聞き取れないその言葉を理解しようと、身体を前にかがめた。

「気にするな。君のせいじゃない。知っているかもしれんが……私は巡査部長だった……ずっと恥じていた……当然の報いだ……」

沈黙が訪れた。せわしく不規則な呼吸音のほかは、何も聞こえない。ミセス・ヴェニングが夫の唇にコップを当てた。

「マギー、ありがとう。上司に……忠実でなければと思っていた。今になってわかった……人が仕えるのはたったひとりだけ。そのお方が真実を欲しているのだ……これから会いに行くよ」

プールは目に涙がこみ上げてくるのを感じた。死にゆく男の手を握り締める。

「警視、いけません。闘わなければ。きっとよくなります。踏ん張ってください。警視、お願いですから」

やつれた顔に笑みがよぎった。ヴェニングは妻の方に頭を向けた。

「マギー」

「ええ、ウィリー。私はここにいるわ。なあに？」

沈黙が深まった。いまやせわしい呼吸さえ、その沈黙を破りはしなかった。

安定した実力者

貫井徳郎

一　まずはウエイドとの出会いを徒然なるままに

ヘンリー・ウエイドの名前を初めて意識したのは、本叢書第一期のラインナップを眺めたときです。実際には、合作者のひとりとしてウエイドが参加している『漂う提督』を読んでいたのですから、名前は知っているはずでしたが、格別記憶には残りませんでした。

ご存じのように、ウエイドは『推定相続人』が第一期刊行分に入っていました。正直に白状しますと、このラインナップを眺めたとき、一番地味で面白くなさそうだなぁと思ったのが『推定相続人』でした。だってね、探偵小説全集と銘打ちながら、『推定相続人』だけはどうも本格っぽくなく、しかもタイトルからしてどうやら法律絡みの話らしい。日本の法律さえよくわかっていないのに、イギリスの法知識の盲点を衝くような話を読まされたって、そんなの面白いとは思えないじゃないですか。結果的に刊行が遅れ、第二期に繰り越されたときも、ぜんぜん惜しいとは思いませんでした。

ごめんなさい、ウエイドさん。

自分の不明を恥じたのは、実際に『推定相続人』が刊行されて読んでみたときのことでした。確かにこれは、狭義の本格ではない。ジャンル分けするなら犯罪小説の範疇でしょう。でも本格好きの嗜好を充分に満足させる仕掛けが施されていて、しかもそれは私が勝手に思い込んでいたような難しい法知識に寄りかかったものではありませんでした。日本人でも、よく考えれば先に真相を言い当てられるような、シンプルでフェアな仕掛けだったのです。

面白かったのはその点だけではありません。キャラクターはくっきりと個性が立ち上がっていて、ストーリーはサスペンスフル、黄金期の本格には往々にしてありがちな、鈍重な筆の運びとは対極のテンポでした。確かに最後の仕掛けがあったからこそ評価が高くなったのですが、そこだけを取り上げずとも充分に面白い小説として満足できるできばえだったのです。

本格における仕掛けとは、いわば神から授かったものです。作者は本格の神からいただいた大事なトリックを、最も効果的に使わなければなりません。しかし神は気まぐれで、いつでもどんなときでもトリックを与えてくれるわけではありません。だから「仕掛け」の部分に関しては、いつも作者は一発勝負なのです。書く作品すべてが傑作などということは、こと「仕掛け」の部分のみの評価に限定すればあり得ないわけです。

一方、神から授かったトリックをどのように料理するかの手腕は、これは個々の作者の力量に左右されます。トリック自体が類を見ない画期的なものであれば、まあよっぽどひどい書き方をしない限り傑作になりうるでしょう。しかし小粒のトリックしか降ってこなかった場合、それを使って傑作を書くのは作者の技量です。巨匠と呼ばれる人々は確かに本格の神に愛されていたのでしょうが、それはこの技量が卓越していたからに他なりません。力量のない小説家を、本格の神は愛さないのです。

『推定相続人』を読んで私は、ウエイドには本格の神に愛される力量があると感じました。この人ならば、他のどんな作品を読んでも一定した満足を与えてくれるのではないかと想像したのです。そして、邦訳長編で唯一、新刊本屋で手に入る『死への落下』を読んでみました。

私の想像は間違っていませんでした。『死への落下』もまた本格ではなく、犯罪小説でしたが、最後の一撃に賭けた作品でした。文章やキャラクター、展開に安定感があり、そしてなんらかの仕掛けを施そうという気概を持っている。ウエイドはたった二冊にして、私のお気に入りの作家になったのです。

二　前置きはこの辺にしてウエイド本人について受け売りの知識を振りかざす

ヘンリー・ウエイドは本書を含めてもまだ邦訳長編が四作しかない作家です。ですので、その活動の全貌が明らかになっているとはとても言いがたい。幸い『推定相続人』には加瀬義雄氏による、痒いところに手が届く懇切な解説が収録されているので、そちらを参照いただきたい。

……とは書いてみたものの、『推定相続人』は未読で本書で初めてウエイドと出会った人にはあまりにも不親切すぎますね。一応本書の成立背景にも関わってくることですから、ほんのひと言だけ説明しておきましょう。

ウエイドはとにかく上流階級の人物だったらしい。高学歴の上に第一次世界大戦では各種の戦功章を得、戦後は高級行政職を歴任、ついには准男爵位まで継いだというのだから、日本人の我々にはよくわからないながらも、なんだかすごそうではないですか。そういう人がミステリを書くというのは、どうやら破格なことだったらしい。こうしたウエイド本人の個性が、作品に明らかに影響しているようですね。警察内部の描写が卓越しているのも、経験を生かした結果とのこと。現代日本に住む読者には、作品内の描写がどれだけ事実に沿っているのか判別するのは難しいですが、ウエイドが書くなら限りなく真実に近いと見てもいいようです。

ついでにウエイドの作風についても触れますと、大きくふたつの傾向に分けられることになります。ひとつが自らの知識をフルに生かした警察小説風本格、本書はこちらの系統の最高傑作とのことです。そしてもうひとつが、形式分類上は本格ではなく犯罪小説に当てはまりそうな、しかしサプライズ・エンディングに作品の生命を賭けた諸作。前述の『推定相続人』、『死への落下』はこちらに当たります。もう一冊邦訳がある『リトモア誘拐事件』は前者の系列ですが、これは最晩年の作品のため、ウエイドの特質が充分に発揮された作品とは言えないというのが世評です。

つまりウエイドは、まだ一面しか紹介されていない、日本人にとっては未知の作家と言えるでしょう。ウエイドのもうひとつの顔の中でも最高傑作との呼び声が高い本書が訳されたのは、我々本格好きにとっては非常に喜ばしいことと言えます。

三　シリーズキャラクターであるプール警部について、一作しか読んでないのに独断で人となりを語る

本書の探偵役であるプール警部は、ウエイドのシリーズキャラクターです。三作目の『The Duke of York's Steps』にて初登場し、以後ほぼ一冊置きに探偵役を務めています。本書はプール警部にとって三つ目の事件ということになります。

このプール警部、名探偵には違いないのですが、いわゆる天才型の快刀乱麻を断つ推理を披露するタイプではなく、こつこつと足で捜査し真実に一歩一歩近づいていく凡人タイプです。アリバイ崩しといった趣向も多用されるらしく、一読してみてなるほどクロフツと比較されるわけだと納得しました。ただし印象は微妙に違い、重厚なイメージがあるクロフツ作品よりは、いかにもイギリス貴族の手によるキャラクターといった雰囲気でなかなか洗練されています。

とはいえ、プールの人となりを知るための一冊としては、この『警察官よ汝を守れ』はもしかしたらあまり適当ではないかもしれません。なぜならプールは、自分の所轄で思うように活躍するのではなく、地方の一警察署内での殺人事件という特異な事態に、応援として駆けつけた遊軍だからです。だからプールは容疑者たち（みんな警察官！）に遠慮し、非常に腰を低くして接します。この丁寧さは、ハードボイルド探偵や神の如き頭脳を持つ名探偵の傲岸さに慣れた目からすると、非常に新鮮です。物腰からは、フレンチ警部というよりもむしろ、本邦の鬼貫警部を連想しました（容姿のイメージはぜんぜん違うんですけどね）。

個人的な好みを述べますと、私、傲慢な警察官というキャラクターがすごく苦手なのです。なんでこいつはこんなにいやな奴なんだろうと、読んでいて不愉快になります。最近のイギリスミステリはすっかりこの手のキャラクターばかりになってしまい、毎回独創的な本格ミステリで楽しませてくれていたピーター・ラヴゼイまでが、安易に（私にはそう見える）流行のキャラクターを作ったので非常にがっかりしたものです。

その点、本書におけるプールは、そうした「偉ぶった」警部像とは対極の紳士ぶりで、好感が持てました。推測するに、この上品さはウエイドの育ちの良さに起因するのではないでしょうか。ならば、状況が特殊だった本書でだけ紳士なのではなく、プールはもともとこういう人物だったと期待できます。いいキャラクターじゃないですか。

四　そろそろ本書の内容に踏み込んでその特異性を検証する

本書が発表された一九三四年は、言うまでもなく本格黄金期のまっただ中でした。この年に発表された主立った傑作を列記してみましょう。

『チャイナ橙の謎』エラリー・クイーン
『エラリー・クイーンの冒険』同右
『プレーグ・コートの殺人』カーター・ディクスン
『白い僧院の殺人』同右
『オリエント急行の殺人』アガサ・クリスティー
『三幕の悲劇』同右
『ナイン・テイラーズ』ドロシー・L・セイヤーズ
『伯母殺人事件』リチャード・ハル
『鉄路のオベリスト』C・デイリー・キング

なんとも壮観ではないですか。こんな作品が、次から次へと発表されていたのですよ。一度だけ、今とは違う他の時代に生まれ直す権利があるとしたら、私は迷わずこの時代のイギリスに生まれたいですね。『オリエント急行』を新刊で手にして、なんの先入観もなく読めたらどんなに幸せか！こんな奇跡のような時代が、かつて確かにあったのです。

そして本書、『警察官よ汝を守れ』も、こうした傑作群にまじって発表されました。邦訳が遅れたとはいえ、タイトルだけは遠い東方の島国にまで伝わっていた作品です。これらの傑作に比べて著しく劣っている、あるいは個性の点で負けているのであれば、存在自体忘れられていたことでしょう。こうして訳されたことがイコール、本書の存在意義を物語っているとも言えます。

黄金期まっただ中とはいえ、すでに本格という形態に対する懐疑の眼差しも生まれていました。アントニー・バークリーが『毒入りチョコレート事件』を発表したのは、五年も前のこと。このわずか二年後には、レオ・ブルースが『三人の名探偵のための事件』をひっさげて登場します。そんな時期に、いくらかっちりできているからと言って、凡百の本格を発表して名を残せるはずがありません。では本書には、いったいどんな際立った点があったのでしょうか。

まず目を引くのは、その舞台設定の異様さです。あらすじ紹介をご覧いただければわかりますが、本書の舞台は警察署内です。しかも被害者は州警察本部長。当然容疑者は、事件が起きたときに署内にいた警察官たちです。こんな異常な設定は、寡聞にして他に知りません。加えて警察内部の描写は、ウエイドが前歴を生かしてきっちりと書き込んでいる。こうした舞台を用意しただけで、本書は本格の歴史に特筆される価値を持ちました。

しかしそれだけであれば、単に舞台の毛色が変わった作品に過ぎません。この舞台を生かすだけの、本格としての面白さを備えていなければ、評価するわけにはいきません。では本書では、本格としてどのように物語が展開するのか。

黄金期の本格の通例として、事件が起きた後は関係者への尋問が続きます。それは物語上どうしても必要な要素であって、欠くことのできないパートであるのは間違いないのですが、往々にして尋問の繰り返しは物語の勢いを殺してしまう結果になります。その点、物語巧者のウエイドは、退屈させない配慮をしているように思えます。つまりここで、足の探偵としてのプールの個性が生きてくるのです。

プールは尋問によって得た情報を、自分の胸の裡に秘めてはおきません。最後の最後に自分の推理を披露し、「最初からわかっておったんじゃよ」なんて意地悪なことは言いません（それはそれで好きなんですけどね）。新たな情報を得たらそこで仮説を立て、それが正しいかどうか検証します。つまり、道具立ては本来天才型の探偵が臨む事件のはずなのに、そこに足の探偵を向かわせることで、読者を退屈させないという技を駆使しているわけです。

プールはあらゆる可能性を思い浮かべ、それをひとつひとつ検証していきます。当然物語半ばで浮かび上がる可能性は消去されていくわけですが、これら通常は探偵の心の中でだけ行われる作業が、読者の目の前に逐一提示される過程は、退屈を覚える暇がありません。足の探偵の地味さは、少なくとも私はまったく感じませんでした。

仮説の構築と崩壊といえば、あたかもコリン・デクスターの諸作のような目眩く超絶推理を想像するかもしれませんが、そうはならずにあくまで捜査小説としての雰囲気が強いのは、ウエイドの長所でもあり、物足りない点でもあるかもしれません。

五　ここから先は物語の真相部分に立ち入るので恒例の《警告！》をさせていただく。本文を未読の人は読まないように

前項で述べた如く、非常に堅実でかっちりとできている本書ですが、そのせいか犯人指摘で驚きはまったく味わえませんでした。もちろん、犯人の意外性だけが本格の面白さではありません。ちっとも意外でない人が犯人でも、忘れられないほど面白い本格はいくらでもあります。しかし本書の場合、犯人指摘のプロセスに不満を覚えたのも事実です。僭越ながら、以下でその点を指摘したいと思います。

物語途中でプールは、死んだと伝えられていたジョン・ハインドが生きていて、しかも警察署内に潜り込んでいるのではないかと推測します。そして実際その推測は当たっていて、それが犯人指摘に繋がるわけですが、私はそれが暴露される第23章末尾を読んでも、まったく驚きませんでした。ここが犯人指摘に直結するシーンだとは思わなかったためです。

ジョン・ハインドが生きていて、しかも別の人物になりすまして警察署内にいたとすれば、それは強烈な動機を持つ容疑者のひとりです。しかしあくまで容疑者第一候補となっただけで、犯人と断定はできないでしょう。その後プールは、ジョン・ハインド＝タラール警部が犯行可能であったと証明する物証を得ますが、これもあくまで可能性を示唆しているに過ぎず、タラールこそ犯人と限定する材料にはなっていません。それでもプールたちが逮捕逮捕と言っているので、私はてっきり、日本の法律でいう有印私文書偽造の罪にでも問うのかと思っていました。結果的にはハインドが暴発して犯人であることを自ら認めてしまうのですが、ここで初めて私は、プールの推測（推理

ではない）が当たっていたのかと知ったわけです。

ジョン・ハインド＝タラール警部が犯人では面白くないと言っているわけではありません。しかし彼が犯人と指摘するためには、第23章以前にジョン・ハインドこそ犯人であるという物証なり論証なりが必要だったのではないでしょうか。それがあれば、多くの読者は第23章末尾で暴露される事実に驚いたはずです。この点ばかりは、きっちりとした小説を書くウエイドの手抜かりのように思えてなりません。

ヘンリー・ウエイド著作リスト

＊＝プール警部シリーズ

［長篇］

1 The Verdict of You All (1926)
2 The Missing Partners (1928)
＊3 The Duke of York's Steps (1929)
4 The Dying Alderman (1930)
＊5 No Friendly Drop (1931／改訂版 1932)
6 The Hanging Captain (1932)
7 Mist on the Saltings (1933)
＊8 Constable, Guard Thyself! (1934)『警察官よ汝を守れ』(本書)
9 Heir Presumptive (1935)『推定相続人』岡照雄訳(国書刊行会、世界探偵小説全集13)
＊10 Bury Him Darkly (1936)
11 The High Sheriff (1937)
12 Released for Death (1938)
＊13 Lonely Magdalen (1940／改訂版 1946)
14 New Graves at Great Norne (1947)

15 Diplomat's Folly (1951)
16 Be Kind to the Killer (1952)
*17 Too Soon to Die (1953)
*18 Gold Was Our Grave (1954)
19 A Dying Fall (1955)『死への落下』駒月雅子訳（社会思想社、現代教養文庫ミステリ・ボックス）
20 The Litmore Snatch (1957)『リトモア少年誘拐』中村保男訳（東京創元社クライム・クラブ5／
同題再刊・のち改題『リトモア誘拐事件』創元推理文庫）

[短篇集]

21 Policeman's Lot (1933)
*Duello「決闘」葉田陽太郎訳（〈新青年〉1939 新春増刊）
*The Missing Undergraduate「大学生の失踪」吉水吾郎訳（〈新青年〉1938 秋増刊）
*Wind in the East
*The Sub-Branch
*The Real Thing
*The Baronet's Finger
*The Three Keys「三つの鍵」吉田誠一訳（『探偵小説の世紀／下』創元推理文庫、所収）
*A Matter of Luck「このユダヤ人を見よ」妹尾韶夫訳（〈宝石〉1957-6）
Four to One — Bar One

Payment in Full

"Jealous Gun"

The Amateurs

The Tenth Round

22 Here Comes the Copper (1938)

These Artists!

The Seagull

The Ham Sandwich

Summer Meeting

Anti-Tank (1935)

A Puff of Smoke

Steam Coal

Toll of the Road

November Night

The Little Sportsman

Lodgers

One Good Turn

Smash and Grab

［合作長篇］

23 The Floating Admiral (1931)『漂う提督』中村保男訳（ハヤカワ・ミステリ文庫） ※ディテクション・クラブのメンバーによるリレー長篇。第3章を担当。

［その他］

24 A History of the Foot Guards to 1856 (1927) ※本名ヘンリー・ランスロット・オーブリー＝フレッチャー名義。近衛歩兵連隊の歴史。

世界探偵小説全集34
警察官《けいさつかん》よ汝《なんじ》を守《まも》れ
二〇〇一年五月一〇日初版第一刷発行
著者――ヘンリー・ウエイド
訳者――鈴木絵美
発行者――佐藤今朝夫
発行所――株式会社国書刊行会
東京都板橋区志村一―一三―一五　電話〇三―五九七〇―七四二一
http://www.kokusho.co.jp
印刷所――株式会社キャップス＋株式会社エーヴィスシステムズ
製本所――大口製本印刷株式会社
装丁――坂川栄治＋藤田知子（坂川事務所）
装画――影山徹
編集――藤原編集室
ISBN――4-336-04164-4
●――落丁・乱丁本はおとりかえします。

訳者紹介

鈴木絵美（すずきえみ）
愛知県生まれ。南山大学外国語学部卒。翻訳家。著書に『海外ミステリー事典』（共著、新潮社）、訳書に『吸血鬼伝説』『ミステリ・ハンドブック　アガサ・クリスティー』（ともに共訳、原書房）などがある。

世界探偵小説全集

1. 薔薇荘にて　A・E・W・メイスン
2. 第二の銃声　アントニイ・バークリー
3. Xに対する逮捕状　フィリップ・マクドナルド
4. 一角獣殺人事件　カーター・ディクスン
5. 愛は血を流して横たわる　エドマンド・クリスピン
6. 英国風の殺人　シリル・ヘアー
7. 見えない凶器　ジョン・ロード
8. ロープとリングの事件　レオ・ブルース
9. 天井の足跡　クレイトン・ロースン
10. 眠りをむさぼりすぎた男　クレイグ・ライス
11. 死が二人をわかつまで　ジョン・ディクスン・カー
12. 地下室の殺人　アントニイ・バークリー
13. 推定相続人　ヘンリー・ウエイド
14. 編集室の床に落ちた顔　キャメロン・マケイブ
15. カリブ諸島の手がかり　T・S・ストリブリング